개봉 후
반품불가

개
봉
후

반품불가

크로키 장편 소설

ET ROMANCE STORY

Contents

1.
수취인 불명

[블루스퀘어 1213호 지현우 님. 8시에 집에 계신가요? 택배 방문하겠습니다.]

현우는 택배가 온다는 연락을 받고 급히 집으로 달려왔다. 때마침 지긋지긋한 것들에게서 해방시켜 준 반가운 메시지였다.

결혼식이 끝나고 오랜만에 만난 동기들과의 시끄럽고 매너 없는 술자리는 현우의 두통을 유발시키고 있었다. 더군다나 오늘은 발렌타인데이. 나이 서른넷에 애인은 고사하고 초콜릿 하나 못 받은 한심하고 모자란 것들의 처절한 목소리가 지금도 귓가에 생생하다. 욕설과 신세 한탄으로 순식간에 달아오른 술

판은 끝날 기미가 보이지 않았고, 이 와중에 혼자만 넥타이를 바로 매고 있는 것은 곤욕이었다.

"와. 그 새끼 좋아서 입 찢어지는 거 봤냐? 누군 애인 없어서 발렌타인데이에 남의 결혼식 와 있는 줄 알아!"

넌 없지.

"야, 야! 됐고. 신부 얼굴 봤지? 완전 리모델링 장난 아니더만! 두고 봐라. 2세 나오면 아마 뒤집어질 거다."

넌 뜯어고친, 아니, 뜯어고쳐야 할 애인도 없지.

"에이 씨! 그 새끼나 우리나 학벌 똑같고 생긴 것도 고만고만한데, 왜 우리는 이 모양 이 꼴이냐!"

절대. 생긴 게 고만고만하진 않지.

"아니지 인마! 요즘 여자들이 남자 얼굴 따지는 줄 아냐? 그 새끼 집에 돈 좀 있잖아. 우리 같은 평범한 월급쟁이들이랑 같냐? 애인 생겼다고 명품 사다 바치는 거 못 봤어?"

글쎄. 과연 너한테 없는 게 돈뿐일까?

"야, 지현우. 너 인마 왜 아무 말도 안 해? 술을 안 처먹을 거면 이빨이라도 부지런히 까야 될 거 아냐! 이 새끼 어디서 입을 꾹 다물고 지 혼자 도도한 척이야?"

"야, 야. 내비둬. 쟤는 우리랑 다르잖아. 재수 없는 새끼. 인기도 많은 놈이 여태 결혼도 안 하고 이러고 있는 거 보면 잘난 척을 해서 그런 게 확실하다니까."

지들끼리 열폭하는 건 상관없다만 저까지 끌어들이는 건 용서가 안 된다.

"그래. 넌 왜 연애를 안 하냐? 집안, 학벌, 외모, 니가 우리 과 원탑이었는데 왜 아직도 이러고 있어? 너 나이 먹고 자꾸 눈만 높아지면 나중에 꼴값한단 소리 듣는다니까."

우리 과가 아니라 우리 학교겠지.

"입 다물고 있지 말고 말 좀 해 봐, 자식아. 형님들이 상담 해 줄게. 뭐가 문제야? 진짜 고르느라 못 가냐? 여자들 다 똑 같아. 인마. 요샌 진짜 다 고쳐 가지고 생긴 것도 다 똑같더 라!"

"혹시……. 너 게이냐?"

술이 얼마나 취하셨는지, 헛소리는 둘째 치고 데시벨이 높았 다. 옆 테이블까지 '너 게이냐?' 라는 소리가 똑똑하게 들렸고 모든 사람들이 현우의 대답을 기다리느라 일순 정적이 흘렀다.

"실망시켜서 미안한데, 내가 게이라고 해도 너는 내 취향 아 니니까 꿈 깨."

"풋!"

"큭!"

여기저기서 실소가 터져 나왔다. 짓궂은 질문을 던졌다가 졸 지에 게이로 몰린 놈은 소주를 병째 들이켰다.

"야, 그럼 뭐냐. 진짜 궁금하다. 이제 동기들 중에 결혼 못 한 놈들은 여기 모인 다섯 놈밖에 없거든? 이유나 좀 알자. 이 떨거지 모임에 네가 왜 섞여 있는지."

답은 하나밖에 없는데. 당연한 거 아닌가? 왜 그 당연한 대답을 해 줘야 하는지 모르겠지만 현우는 머리 나쁜 동기들을 위해 친절하게 대답해 주었다.

"성격이 지랄맞잖아."

주차장에서 벗어나 엘리베이터를 타고 시계를 보니 8시 2분 전이었다. 아직까지 연락이 없는 걸 보면 택배 기사는 좀 늦는 모양이었다.

띵. 12층에서 문이 열렸고 현우는 자신의 오피스텔인 1213호 앞으로 가다가 흠칫 놀랐다. 커다란 택배 박스가 1213호 문 앞에 떡하니 놓여 있는 게 아닌가.

"뭐야? 여기 이렇게 놓고 가면 어쩌자는 거야?"

아무리 이 오피스텔 보안이 잘 돼 있다고 해도 이건 서비스의 기본도 모르는 행동이었다. 따지고 싶지만 아직도 귀가 시끄럽고 피곤해서 참기로 했다.

택배 상자를 발로 툭툭 차서 안으로 끌고 온 현우는 상자에 돌돌 말린 테이프를 보다가 또 한 번 이마에 힘줄이 돋아났다. 테이프에는 빨간색 매직으로 강렬한 경고가 다음과 같이 쓰여 있다.

[개봉 후 반품 불가]

이래서 인터넷 쇼핑은 질색이었다. 아주 마음에 드는 의자가 보여서 주문했는데, 역시나. 주문량이 밀려 배송도 늦은 주제에 반품까지 안 된다니, 화가 날 수밖에.

'이것들이 장난하나! 내가 일단 뜯고 나서 반품해 주지. 무슨 이유를 들어서라도 반품하고 만다.'

동기들 말마따나 돈이야 차고 넘치는 현우지만 성질머리는 돈만큼 여유롭지가 않았다.

현우는 보란 듯이 테이프를 쭈욱 잡아 뜯고 당당하게 박스를 열었다. 이제 제가 골랐던 품위 있고 격조 높은 디자인과 인체공학의 곡선 등받이, 그리고 싱크로나이즈드 틸딩메커니즘이 담긴 베이지색 가죽 의자를 꺼내기만 하면……!

"……."

박스를 열자마자 현우는 그대로 얼어 버렸다. 술도 안 마셨는데, 술 냄새에 취한 걸까. 눈을 깜빡이고 비벼 보아도 박스 안의 물건은 도저히, 도저히 설명이 되지 않았다.

주문한 적도 없는 물건이 왔는데 반품도 안 된다니. 아니지, 이런 것을 반품했다가는 손목에 은팔찌, 발목엔 전자발찌가 채워질지도 몰랐다. 애초에 박스 안에 들어 있는 것은 물건이 아니었다.

인체공학의 최첨단 베이지색 가죽 의자 대신, 진짜 사람의 살색 피부, 아니, 사람 그 자체, 그것도 머리를 풀어 헤친 발가벗은 여자가 안대를 하고 앞으로 손이 묶인 채 무릎을 세워 웅크려 앉아 있었으니까. 좀 더 정확히는 속옷 대신 가려야 할 곳만 아슬아슬하게 빨간색 리본을 감고 있었다.

현우의 머릿속에 수십 가지의 위험한 경우의 수가 뱅뱅 공

전했다. 납치, 누명, 변태, 인신매매, 강간 등등……. 가능성은 많은데 어느 것 하나 혜성처럼 떠오르는 게 없었다.

"뭐야, 이게……."

그 소리를 들었는지 죽은 것처럼 가만히 있던 여자가 입을 열었다.

"오빠……. 언제까지 보고만 있을 거야……. 나 너무 부끄러워."

오빠? 다행히 납치는 아닌 모양이었다. 그렇다면 일단은 안심이지만 이건 신종 사기나 성매매일 확률이 높았다.

성매매라면 조금 전 만나고 온 짓궂은 동기들의 장난일 가능성이 컸다. 그놈들 중 한 놈이 학교 컴퓨터에 각종 SM동영상을 다운 받고 지우질 않아서, 학교가 발칵 뒤집힌 적도 있었으니까. 이런 분야에 해박한 지식과 경험이 있는 놈이었다.

"대체 이건 무슨 플레이야?"

여자를 향해 물은 것은 아니고 하도 기가 막혀서 현우 혼자 중얼거린 말이었다. 하지만 그녀는 어쩔 줄 모르겠다는 듯이 다리를 꼬며 비음 섞인 목소리로 말했다.

"뭐긴……. 발렌타인 이벤트지."

"발렌타인?"

발그레 뺨을 물들인 여자가 입술을 꼬옥 물고 고개를 끄덕였다.

아! 현우는 확신했다. 어쩌면 발렌타인에 결혼식을 감행한

자칭 제 라이벌 최승현 그 자식의 짓일 수도 있다. 엿 먹이자
는 심보. 그러고도 남을 놈이었다.

"선불이야, 후불이야?"

"응? 아……. 다, 당연히 후, 후불이지……."

얼마나 받을 수 있을까를 기대하는 걸까. 그녀는 무척 흥분
하고 있는 것 같았다.

현우는 지갑을 꺼내 오만 원권 여섯 장을 뽑고 건네줄 곳을
찾았지만, 모아 쥔 손은 주먹을 쥐고 있어서 딱 한 군데밖에
보이지 않았다. 그래서 망설임 없이 그녀의 가슴골, 빨간 리본
으로 동여맨 그 적당한 공간에 찔러 넣었다.

그녀가 얼마를 기대하고 있는지는 모르겠지만 어차피 지갑
속에 있는 현금은 그게 다였다.

"뭐, 뭐야? 오빠?"

"이제 가라."

"응? 가, 가라고? 그냥 가라고? 오빠!"

"적어? 적으면 가서 그놈들한테 나머지 받아. 어차피 난 건
드리지도 않았으니까. 감상용으로 그만큼 줬으면 많은 것 같은
데?"

"나, 나가라니! 그놈들은 뭐야? 오빠 왜 그래!"

"취미 없다. 좋은 말할 때 나가."

여자는 무척 당황하더니 벌떡 일어나 안대를 벗어 던지고
씩씩거리기 시작했다.

"내가 이렇게……까……지……!"

갑자기 그녀는 화를 내다 말고 말을 잇지 못하고 입만 뻥긋 거렸다.

현우는 팔짱을 끼고 그녀의 요상한 표정을 지켜보았다.

"꺄악! 꺄아악!"

갑자기 그녀는 박스 안으로 다시 들어가 몸을 웅크리고 귀가 아프도록 세찬 비명을 질러 댔다.

"뭐야?"

"누, 누구세요?"

"뭐?"

"누군데 우리 오빠 집에 있냐고요!"

막무가내로 앙칼지게 외치는 통에 머리가 욱신거렸다. 오늘은 조용히 보내는 날이 아닌가 보다.

"누구냐고요! 도대체!"

지원은 너무 무섭고 수치스러워 박스에 숨어 소리만 질러 댔다. 이게 어떻게 된 걸까. 발렌타인데이를 맞이해 성민이 오빠에게 특별한 선물을 주고 싶어 크게 마음먹고 저지른 짓인데, 왜 모르는 남자한테 이런 꼴을 보이게 된 걸까. 저는 발가 벗고 있는데 눈앞의 남자는 양복까지 말끔하게 차려입고 있어서 더 굴욕적이었다.

윤지원 29년 일생일대의 다시없을 참극이었다. 눈물이 핑 돌고 머리가 텅 빈 느낌인데, 남자는 오히려 저를 다그치고 있었다.

"이봐. 누군지는 내가 묻고 싶네. 영업하러 온 게 아니라면 당신 누구야? 누군데 남의 집에 발가벗고 들어와서 큰소리야?"

발가벗었다는 말에 목까지 빨개진 지원은 죽어라 바락바락 소리를 질렀다.

"여, 영업? 그게 무슨 소리예요? 여기 우리 오빠 집인데 내가 왜 못 들어와요! 당신이야말로 누구냐고요, 도대체!"

"다시 일어나서 똑똑히 봐. 여기가 어딘지."

"나더러 지금 이 상태로 일어서란 거예요! 이 변태!"

"변태? 그런 꼴로 남의 집에 들어온 당신이 더 변태겠지!"

두 사람이 실랑이를 하고 있을 때였다. 띵동. 맑고 고운 벨 소리가 잠시 싸움을 멈추게 했다.

"택배 왔어요!"

"네. 나갑니다."

현우는 박스 쪽을 한 번 노려보고는 현관으로 가 문을 열었다.

"지현우 씨 되시죠?"

"예."

박스 안에서 현우와 택배 기사의 이야기를 듣던 지원은 심장이 쿵 떨어지고 머리가 아찔해졌다.

'지현우? 여기 그럼 오빠 집이 아니란 거야?'

현우는 그런 지원의 생각을 읽기라도 했는지, 그녀가 들으라는 듯이 말했다.

"1213호로 배달 오신 거 맞으시죠?"

"예. 맞는데요."

"네. 감사합니다."

1213호. 그 호수를 듣는 순간 지원은 눈앞이 캄캄해지고 온몸에서 땀이 삐질 나오는 것 같고 머리가 어질거렸다.

'으악. 어떡해! 내가 못 살아. 이 망할 것들! 1312호라고 몇 번이나 말해!'

모자란 친구들이 저를 잘못 버려 두고 간 것이다. 양손으로 머리를 쥐어뜯고 괴로워해 보지만 시간을 되돌릴 수 없다는 게 현실이었다.

이 상황이 만화나 판타지면 얼마나 좋을까!

5년을 사귄 애인이 요즘 권태기인지 제게 너무 소홀해졌다. 그러던 중에 문자로 이런 요상한 선물을 요구해 왔다. 부끄러웠지만 다시 잘해 보고 싶어서 큰맘 먹고 감행한 미친 짓이었다.

그러나 제 사정은 제 사정일 뿐이고, 이 사람은 절 얼마나 걸레 같은 여자로 보고 있을까.

툭툭.

지원이 부끄러움에 몸부림치고 있을 때 현우는 밖에서 상자를 발로 툭툭 치며 말했다.

"들었지? 상황 파악이 좀 되시나?"

"……."

"파악 안 돼? 경비 불러야 파악이 될 것 같아?"

"아, 아니요!"

남자는 정말로 경비를 부를 것처럼 단호했고 지원은 질겁하고 놀라 다급히 상자 밖으로 손을 뻗었다.

"그, 그러지 마세요. 미, 미안해요……."

그녀는 박스 덮개 하나를 손으로 살짝 내리고 얼굴만 배꼼 내밀었다. 그러고는 최대한 눈을 동그랗게 뜨고 눈물까지 글썽이며 불쌍한 얼굴로 그를 올려다보았다.

"차, 착각했어요. 아니, 제가 아니라, 친구들이 착각했어요. 놀라게 해 드려서 미안해요……."

"그 오빠가 친오빠는 아닐 거고, 남자친구 목소리도 몰라?"

"그러니까요……. 왜 목소리도 비슷하셔 가지고……. 아니, 그런데요, 저도 좀 억울하거든요? 모르는 여자가 발가벗고 있으면 무슨 일인지부터 물어봐야죠. 무슨 플레이냐, 선불이냐, 후불이냐, 그딴 건 왜 물어봐요! 헷갈리게……요!"

점점 높아지던 지원의 목소리가 현우의 싸늘한 눈초리에 급 공손하게 마무리되었다.

"그게 왜 헷갈리지? 나 그런 여자 아니에요, 하면 끝 아냐?"

"당연히 난! 그…… 왜, 그, 그런 거 있잖아요. 그러니까…… 뭐, 코스프레? 아 왜, 연인끼리 그런 거 있잖아요!"

지원은 가슴을 치면서 빽 내질렀다. 성인들 간의 만남에 있어서는 다양한 플레이가 존재한다. 특히 이런 날, 상품으로 포장되어 온 제게 묻는 선불과 후불의 의미는 플레이의 연속선상에 있는 야한 농담일 거라 생각했다. 그런데 이걸 어떻게 변명하냐고……!

라고 지원이 고민할 필요는 없는 거였다. 현우는 그딴 건 전혀 궁금하지 않았다.

"그런 거고 이런 거고, 이상한 여자 하나 때문에 난 지금 굉장히 불쾌해졌어. 당장 나가 줬음 좋겠는데?"

그녀가 언제 나가 줄까, 그것만 알고 싶었으니까.

"이, 이 꼴로 나가라고요?"

"그 꼴로 들어온 여자가 무슨 걱정이 있어? 뻔뻔하게 나한테 뭐 부탁할 생각은 아니지? 이미 충분히 민폐야."

"자, 잠깐만요! 아무리 그래도 그렇죠. 제가 이 꼴로 어떻게 나가요? 아저씨, 아, 아니, 뭐라고 불러야 할지는 모르겠는데요, 아무튼 저 좀 도와주세요. 네?"

"설마. 남친 집 앞에 다시 들어다 놔 달란 소린 아니겠지?"

"아! 그런 방법이 있었구나! 바로 위층이기도…… 하지만! 이제 이 짓은 쪽팔려서 더는 못하겠어요. 그거 말고요…….."

"나가."

"제발요……. 저 옷 좀 빌려 주시면 안 돼요?"

지원은 어차피 뻔뻔한 변태녀로 낙인찍혔으니 더 추잡해질 것도 없었다.

"뭐?"

"세탁해서 드릴게요……. 여, 여자 옷 없어요?"

"여자 옷이 여기 왜 있어?"

"여자 친구가 놀러 와서 두고 가거나 한 거 없을까요? 여자 친구 없어요?"

"……."

어째서 당연히 여자 친구가 있을 거라고 생각하는 걸까? 그것도 그렇지만, 왜 여자 친구가 남자 집에 옷을 벗어 놓고 다니는지 현우는 이해 불가였다. 그쪽은 그리고 다니느냐 물어보고 싶었지만 더 이상 대화가 길어지는 건 원치 않았다.

"없어요?"

"없어."

"정말요? 왜 없어요? 있으실 것 같은데……. 저 옷 빌려 주기 싫어서 거짓말하시는 거죠?"

"없어."

"에이. 있으실 것 같은데……."

"없어. 성격이 지랄맞아서."

없다고 네 번을 말하는 동안 현우의 짜증 수치는 점점 올라갔다. 그가 눈을 부릅뜨고 힘주어 말하자 찔끔한 지원은 입을 꼭 다물었다.

'그래도 지가 못돼 처먹은 건 아는 것 같은데. 아이씨. 지랄

맞으면 곤란한데, 어쩌지…….'

지원이 머리를 굴리는 동안 현우는 숨을 크게 들이마셨다. 왜 처음 보는 이상한 여자한테 미주알고주알 저에 대해서 말하고 있어야 하는지 짜증이 났다. 그냥 어서 쫓아내는 게 이럴 때는 상책이었다.

"그냥 내 옷 입고 나가. 셔츠하고 청바지는 있으니까. 그리고 다시 돌려줄 필요도 없어."

"그건 안 돼요! 울 오빠가 보면 의심할 거 아니에요. 어떻게 다른 남자 옷을 입고 애인을 만나러 가요. 말도 안 돼……."

백번 양보해서 옷을 빌려 주겠다는데 이 여자는 뻔뻔하기가 철판보다 더했다.

"누가 더 말도 안 되는 짓을 하고 있는지, 생각 좀 해 보시지? 내가 여기서 더 빡치기 전에 그냥 내 옷 입고 조용히 집에 가. 차비가 없으면 특별히 차비도 베풀어 줄게. 이왕 참은 거 거기까지는 참아 줄 수 있어."

"우리 집 멀단 말예요. 오늘 같은 날 애인이랑 시간을 보내야지. 이 시간에 집에 들어가면 다시 어떻게 나와요! 그러지 말고……. 옷 좀 사다 주시면 안 될까요? 제가 지금은 지갑이 없는데, 꼭 갚을게요. 네?"

"지금…… 장난해? 내가 당신 그런 사정까지 봐줘야 해? 나 아주 지랄맞은 놈이라고 말했을 텐데? 내가 지금 굉장히 참고 있는 거야. 그쪽이 오늘 아주 운이 좋은 거라고. 엉? 당장 안 꺼지면 경비 부를 줄 알아! 진짜 오늘 더러운 꼴 당해 보고 싶어!"

그렇게 버럭버럭 소리쳤지만 어떻게 된 일인지, 잠시 후 현우는 여성의류 매장에서 옷을 고르고 있는 자신을 발견했다.

"이걸로 주세요."

남의 여자 옷을 정성껏 골라 줄 이유가 하나도 없었기 때문에 여동생이 자주 다니는 매장에서 마네킹이 입고 있는 옷을 그대로 구매했다.

"그 옷 예쁘죠? 발렌타인데이 선물인가 봐요."

"얼마예요? 포장 안 해도 되니까 대충 주세요."

친절하게 웃던 매장 직원의 미소가 안면근육이 마비라도 온 것처럼 어색하게 굳었다.

"아⋯⋯. 네. 근데 여자 친구 사이즈가 어떻게 되세요?"

"사이즈⋯⋯?"

중요한 걸 깜빡하고 왔다. 현우는 삐딱하게 서서 그 여자의 몸매를 떠올리고 치수를 쟀다. 경황없던 사람치고는 선명하게 그녀의 몸매를 기억하고 있었다.

'어디 보자. 키는 165 정도 된 것 같고⋯⋯.'

사이즈와 상관없는 얼굴은 지워 버리고 어깨에서부터 천천히 몸을 훑어 내려왔다.

'29⋯⋯. 24⋯⋯. 30.'

빨간 리본이 교차한 하얀 엉덩이와 매끄러운 허벅지까지 내려왔을 때, 그는 저도 모르게 감탄사를 툭 던졌다.

"호! 제법."

"예?"

"55 사이즈 주세요."

어느새 표정을 숨긴 현우는 구체적인 이미지 스캔과 상관없이 짧고 퉁명스러운 대답을 내놓았다.

근처 속옷 가게에서 생전 사 본 적 없는 여자 속옷까지 사들고 털레털레 집으로 들어왔을 때였다. 현우는 현관문을 여는 순간 그녀가 고양이처럼 후다닥 박스 안으로 들어가는 소리를 들었다. 실제로 박스가 흔들리는 것을 목격하기도 했기 때문에 까칠함이 발동됐다.

"남의 집에서 뭐해?"

"아……. 와, 왔어요?"

"도둑고양이처럼 뭐하고 다녔냐고?"

"도, 도둑이라뇨? 제가 뭐 훔치고 그럴 사람으로 보여요? 그냥 화장실 좀 쓴 거예요!"

"변태 주제에, 내 화장실까지 썼어?"

"헉! 무슨 그런 말을! 그런 거 아니거든요! 저 그런 여자 아니라고요. 이건 정말 오빠를 위해서, 올 오빠가 원하니까 오늘만 특별히……."

"시끄럽고, 빨리 입고 나가."

현우는 매우 귀찮다는 듯이 박스 안으로 종이가방을 던졌다.

지원은 볼멘소리로 '아닌데, 진짜 아닌데.'를 연발하며 바스락거리다가 곧 감탄사를 연발했다.

"와. 옷이 참 예쁘네요. 어디서 사셨어요? 진짜 잘 고르셨네요. 이렇게 여자 옷을 잘 고르시는데 애인이 왜 없을까? 그나저나 어떻게 속옷도 이렇게 딱 맞……! 잘…… 맞네……요! 이 사람이! 저더러 변태 어쩌고 하더니, 꼼꼼하게도 살펴보셨네요!"

"……."

"솔직히 말해 봐요. 갑자기 이렇게 들어온 건 변명의 여지 없는 제 잘못하긴 하지만 솔직히 좋았죠? 꿈이야 생시야, 그랬을 거야. 화내는 척하면서 볼 건 다 보고……. 내가 진짜, 보여 준 내 잘못이라서 뭐라 할 수도 없어서 참는데요, 너무 그러지 마세요. 감상할 거 다 감상하고 그렇게 화내면 안 되죠!"

지원은 옷을 입으면서 쉴 새 없이 떠들어 댔고 현우는 짜증 나는 얼굴로 팔짱을 끼고서 흔들리는 박스를 노려보고 있었다.

"아우. 근데 이건 좀……. 후……. 블라우스는 좀 끼네요……. 어휴."

주섬주섬 옷을 챙겨 입은 지원이 박스에서 일어났다. 가슴만 유독 블라우스가 딱 달라붙었지만 바지는 괜찮았다. 그녀는 가슴 부분을 손으로 끌어 내리며 조금이라도 덜 붙게 하려고 애썼는데 그다지 소용없었다. 그래서 현우가 사다 준 재킷을 걸쳐서 가슴을 가리는 걸로 만족해야 했다.

"어때요?"

"나한테 물은 거야?"

"사, 사다 주셨으니까……. 예의상."

지원은 귀 뒤로 머리를 넘기며 혀를 살짝 깨물었다. 왜 자꾸 이 남자한테 이상한 짓만 골라 하는 걸까. 못 보일 꼴을 다 보였더니 될 대로 되라는 심정일까. 허튼소리를 지껄이는 입을 꿰매 버리고 싶어졌다.

'아니지. 나 좀 봐. 다 보여 주긴 뭘 다 보여 줘. 아직 다는 아니었어. 가릴 곳은 확실히 가렸잖아! 그래. 내 마지막 보루는 지켰다고. 자존감을 갖자. 다는 아니었어!'

그렇게 마음을 다잡으며 재킷을 손으로 매만지고는 턱을 치켜들고, 박스 밖으로 나왔다.

"다 입었으면 가."

"가요, 가. 있으라고 해도 저도 싫어요. 암튼 폐 끼치고 놀라게 해 드려서 죄송합니다. 저 정말 그렇게 이상한 여자 아니에요. 울 오빠 이웃이면 제 이웃인데, 이런 식으로 안면을 터서 뭐랄까…… 굉장히 쪽팔리고 죄송하고 좀 억울하기도 하고 그러네요."

"쪽팔리면 실수라도 나 만나면 알은체하지 마."

지원은 입을 삐쭉거리며 불만스러워했지만 따질 입장이 아니라 한숨만 푹 쉬었다. 아무리 모르는 사이라도 그렇지, 이런 변태 같은 이미지로 남고 싶은 사람이 어디 있을까. 그런데 이 찔러도 피 한 방울 안 나올 것 같은 남자는 도무지 빈틈이라곤 없어서, 말이 씨알도 안 먹히고 있었다.

"네……. 뭐. 그럴게요. 그리고 제가 내일 꼭 옷값 돌려드릴게요. 생각 같아서는 밥 한 끼라도 사 드리는 게 도리다 싶지만, 예. 알아요. 그렇게 쳐다보지 마세요. 싫어하실 것 같아서 안 하려고요. 혹시 돈 못 받을까 봐 걱정하실 필요 없어요. 우리 오빠 집 아시잖아요. 조기, 1312호. 그리고 마지막 부탁인데요……. 비밀은 꼭 좀……."

"서로 모르는 사람인데 비밀 같은 게 있을까? 그리고 다시 올 필요는 없고, 여기 영수증하고 계좌번호."

"아. 네. 헤헤……. 그럼……."

현우가 하도 나가라고 도끼눈을 뜨고 재촉하니 지원은 영수증을 받아 주머니에 넣고 헐레벌떡 밖으로 나갔다.

"……."

한차례 폭풍우가 지나간 느낌이었다. 뭐에 홀렸다가 이제야 깨어난 기분이 들었다.

'나 지금…… 이용당한 느낌이 드는데?'

평소처럼 집이 조용해졌지만 아직도 그 여자의 수다가 귓가를 맴돌았다. 왜 저답지 않게 그 여자 부탁을 들어주었나를 고민했다. 현우의 인상은 펴지지 않았고 급기야는 박스를 발로 차며 소리를 질렀다.

"박스는 치우고 가야 할 거 아냐! 이 여자가 진짜!"

그뿐만이 아니었다. 안에는 초콜릿이 담긴 작은 바구니까지 있었다.

"뭐야, 이건 또? 뭐 이렇게 흘리고 다니는 게 많아!"

칠칠치 못한 여자.

투덜투덜거리면서도 성격상 이런 걸 두고 보지 못하는 현우는 초콜릿 바구니를 한쪽에 놓고 박스를 잘 펴서 접었다.

요즘 들어 이상하게 성질이 좀 많이 죽은 것 같았다. 남자는 나이가 들면 여성 호르몬이 많아진다고 했던가. 정신 나간 변태녀에게 훈훈한 선행을 베풀었더니 마음에 온기가 감도는 것 같기도 했다.

'옷이 날개라더니, 그렇게 입혀 놓으니까……. 흠. 벗은 게 더 낫네.'

그러고 보니 마음의 온기가 아니라 그보다 더 아래가 뜨거워지는 느낌이었다. 서둘러 머리를 흔들어 삿된 망상을 털어 버리고 스스로를 꾸짖었지만, 사실 그건 지극히 건강한 상태라고 생각했다. 서른넷. 솔로로 지낸 지 약 오 년째. 아직 여성 호르몬을 걱정할 때는 아니라는 뜻이니까.

박스를 들고 막 현관문을 열었을 때였다.

"야! 이 나쁜 새끼야!"

멀리서 들려오는 카랑카랑한 외침. 분명 이 소리는 위층에서 나는 소리였다. 그리고 아직도 제 귓가에 맴돌던 그 목소리.

"내가 너 땜에 오늘 무슨 짓까지 했는지 알아! 근데 니가 날 이렇게 배신해! 죽어, 이 새끼야! 죽어!"

현우는 변태녀가 한 성질 부린다는 것도 알게 되었다.

지원은 울부짖었다. 지금 제가 이성적이길 바라는 놈이 있다면 그놈부터 죽여 버리고 싶었다. 김성민이라는 개자식한테 오빠라고 부르며 헌신한 5년의 세월이 아까워 죽을 것 같았다.

벨을 눌러도 반응이 없기에 비밀번호를 누르고 문을 열었더니, 세상에 어떤 년이랑 침대에서 뒹굴고 있지 않나! 익숙한 제 남자의 몸이 다른 년의 살과 부딪치고 있는 걸 현장에서 목격했는데 어떻게 제정신일 수가 있을까!

"저년 누구야? 언제부터야!"

침대 위의 여자는 지원이 흥분해서 소리치는데도 이불로 몸을 가린 채 떫은 표정으로 앉아 있었다. 더군다나 한심하다는 듯 꼬나보는 표정이 지원을 더 울컥하게 만들었다. 마치 자신이 두 사람 사이에 끼어든 이물질 같은 존재였던 것 같아 너무 자존심이 상했다.

"조용히 안 해? 너 그렇게 안 봤는데, 이런 애였어? 어디서 소리를 질러? 여기 혼자 사는 곳이야? 교양 없게 무슨 짓이야!"

더 기가 막힌 건 바람피운 놈이 더 당당하다는 것이었다. 성민은 급하게 팬티만 걸쳐 입고 저를 밖으로 밀어낸 후, 더 들어오지도 못하게 현관 앞에서 가로막고 큰소리를 치고 있었다.

"교양? 지랄하고 계신다! 넌 교양 있어서 바람피냐? 교양 있는 인간은 여자 친구 두고 다른 여자랑 침대에서 뒹굴어도 되나 보지!"

"이게 진짜! 너 혼나 볼래? 사람 쪽팔리게 뭐하는 짓이야!"

"하! 뭐? 혼나? 누가 누굴 혼내야 하는데! 니가 쪽팔린 게 뭔지는 아냐! 야 이 새끼야! 저년하고 이 짓 할 거면 왜 나한테 그런 문자 보내서 사람 개망신을 주냐! 그걸 왜 나한테 해 달래! 변태 같은 성적 취향 맞춰 주려다가 내가 무슨 꼴을 당했는데!"

지원은 발악이라 싶을 만큼 우악스럽게 소리를 질러 댔다. 제가 어떤 마음으로 박스에 들어갔는지, 그리고 그 안에 웅크리고 앉아 무슨 생각을 했는지. 생각하면 할수록 제 자신이 애처롭고 불쌍하고 한심했다.

"뭐라는 거야! 문자라니, 무슨……! 뭐, 문자? 설마…… 그 리본 포장…… 어쩌고 그거? 그 문자가 너한테 갔어?"

머리를 한 대 얻어맞은 느낌이었다.

"하……. 뭐야……. 그것도 실수였어? 저년한테 보내려던 거였어! 야. 김성민…… 너 진짜…… 하……. 니가 인간이냐?"

"헤어지자고 했잖아. 헤어지자고 하고 나서 그런 문자 보내는 걸 넌 이상하다고 생각도 못했어?"

"언제 헤어지자고 했어? 잠깐 생각 좀 가지자고 했지! 언제 니가 헤어지자고 했어!"

"그걸 꼭 직접적으로 말을 해야 알아? 그렇게 눈치가 없으니까 내가 너한테 질린 것도 몰랐지. 대단하다. 지긋지긋하게 대단해!"

"뭐? 질려? 내가…… 질려? 내가 왜 질려? 너 하자는 대로, 너 하고 싶은 대로 다 하고 살았는데 왜 내가 질려! 내가 왜! 내가 너한테 뭐 해 달라고 조르길 했어? 내가 왜 이런 소리를 들어야 해! 왜!"

"몰라서 묻냐? 네가 가르치는 유치원생도 아니고 너한테 보살핌받는 거 이제 지겨워. 너는 그게 헌신적이라고 생각할지 모르겠는데, 나는 그냥 길들여지는 느낌이었어. 그것도 아주 지루하게."

"……."

보살펴 주는 게 지겹다면 할 말이 없었다. 저는 그것밖에 해 줄 수가 없는데. 비겁하게 그렇게 말할 건 뭐람.

지원이 말문이 막혀서 입술을 깨물고 눈물만 뚝뚝 흘리고 있을 때였다. 갑자기 등 뒤에서 들리는 누군가의 목소리가 두 사람 사이에 끼어들었다.

"이봐요. 거기."

"?"

"1312호의 두 분."

눈물범벅인 지원의 눈이 휘둥그레졌다. 방금 실수로 들어갔다 나온 아랫집 남자가 왜 여기에 올라와서 알은체를 하고 있을까. 설마 그 얘기를 하려는 건 아니겠지. 이 새끼 앞에서 그 얘기를 꺼내면 저 새끼 입부터 찢어 놓고 말리라.

"누구⋯⋯신지?"

"누군지는 알 거 없고, 시끄럽습니다."

"예? 아. 죄, 죄송합니다."

"죄송하면 지금부터 조용히 좀 해 주시죠. 여기 혼자 사는 곳 아니지 않습니까. 교양 있으신 분 같은데."

현우는 성민이 했던 말들을 따라 했고 그 의도를 알아챈 성민의 얼굴이 확 달아올랐다.

"큼! 죄송합니다. 야. 너도 들었지? 가. 어서."

"가라고? 나더러 지금 이렇게 가라고? 이러고 그냥 끝이라고?"

"난 할 말이 없어. 넌 내가 바람피웠다고 생각하는 모양인데, 난 헤어지자고 계속 신호 보냈다고. 서로 더 얼굴 붉히지 말고 좋게 끝내자."

"이미 좋게 끝내긴 틀렸거든! 난 이렇게 못 끝내! 저년 머리채도 뜯고 싶고, 너도 분 풀릴 때까지⋯⋯!"

"시끄럽대잖아! 왜 우리 일로 사람들한테 민폐를 끼쳐! 당장 안 꺼지면 경비 부를 줄 알아!"

"하! 와. 오늘 경비 부를 일이 참 많네. 불러! 그래. 불러서 판 좀 키워 보자! 난 이렇게는 억울해서 못 가! 경비로 되겠냐? 경찰 불러! 경찰 불러야 할 만큼 내가 진상 부려 줄게."

"못 가죠."

난데없이 끼어든 목소리에 성민이 현우를 쳐다보았다.

"예?"

사태를 지켜보던 현우는 팔짱을 끼며 고개를 끄덕였다.

"이렇게는 못 가죠."

그러더니 갑자기 지원을 집 안으로 밀어 넣기 시작했다.

"어? 어라? 이, 이 사람이 지금……. 어, 어!"

당연히 성민은 황당해하며 막아섰지만 현우는 기어이 문을 닫아 버리며 말했다.

"이대로는 여자분이 오랫동안 시끄러울 것 같으니까, 복도에서 싸우지 말고 안에서 싸우세요."

쾅.

문이 닫히고 잠시 정적이 흘렀다. 무척이나 짧은 정적. 그리고 그 후에는 복도에서보다 더 큰 고함 소리와 두 여자의 비명섞인 욕지거리가 새어 나왔다.

시끄럽던 현우는 가지 않고 벽에 기대 그 소리를 감상했다.

죽여 버리겠다는 악다구니와, 손을 깨물렸다며 비명을 지르는 남자, 말리는 여자와 또 그 여자의 고통에 찬 비명 소리.
현우는 마치 클래식이라도 감상하는 듯이 평화로운 얼굴에 심지어 잔잔한 미소까지 띠고 있었다.

'재밌네. 역시 싸움은 불을 지펴 줘야 해.'

삐. 철컹.

소리가 잠잠해지더니 현관문이 열렸다. 현우는 고개를 돌려 문을 열고 나오는 지원을 쳐다보았다. 머리카락은 산발이 되고, 재킷은 반쯤 벗겨졌고, 오늘 산 블라우스 단추는 다 떨어져서 엉망으로 헝클어진 그녀에게 여기 보란 듯 손까지 흔들었다.

"꽤 하네?"

"왜…… 아직도 여기 있어요?"

"이걸 놔두고 갔더라고."

"……."

지원은 그의 팔짱 속에 숨겨 두었던 앙증맞은 초콜릿 바구니를 보고, 왈칵 눈물이 쏟아졌다. 저 개새끼한테 주겠다고 제 손으로 직접 초콜릿까지 만들었다니……!

"흑……. 으윽……."

우는 소리가 안에 들릴까 봐, 저 재수 없는 연놈들에게 그 꼴은 보이고 싶지 않아서, 입술을 꽉 깨물고 얼굴을 일그러뜨리고 울었다. 손으로 연신 눈물 콧물을 훔치면서.

"변태."

"이이씨이! 그 변태 얘기 좀 그만해요! 이씨. 내가 지금 흐윽……. 변태는…… 자꾸…… 왜……. 씨이……."

분위기 파악이 그렇게 안 되나, 왜 이 남자는 여기서 깐죽거리는 건지 정강이를 후려차 주고 싶었다.

"가슴이 다 보이니까. 꽉 찬 B컵."

그제야 가슴을 내려다본 지원은 벌어진 블라우스 사이로 드러난 탐스러운 제 가슴을 발견했다.

"이 씨! 흑. 짜증나……. 씨. 흐윽!"

한 손으로는 눈물을 닦고 한 손으로는 재킷을 여미며 가슴을 가려야 하는 지저분하고 우스꽝스러운 모양 때문에 더 슬펐다. 드라마나 소설에서는 비운의 여주인공들이 예쁘게도 울던데, 저는 왜 이 순간까지도 삼류 코미디인가! 게다가 참, 재수도 없지! 왜 이런 모습까지 이 남자에게 보여야 하는 걸까. 최후의 보루는 무슨. 이 정도면 더 이상 보여 줄 게 없었다.

지원은 더는 울지 않기로 하고 코를 훌쩍거리며 그를 지나쳐 갔다. 한시바삐 이 오피스텔을 뜨고 싶은 생각뿐이었다.

"어디 가? 이거 가져가야지."

현우는 그녀 뒤를 쫓아가며 초콜릿을 내밀었다.

"버리세요."

엘리베이터 앞에 선 지원은 그를 쳐다보지도 않고 대답했고, 그는 아무렇지 않게 초콜릿 하나를 까서 입에 넣었다.

"맛있는데?"

"……."

"난 꽉 찬 B컵 환영인데."

"?"

"누가 버렸으면 더 환영이고."

"지금 누구 놀려요!"

마침내 참지 못한 지원이 그를 돌아보며 빽 소리를 질렀다. 불난 집에 부채질하는 것도 아니고, 왜 생판 모르는 사람에게까지 놀림을 당해야 하는지 머리끝까지 화가 났다.

"유치원 선생님?"

"예?"

"유치원에서 애들 가르치는 걸로 먹고사냐고."

"도대체 어디부터 들은 거예요!"

"부모님은? 돈이 좀 있으신가?"

"뭐라고요? 지금 뭐하시는 거예요?"

"뭐하긴. 사는 수준이 어느 정도인가 알아보는 중이지. 걱정스러워서."

"기가 막혀! 별……. 하! 내가 수준 떨어지면 꽉 찬 B컵이라도 관심 없나 보죠? 그럼 잘됐네요. 나 되게 못살아요! 됐죠? 여긴 왜 이렇게 재수 없는 인간들만 사는 거야! 다신 오나 봐라!"

마침 엘리베이터 문이 열려서 지원이 안으로 들어가자 현우도 뒤따라 들어왔다.

겨우 한 층 아래로 내려가겠다고 따라오는 속셈이 뻔해서 지원은 그를 아예 모르는 척했다.

"오해가 있나 본데, 오늘 집에 가서 마음이 좀 진정되면 내가 왜 그런 걸 물었는지 이해가 될 거야. 그럼. 내일 연락해. 밤에 전화 오는 거 짜증나니까."

"어디서 개가 짖나……. 내가 왜 연락을 해요? 그럴 일 없으니까 꿈 깨세요."

"내 계좌번호는 잘 갖고 있지? 내일 내가 1312호로 가서 돈을 받아 내는 일은 없길 바라."

"걱정 마요. 그 돈 떼먹을 만큼 가난하진 않으니까!"

그렇게 소리를 지르고 집에 돌아온 지원은 그가 준 계좌번호와 영수증 앞에서 무너져 내렸다. 그제야 비로소 그가 했던 말이 무엇인지 깨달았다.

'사는 수준이 어느 정도인가 알아보는 중이지. 걱정스러워서. 그럼 내일 연락해…….'

이렇게 당장 전화를 하고 싶어질 줄이야!

합계 5백8십3만 원.

지원은 가슴을 움켜쥐고 부들부들 떨었다. 심장이 터질 것 같은 숫자였다.

"계좌번호 알려 줬는데 왜 여기까지 찾아왔어?"

사실 지원은 가난하지 않았다. 정확히는 지원의 부모님이. 하지만 그녀의 부모님도 월세 보증금 상당의 돈을 옷값에 지불할 수 있는 부자는 아니었다. 오백팔십삼만 원이라는 숨 막히는 영수증의 향연에 질식할 것만 같았던 그녀는 돈을 떼먹고 싶은 충동마저 일었다.

'성민이 그놈한테 받으라고 하지 뭐! 위자료로 그 정도는 받을 수 있다, 뭐!'

그러다가도 굴욕적인 발렌타인 사건이 그에게 알려지면 죽고 싶을 것 같았다.

'안 돼, 그럴 순 없어! 그 새끼가 날 얼마나 비웃겠어? 싫어! 죽어도 그건 싫어!'

하지만 그 돈이면 지원이 하고 싶어 했던 피부과 시술이라든가, 한방 다이어트라든가를 받을 수 있지 않은가. 그걸 천 쪼가리에 날려 버릴 생각을 하니 이불을 뜯으며 밤새 괴로움에 몸부림쳤던 것이다.

그래서 지원은 비굴해졌다.

"정말 죄송하지만…… 환불…… 안 될까요?"

그리고 그는 단호했다.

"될 것 같아?"

"제발요……. 블라우스 단추는 새로 달았어요. 봐요. 다른 옷들도 다 멀쩡해요. 속옷은 어쩔 수 없고 나머지라도 환불해 주시면 안 될까요? 네?"

사실은 오십만 원 상당의 속옷들도 할 수만 있다면 환불하고 싶었지만.

지원이 종이가방에서 꺼낸 옷들을 현우에게 들이대자 그는 그것을 손으로 쳐 냈다.

"멀쩡하긴 개뿔. 그쪽 눈엔 옷에 주름진 거 안 보여? 너라면 백만 원이 넘는 옷을 사면서 남이 입은 티가 팍팍 나는 옷을 가져가고 싶어?"

"표시 안 나게 잘 다려서……. 네?"

"그리고 내가 쪽팔리게 이 옷을 들고 매장에 가서 찌질하게 반품해 달라고 해야 해? 왜?"

"그럼 제가 할게요. 환불 처리하게 카드만 좀 빌려 주시면……."

"미쳤네. 미쳤어."

"아씨! 애초에 왜 이렇게 비싼 데 가서 옷을 사냐고요! 왜! 왜! 일부러 그런 거죠? 나 엿 먹이려고 일부러 이런 거죠! 나 이렇게 불편하고 비싼 옷 필요 없어요. 제발요. 네?"

애가 타는 지원 앞에서 현우는 여유롭게 커피를 따라 그녀에게 권했다.

"마셔."

"됐어요. 저 커피 안 마셔요."

"그럼 우유 줄까?"

"예? 웬 우유를……? 뭐 녹차 같은 거 없어요?"

"우유 먹을 수준이구만 뭐. 유치원 교사라서 이 모양인 거야? 꼬라지하고는……."

"뭐, 뭐라고요?"

"1312호의 전 남친이 했던 보살펴 주는 게 질린다는 말 그냥 믿었지?"

"믿거나 말거나 무슨 상관인데요! 왜 남의 상처 들추고 그래요!"

지원은 그가 쓸데없이 망신스러운 이야기를 꺼내자 발끈했다. 돈 잃고 자존심까지 잃을 수는 없었다!

"그 고양이 후드 티는 잠옷이야? 캥거루도 아니고 배에 주머니는 왜 달고 다녀? 유치원 애기들이 동물 프린트 좋아하는 건 알겠는데 유니폼은 거기서만 입고 다니라고. 애인이 질릴 만하지."

아무리 첫 만남이 굴욕적이라지만 사사건건 '그쪽'이라고 부르며 깔보는 것도 기분 나쁜데, 이제 돈 없고 스타일 구리다는 욕까지 먹었다. 성격이 지랄맞다더니, 지랄병도 이 정도면 중증이다 싶었다.

"웃겨, 진짜! 남의 취향 가지고 왜 시비예요? 난 아무리 돈이 많아도 오백만 원짜리 천 쪼가리는 못 걸치고 다니겠어요! 돈 많다고 사치하는 게 내 상식으로는 더 나빠요!"

"그건 그래. 아무것도 안 걸친 게 더 낫긴 했어. 지금 입고 있는 옷보다 한 백배쯤?"

"아 쫌! 그건 기억에서 지우라고요!"

"지워져야 말이지. 그렇게 강렬한 기억은 처음이라서."

"변태. 변태. 변태!"

지원은 귀를 막고 외치며 어떻게든 현우의 말을 듣지 않으려고 애썼는데, 그의 목소리는 너무 잘 들렸다.

"칭찬을 못 알아듣네. 그 유치한 트렁크 같은 옷에 몸매 가리지 말고 이왕 산 옷, 잘 입고 다녀."

"글쎄. 필요 없다니까요."

"필요한 일 있으면?"

"있어도 못 입어요. 저건 내가 옷을 입는 게 아니라 옷이 날 입는 거라니까요. 유치원 교사 월급이 얼마나 된다고……. 내가 환불받아 볼 테니까 저 좀 도와주세요. 네?"

"싫어."

"왜 싫은데요. 내가 한다니까요! 하앙. 나 좀 구해 주세요."

"날 얼마나 봤다고 앙탈이야? 듣기 싫으니까 그만하고 선택해."

"네? 뭘 선택해요?"

"옷값 퉁칠 기회를 줄게."

귀가 번쩍 뜨이는 제안이었다.

"헉! 정말요? 뭘 하면 되는데요? 무슨 일이든 시켜 주세요. 다 할 수 있어요!"

"돈 오백에 신장이라도 팔 기세네. 쯧쯧쯧."

"뭐 이상한 거 시킬 건 아니죠?"

"이상한 거 시킬 건데?"

"이상한 거라면······."

"몸으로 때워."

"!"

지원은 몸을 움츠리고 슬금슬금 뒤로 물러났다. 벗은 몸이 낫다느니, 칭찬이라느니, 비싼 옷을 강제로 안긴 이 남자의 의도를 알 것 같았다. 순결은 이미 잃었지만 몸을 파는 건 그것과 달랐다. 어쩌면 저한테 신장보다 더 중요한 자존심 같은······.

"딱 한 달만, 내가 필요할 때 와서 내가 하라는 대로만 하면 돼."

"시, 시, 싫어요!"

"왜?"

"아주 웃긴 사람이네! 내가 그렇게 만만해 보여요? 바본 줄 알아요? 아니면 날 아주 싸구려로 보는 거예요, 뭐예요!"

"오백팔십삼만 원이 싸구려야?"

"몇 억을 줘 봐요! 내가 몸을 파나! 사람을 뭐로 보고! 나 유치원 교사예요!"

"그 직업군에는 별로 관심이 없으니까 그만 어필해. 교사 월급으로 돈을 갚든가, 한 달간 노예처럼 살든가, 선택해."

"노, 노예요? 그러니까, 시키는 건 뭐, 뭐든 하는 그, 노예요?"

그의 제안은 상상했던 범주를 넘어서고 있었다.

"뭐, 그쪽이 말하는 뭐든의 뜻이 어마어마한 19금 같은데, 자유민주주의 법치국가에서 위험한 상상을 하네. 말이 그렇다는 거지. 설마 진짜 족쇄라도 채울까 봐 그래? 상상력은……."

"자기가 그렇게 상상하게 만들면서!"

"됐고, 한 가지 일만 시킬 수 있으면 그런 표현을 안 썼겠지. 내가 필요할 때 언제든지, 무슨 일이든지, 군소리 말고 해. 한 달간. 아, 물론 무슨 일에도 범법적인 건 없다고 약속해."

조금 경계심이 풀어진 지원은 현우의 제안이 솔깃해지고 있었다.

"그럼 뭐 청소 같은 거라든가, 심부름이라든가. 그런 거 말하는 거예요?"

"그런 것도 있을 수 있겠지."

"아, 구체적으로 말해 줘요, 좀!"

"우선은, 애인부터 해라."

"에?"

수초간의 정적.

"장난하는 것 같냐?"

"소설을 쓰세요. 드라마를 너무 많이 보셨나? 유치하게. 거긴 커피 말고 요구르트나 드세요. 빨대 꽂아서."

"뭘 상상하는지는 알겠는데, 나도 그런 뻔한 전개에 돈 쓰기 싫어. 시어머니 만날 일도 없고 선 자리에 나가서 신파 찍지 않아도 돼."

"여기서 어떤 전개가 참신한데요?"

"이번 주 토요일에 동기들 모임이 있는데. 결혼 못한 놈들이 나까지 딱 다섯이야. 물론 그 다섯은 애인도 없지."

"알 만하다. 알 만해. 말만 들어도 칙칙하네요. 거기서 애인 행세 해 달란 거네요? 별로 참신하지 않은데요?"

"끝까지 들어."

"네. 계속하세요."

어느새 갑의 위치가 된 지원이 팔짱을 끼고 거만하게 턱을 치켜들었다.

"리조트 일박 모임이야. 커플이 없는 것들은 밤새 술이나 퍼 마실 거고, 커플들은 다 방을 잡고 들어갈 거야."

"바, 방요?"

"나는 그 우울한 새끼들하고 또 얼굴 맞대고 피곤한 대화를 나누고 싶진 않아. 그리고 나 혼자 빠질 수도 없어. 집요한 놈들이라 아주 귀찮을 거란 말이지."

"……."

"그러니까 나하고 하룻밤을 같은 공간에서 보내야 한다는 얘기야. 왜냐면 우린 그날 커플일 거니까."

"……."

범죄가 없다는 약속을 믿을 수는 있는 걸까. 그렇다 하더라도 알지도 못하는 이 남자와 애인 노릇을 하면서 한방을 쓸 수 있을까. 생각만으로도 어색해서 안절부절못하고 있었다.

"알아 둬야 할 건, 사실 나는 꽤 쓸데없이 비싼 돈을 지불하고 이 제안을 하고 있다는 거야. 그쪽이 불쌍해서. 그러니까 난 그다지 아쉬울 게 없단 말이지. 동정해 줄 때 받아들이지 그래."

벌어지던 지원의 입이 딱 닫히더니 꿀꺽 침을 삼켰다. 그리고 다시 겸손한 을의 자세로 돌아가 다리를 모으고 고쳐 앉았다.

"저기⋯⋯. 이, 이왕 동정해 주시는 거⋯⋯. 하, 할부로 갚으면 안 될까요? 12개월⋯⋯."

"될 것 같아?"

현우는 끝까지 단호했다.

그의 집을 나온 지원은 벽에 머리를 기댄 채 멍한 표정으로 엘리베이터를 기다리고 있었다.

'수영복 지참해. 아, 혹시나 해서 하는 말인데, 수영복으로 나 쪽팔리게 하면 이자도 청구할 거야.'

지원은 이마를 콩콩 벽에 찧었다. 농담인지 진담인지 구분 안 가는 협박이 아니라도 그녀가 감당하기 어려운 일이었다. 물론 돈으로 감당하기도 벅찬 건 마찬가지. 다만 지원이 자책하는 건 변태 늑대에게 순진한 제가 속은 것 같은 기분이 들어서였다.

'내가 미쳤지. 내가 미쳤어. 아, 왜 할부는 안 된다는 건데!'

엘리베이터를 타고 내려가면서도 그녀는 자신의 선택에 대해서 끊임없이 의심을 품었다.

'그 친구들 이상해. 왜 다 큰 남자들이 리조트에서 모여서 놀아? 아니 그럴 수는 있다 쳐. 스파는 뭔 놈의 스파. 아니. 그것도 그럴 수 있나? 아이씨. 잠깐. 저 싸이코 같은 놈이랑 내가 아무 일 없이 하룻밤을 보낼 수 있는 거야? 그 새끼 우린 오늘 애인이다 이러면서 덮치고 이상한 짓 하려는 거 아닐까? 노예 주제에 가만있어, 이러면서……. 날 어떻게 해 보려고 수쓴 거 아냐? 와. 완전 지능범일 수도 있는 거네. 처음부터 이럴 작정이었을 수도 있어. 내가 상자에 발가벗고 들어가 있으니까 닳고 닳은 여자로 본 거지. 꽉 찬 B컵이 좋네, 어쩌네, 할 때부터 수상했어. 그냥. 물릴까? 물려 버리고 배 째라고 드러누울까! 아니면 도망갈까? 아니야. 도망가면 성민이 그 새끼한테 가서 난리 칠 것 같아. 아우! 미치겠네!'

띵.

그러고 있는 사이에 벌써 일 층에 도착해 문이 열렸다.

"!"

그런데 잊고 있었다. 이 오피스텔에 또 누가 살고 있었는지. 하루 만에 그걸 잊을 만큼 5백8십3만 원 때문에 노예가 된 쇼크가 컸던 것일까.

"야, 너!"

하필이면 재수 없게 김성민, 그 개자식과 딱 마주칠 게 뭐 람. 그렇지만 뭐 어때? 이제 남남이고 똥은 무서워서 피하는 게 아니라니까.

"비켜."

"야. 거기 안 서!"

조용히 지나가 주려는데 꼭 사람을 불러 세워 매를 버는 놈 들이 있다. 지원은 건드리기만 하면 가만 안 두겠다는 각오로 이를 악물고 돌아섰다.

"뭔데?"

"너 우리 집 갔었냐?"

아뿔싸!

전혀 그럴 의도가 없었기 때문에 이제야 깨달았다. 오고 가 고 만나는 일이, 상관없다는 말로 끝날 일이 아니라 충분히 오 해를 살 수 있는 상황이라는 걸.

"미쳤냐, 내가? 헤어진 남친 집에 들어가게? 뭐 건질 거라 도 있으면 모를까 그런 짓 안 해."

"하! 그럼 니가 여기 올 일이 뭐 있어? 잡아떼려나 본데 너 한 번만 더 여기 나타나면 정말 가만 안 놔둔다. 접근금지명령 받기 싫으면 행동 똑바로 해."

"착각하지 마. 너 말고도 나 여기 올 일 있어. 앞으로 또 올 일이……."

있을까? 그 노예 호출이란 게 언제 어디서 어떻게 발동될지 모른다는 것도 문제였다. 다행히 한 달만 버티면 되지만.

"올 일이 뭐가 있어! 우리 집 비번 바꾼 거 봤지? 와도 소용 없으니까 꺼져. 두 번 다시 얼씬도 하지 마."

"하아. 그러니까 내가 니네 집 비번이 바뀌었는지, 안 바뀌 었는지, 그걸 어떻게 아냐고! 그게 나랑 무슨 상관이냐고 대체! 안 갔다고! 오라고 사정해도 안 가!"

바락바락 소리 지를수록 더 구차해 보이는 것이 짜증났다. 어떻게 설명해야 이 불쾌한 오명을 씻을 수 있을까!

"웃기시네! 야, 내가 한 번은 봐준다. 너 때문에 우리 다연 이 어제 몸살 났어! 너란 애랑 헤어지길 진짜 잘했단 생각이 들더라. 겪어 봐야 안다고 난 너 이 정도로 막가는 애인 줄 몰 랐다?"

"아, 그러셔? 난 너 때문에 리조트 간다. 그리고 겪어 봐야 안다고 나도 너랑 헤어지길 참 잘했지. 우리 다연이? 그래. 우 리 다연이는 오빠가 바람피우는 남자란 거 알아도 좋대? 아, 끼리끼리라 괜찮은가? 다연이도 알아봐. 양다린가 아닌가."

"이게 진짜! 가만. 근데 너 리조트는 뭐야? 무슨 소리야, 그 건?"

"남의 일 신경 쓸 거 없고, 앞으론 나 봐도 모른 척해 줬으 면 좋겠네요. 이젠 나 남의 여자가 됐거든요."

정확히는 노예.

"뭐? 남의 여자? 하아. 야. 너 병원 좀 가 봐. 충격받아서 머리가 어떻게 된 것 같다."

그건 그랬다. 머리가 터질 것 같으니까.

"신경 써 줘서 고맙네요. 그럼."

상큼하게 웃어 주고 뒤돌아선 지원은 문득 묻고 싶은 것이 떠올랐다.

"잠깐."

"뭐야, 또?"

"하나만 물어보자. 내가 오빠 질리게 만든 게 진짜 너무 보살펴 줘서야? 아니면 내 꼬라지가 맘에 안 들었던 거야?"

"진짜 그걸 들어야겠냐?"

"말해 봐. 궁금해."

"둘 다. 까놓고 말해서 오 년이면 우리 오래 사귀었다. 권태기 올 때도 됐는데 넌 맨날 긴장감 없이 늘어진 옷이나 입고 다니지. 솔까 그게 여자로 보이겠냐?"

사실대로 말하라고 했지만 뜨끔 아팠다.

"오, 오빠도 그랬잖아! 오빠도 뭐, 나랑 있으면서 추리닝 입고 양치도 잘 안 하고 그랬으면서!"

"그래서 니가 안 되는 거야. 남자랑 여자랑 같냐? 넌 나한테 나이 어린 엄마 같은 존재였어. 없으면 불편한데, 있으면 짜증 나는. 뭔지 알겠지?"

"……."

애인이 아니라, 엄마. 그것도 식모 취급당하는 귀찮은 엄마. 식모살이나 노예살이나 피차일반인데, 그나마 노예는 한 달만 하면 된다는 게 위안이 된달까…….

이 순간 지원은 벗은 게 낫다는 현우의 목소리가 구원의 소리처럼 귓가에 울려 퍼졌다. 어째서 그가 한 말이 칭찬이 될 수 있는지 이해가 됐다.

"사실대로 말해 줘서 고마워. 잘 가."

그렇게 싸늘하게 돌아선 그녀는 핸드폰에서 지현우라는 이름을 찾아 꾸욱 눌렀다.

'빨리 좀 받아라. 제발.'

성민이 자식이 보는 앞에서 연결해야 했다. 이건 마지막 자존심을 지키기 위한 발버둥이었다.

「왜?」

건조하고 귀찮은 음성. 이 목소리가 그렇게 반가울 줄이야. 지원은 울먹이려는 목소리를 가다듬어 애써 밝게 말했다.

"현우 오빠. 나 궁금한 게 있어서!"

엘리베이터를 타려던 성민이 오빠라는 소리에 멈춰 서는 것이 느껴졌다.

「……전화 잘못 거셨습니다.」

"오빠. 있잖아! 수영복 말인데!"

까칠하게 전화를 끊어 버리려는 현우를 다급하게 붙잡았다.

「미쳤구나?」

"비키니가 좋아? 원피스가 좋아?"

「비키니.」

지원은 울고 싶어졌다. 왜 갑자기 정색하고 대답을 하는지! 왜! 도대체 비키니가 뭐길래. 이 변태새끼!

"알았어. 오빠. 그럼 비키니로 준비할게."

29. 여자 아홉수는 없다더니, 없긴 개뿔.

2.
단순변심

토요일 아침. 오늘 현우는 산뜻한 기분으로 눈을 떴다. 씻고, 머리를 말리는 동안 콧노래를 흥얼거릴 정도로 컨디션이 좋았다.

　모든 것이 완벽했다. 제가 원하는 장소, 제가 원하는 시간, 그리고 애인이라는 옵션까지 장착했다. 깨끗하고 안락한 룸에서 편안히 쉬다 오면 그만이다. 적당한 인간관계 유지 차원에서 같이 놀아 주고는 있지만 현우에게 동기들은 저를 귀찮게 하는 떨거지들이었다. 해마다 있는 일박 모임에서 그놈들과 밤새 술을 마시는 처지였는데, 오늘은 해방이다. 물론 처음에는 어떻게 만났느냐, 이래저래 귀찮게 할 테지만 괜찮다. 그 질문에 대답해 줄 애인이 있으니까.

현우는 자는 동안 꺼 두었던 핸드폰 전원을 켜 놓고 옷을 입기 시작했다. 단 하루지만 애인 있는 남자 행세를 하느라 특별히 신경 써서 옷을 골랐다. 거울에 이리저리 제 모습을 비춰 보는데, 핸드폰이 켜짐과 동시에 메시지가 들어왔다.

"!"

대수롭지 않게 메시지를 확인하던 현우의 표정이 딱딱하게 굳었다.

[5백8십3만 원 정확하게 입금했으니까 확인해 보세요.]

뭐, 마음이 변했을 수도 있다. 갑자기 돈이 생길 가능성도 있다. 유치원 교사 월급 세 배에 달하는 돈을 자존심과 바꾸며 스스로 대견하다고 뿌듯해하고 있을지도 모른다. 돈 갚았으니까 약속 같은 건 중요하지 않다고 생각할 수도 있다.

'그렇지만, 그건 인간 지현우를 잘 모를 때 하는 행동이지.'

갑자기 당일 변심하고 약속을 취소하다니, 상대에 대한 배려가 전혀 없는 불쾌한 태도가 아닌가! 절대 그녀가 오지 않아서 곤란해서 화가 난 건 아니라고, 현우는 그렇게 우기면서 문자를 눌렀다.

[적어도 하루 전날엔 연락 줬어야지? 돈은 다시 줄 테니까 약속은 지켜.]

최대한 정중하게 설득 문자를 보냈는데 그녀의 답문은,

[비키니 입은 거 못 봐서 약 오르죠? 저도 아쉽네요. 정말

잘 어울리는 비키니를 샀는데 못 보여 드려서. 그럼, 친구들하고 즐거운 밤 보내세요.]

그래서 현우는 그녀에게 최후의 통첩을 보냈다.

[어디야? 데리러 갈게.]

[헹. 제가 그걸 왜 가르쳐 주겠어요?]

문자에서도 느껴지는 기쁨에 찬 억양. 혀를 날름대고 있을 듯한 조롱 섞인 말투는 결국 현우의 눈에서 불꽃이 튀게 만들었다.

그는 꼼꼼하게 나갈 준비를 마치고 현관문을 열었다. 그리고 위층으로 올라갔다. 정확히는 1312호에 사는 그녀의 전 남친 집으로.

딩동.

딩동. 딩동.

쾅쾅쾅쾅 문을 두드리는 것만큼이나 요란하게 벨을 눌렀다. 나올 때까지 쉬지 않고 누르겠다는 듯이.

실은 어젯밤 현우는 엘리베이터에서 성민을 만났었다.

술에 취한 여자가 성민의 팔에 매달려 있었기 때문일까. 그는 팬티 바람으로 치정극을 보이고 만 현우에게 무척 민망한 표정으로 인사를 건넸다.

"아, 안녕하세요. 그, 그날은 죄송했습니다."

그리고 현우는 그를 배려할 이유가 없었다.

"아, 예. 잘 해결되셨나 봐요. 그때 안에 계시던 여자분 맞죠?"

턱 끝으로 여자를 가리키며 굳이 알은척을 했던 것이다.

"예……."

"많이 취하셨네."

성민은 마지못해 억지로 웃으며 대답했다.

"많이 먹은 건…… 아닌데 술이 약한가 봐요."

"성공하셨네요."

"아니, 이건 의도했던 게 아니라……."

"아뇨. 저도 그런 뜻이 아니라, 전의 애인보다 훨씬 예쁘셔서."

"아, 아! 예. 예……. 뭐."

현우에게 말려들고 있는지도 모르고 성민은 음탕한 속마음이 들켰을까 봐 마른 입술을 적셨다.

"능력 있으시네."

"예?"

"남들은 한 명 사귀는 것도 힘든데, 동시에 두 명이나."

"저기. 뭔가 오해가……."

성민은 이제야 놀림당하고 있음을 깨닫고 정색했지만, 이미 현우의 깐죽거림을 막을 수 없게 됐다.

"오해는 무슨. 다 들었는데요, 뭐."

"그러니까 제가 바람을 피운 게 아니라……."

"바람 맞습니다."

"이봐요. 당신 뭔데 남의 연애에 바람이다 아니다 간섭입니까?"

마침 엘리베이터가 12층에 멈췄고 현우는 사람 좋은 미소를 지으며 마지막으로 못을 박았다.

"바람. 맞아요."

그런 일이 있었기 때문에 지금 1312호 안에는 성민이 있다고 현우는 확신했다.

이른 아침부터 자는 사람을 깨우는 건 무례한 짓이다. 그리고 그런 상식은 지금 현우에게 통하지 않았다. 어차피 평화롭던 일상에 파문을 일으킨 것은 1312호의 책임이 크다고 생각하고 있었기 때문이다.

딩동.

『누구세요!』

시끄러운 벨소리를 견디다 못한 성민이 마침내 짜증이 가득 담긴 소리를 쳤다.

"1213호에서 왔습니다."

『예? 무슨 일인데 아침부터…….』

"뭐 좀 물어볼 일이 있어서요."

철컥.

성민은 부스스한 머리를 한 채 인상을 팍 쓰면서 문을 열었다.

"뭐요? 뭔데 이래요?"

"그 여자 어디 삽니까?"

"예?"

"당신 전 애인. 윤지원."

"예에?"

다짜고짜 물어 오는 혼란스러운 질문에 성민은 머리를 벅벅 긁었다.

"말해요. 어디 사는지. 내가 좀 볼일이 있는데."

"그러니까. 지금. 나한테 헤어진 전 여자 친구의 집을 묻는 겁니까?"

"예. 해결할 일이 있어서요."

"무, 무슨…… 이게 무슨, 이런 또라이가! 하, 나 참. 보자보자 하니까, 어제도 그러고, 당신, 진짜 또라이 아니야? 미쳤어? 아침부터 자는 사람을 깨워서 이게 무슨 헛소리야!"

"내가 지금 토요일 아침부터 남의 집 문 두드려 가며, 욕까지 먹으면서 헛소리하는 걸로 보입니까? 왜요? 나한테 무슨 이득이 있다고?"

"와! 나, 뭐 이런……!"

성민이 흥분하거나 말거나 현우는 한결같은 목소리로 윤지원의 집 주소를 요구했다.

"난 윤지원한테 볼일이 있는데, 이 여자가 날 쌩까네요. 어디 사는지 주소만 말해 줘요."

"이봐요. 정신 차려요. 남의 집 주소를 내가 왜 가르쳐 줘? 아니, 그리고 당신 뭐야? 뭔데, 지원이 집 주소를 물어봐? 혹시 스토커야? 오. 그러네. 수상해. 어?"

"변태 눈엔 변태만 보인다더니……. 쯧쯧."

"뭐, 뭐라고? 이 사람 진짜!"

현우는 버럭 소리 지르는 성민의 말을 가로막았다.

"그 여자가 우리 집에 뭐 놔두고 간 게 있어서 보내 주려고 그러는 겁니다."

"놔두다니, 뭘 놔두고 가요? 아니, 거긴 왜 갔대요?"

"그것까진 알 거 없고."

"뭘 놔두고 갔는지 알아야 내가 알려 주든 말든 할 거 아닙니까!"

"이거요."

망설임 없이 성민의 눈앞에 들이댄 쇼핑백. 그리고 그 안에서 현우가 꺼내 든 건, 남자 둘이 마주 보기에는 상당히 므흣한 것이었다.

가슴 라인이 유독 섹시한 검은색 비키니!

눈이 핑글핑글 돌아가는 성민에게 현우는 비키니를 쫙 펴서 한 번 더 확인시켜 주었다.

"꽉 찬 B컵. 윤지원 씨 거 맞죠?"

"지원아! 윤지원!"

월요일부터 금요일까지 어린애들한테 시달렸다면 주말에는 엄마한테 시달리는 것이 스물아홉 지원의 운명이었다. 모처럼 침대에서 뒹굴거리는데 밖에서 저를 부르는 엄마의 목소리가 어김없이 주말의 여유를 깨뜨리고 있었다.

"엄마! 나 지금 자고 있잖아요!"

"자는 애가 어떻게 대답해!"

"아우! 나 좀 그냥 내버려 둬요! 제발!"

"나가서 두부 좀 사 와!"

엄마는 그녀의 절규를 들은 척도 하지 않았고, 지원은 엉덩이를 치켜들고 억지로 이불에서 빠져나올 수밖에 없었다.

그녀가 늘어난 추리닝 바람으로 빌라 상가로 들어갈 때였다. 현우가 탄 은색 벤츠가 아파트 안으로 들어갔지만 두 사람은 서로를 보지 못했다. 현우는 내비게이션에 집중하고 있었고 지원은 갑자기 걸려온 전화를 받아야 했기 때문이다.

"아, 짜증나게. 아침부터 계속 전화질이야. 끝났는데 왜 전화를 해! 웃기는 인간이네."

사실 그녀는 엄마의 잔소리보다 먼저, 한 시간 전부터 계속 전화를 해 대는 성민 때문에 아침잠을 설치고 있었다. 여태 무시했던 지원은 나온 김에 큰 소리로 욕이나 해 줄 생각으로 전화를 받았다.

"왜 자꾸 전화질인데!"

「야, 너! 너 뭘 흘리고 다니는 거야, 도대체!」

성민이 저보다 더 큰 목소리로 고함을 지를 줄은 몰랐기 때문에 지원은 깜짝 놀라 어깨를 움찔했다.

"뭐, 뭐야? 왜 소리를 질러! 내가 흘리긴 뭘 흘려!"

「1213호에 왜 네 것으로 추정되는 비키니가 있냐고 도대체!」

"뭔 개소……. 뭐? 1213호? 비키니?"

「너 그 자식이랑 무슨 사이야? 둘이 혹시 나 몰래 바람폈어?」

"하! 세상 사람들이 다 너 같은 줄 아세요? 헛소리 말고 다신 전화하지 마세요! 김성민 씨."

「야, 야! 너 그 비키니 입네, 어쩌네, 며칠 전에 전화하는 거 다 들었어. 너 혹시 그놈한테도 차였냐?」

"그만 좀 해라, 좀! 도대체 어디까지 보여 줄 건데! 아름답게 좀 헤어집시다. 네!"

「차였구나. 말 빙빙 돌리는 거 보니까 차였네. 그러니까 그 자식이 니 물건을 택배로 보낸다고 하지. 얼마나 꼴도 보기 싫었으면. 내가 주소는 알려 줬는데 너 충격받지 말라고 미리 전화해 주는 거야. 고마운 줄 알아.」

말 같지도 않은 소리를 나불거리는데 이제 화도 안 난다.

"고마워. 됐지? 끊어! 다시는 연락하지 마!"

그렇게 끊고 나서 곰곰이 생각해 보니, 왜 산 적도 없는 비키니가 거기에 있으며, 그걸 또 굳이 보내 주겠다고 주소를 알려 달라고 했는지, 도무지 알 수 없는 일이다.

'혹시 비키니를 사 준 건가? 내가 못 오니까 선물로 그냥 주는 건가? 에이. 그냥 갈 걸 그랬나…… 괜히 미안해지네.'

두부를 사서 털레털레 돌아가는 길. 그녀는 약 오 분 뒤에 벌어질 일을 조금도 예상하지 못하고 있었다.

한편 현우는 차를 세워 두고 통로 안으로 들어서며 투덜거렸다.

"뭐야? 생각보다 사는 게 괜찮잖아."

어디 반지하나, 옥탑방에 사는 줄 알았던 현우는 성민이 불러 준 주소를 듣고 난 후에는 원룸 정도를 예상하고 왔다. 그런데 제법 번듯한 빌라가 아닌가.

206호 앞에 선 현우는 망설임 없이 벨을 눌렀다.

『누구세요?』

현우는 큰 소리로 묻는 여자 목소리가 당연히 지원일 거라고 생각했다.

"나야. 현우 오빠."

지난번에 앵앵대는 목소리로 오빠라고 불렀으니 이번엔 자신의 차례였다.

"현…… 누구요?"

그러나 문이 열리면서 나타난 얼굴은, 그 목소리는 그녀의 것이 아니었다. 불길한 예감이 들었다. 아주머니의 얼굴이 그녀를 많이 닮아 있었다. 그제야 현우는 다 큰 여자도 부모님과 한집에 살 수 있다는 당연한 경우의 수를 떠올렸다.

"누구세요?"

"아, 집을 잘못 찾아왔나 봅니다. 죄송합니다."

"누구 찾아오셨는데요? 여기 빌라 사람들 모르는 사람 없으니까 말씀해 보세요. 알려 드릴 테니까."

심지어 모르는 사람에게 거침없는 태평한 태도까지 닮았다.

"아, 그게…… 저……."

현우가 열심히 말을 돌려 보려 할 때였다.

"어. 누구 오셨네? 엄마. 초당두부 없어서 그냥 아무거나 사 왔…… 현우 씨?"

너무 놀란 지원은 엄마 앞인 것도 잊고 그의 이름을 크게 부르고 말았다.

"아는 사람이야? 그럼 애 찾으러 오신 거예요?"

마른침을 꿀꺽 삼킨 현우는 억지로 미소를 지으며 대답했다.

"……예. 맞게 찾아온 것 같습니다."

그리고 뒤늦게 상황을 깨닫고 똥 씹은 얼굴로 당황하는 지원을, 사랑스럽게 노려보았다.

현우는 거실에 무릎을 꿇고 앉아 있으면서도 태연한 얼굴로 집 안을 둘러보고 있었다. 무슨 산악 동호회에서 단체로 맞춘 듯한 벽시계가 째깍째깍 소리를 내고 있었고, 구수한 된장 냄새가 풍기는 중에, 베란다에는 방금 널어 놓은 듯한 빨래가 널려 있었다.

"들어요."

지원의 어머니가 유리 탁자 위에 커피를 놓자, 현우의 시선은 신문지 위의 껍질을 까다 만 마늘로 향했다.

그의 시선을 눈치챈 어머니는 슬쩍 그것을 탁자 아래로 내려놓았다.

"흠. 그러니까. 성민이하고 헤어졌다고? 일주일 전에?"

마침내 지원의 아버지가 어색하게 질문을 던졌고, 지원은 현우를 힐끗 보다가 기어들어 가는 소리로 대답했다.

"아뇨. 그 전에 헤어지자고 했는데, 확실히 헤어진 게 일주일 전요……."

"그러고 나서 일주일도 안 돼서 이 남자랑 데이트를 가기로 했다고? 근데 너는 그걸 깜빡 잊었고?"

"예. 뭐……. 말이 좀 안 되는 것 같지만……. 예."

"말이 안 되는 정도가 아니라, 이것아!"

속이 터질 것 같았던 지원의 어머니가 다그쳤다.

"당신은 가만히 있어 봐. 그래. 왜 헤어졌어?"

"아빠. 이 사람 듣는데, 그 얘긴 안 하면 안 돼요?"

"헤어진 지 일주일이면, 이 사람하고는 사귄 것도 아닌 거야! 이 사람은 아직 우리 집안일에 아무 상관 없는 사람이니까, 나한테는 안중에도 없다. 오 년이야. 오 년! 오 년이나 사귀었으면 이제 결혼 준비를 해야지! 그동안 니들 사귀는 거 다 지켜본 양가 부모님들한테 말 한 마디 없이 헤어져! 그럼 도대체 언제 시집가려고 이래!"

조용히 타이르던 아버지의 목소리는 어느새 고함 소리로 바뀌었고 덩달아 지원의 목소리도 높아졌다.

"아빠! 무슨 조선 시대야? 그냥 사귄 건데 무슨 양가 부모님이야? 그리고 헤어질 때 그럼 부모님 허락을 받으란 거야? 그게 더 이상해!"

"시끄러! 뭘 잘했다고 큰소리야! 당장 이 남자하고 헤어지고 성민이 데려와! 오래 사귀다 보면 서로 서운한 일이 쌓이고 그러는 거지, 그걸 못 참고 헤어져?"

"아무것도 모르면서 그런 소리 하지 마세요."

"모르긴 뭘 몰라. 누군 연애 안 해 봤어? 니 엄마랑 나도 연애결혼 했어. 싸우고 헤어지고 더하면 더했지 덜하진 않았어, 이것아."

"그……!"

"바람은 안 피셨을 거 아닙니까."

여태 가만히 듣고 있던 현우가 갑자기 끼어들자 세 사람은 하던 말을 뚝 끊고 그를 바라보았다.

"바람?"

"그 사람, 따님 말고 다른 여자가 있습니다. 따님보다 더 예쁜 여자."

0.5초간의 정적은 지원의 발끈하는 외침에 산산이 부서졌다.

"그 여자가 어디가 예뻐요! 다 화장발이에요! 화장 지우면 완전 성괴라고요!"

"미의 기준은 주관적이지만, 객관적으로 봐도 그건 아닌 것 같아."

"이씨! 누구 편이에요, 지금?"

"내가 지금 바람맞힌 여자 편을 들고 싶겠어?"

"바람이라뇨? 제가 분명히 문자 했잖아요."

"내가 나가기 직전에, 고의적으로 그 시간에 문자 한 거잖아. 친구들하고 한 약속이야. 내 입장이 어떨지 생각 안 해 봤지? 바람맞히려고 작정한 거야."

두 사람이 티격태격하기 시작하자 잠깐 멍 때리고 있던 아버지는 퍼뜩 정신이 들었다.

"잠깐. 그 바람이 중요한 게 아니고. 성민이가 바람을 피웠다고?"

"예. 본인은 아니라고 하는데, 맞습니다."

현우는 망설임 없이 대답했다.

"어머, 세상에. 걔가 우리한테 어떻게 이럴 수 있어? 우리가 걔를 사위처럼 아들처럼 이뻐했는데. 넌 또 얼마나 잘했니. 그렇게 헌신적으로 보살펴 줬더니, 바람을 펴? 하! 믿을 놈 없다 더니."

기가 막혀 하는 엄마 앞에서 지원은 괜히 제가 잘못한 것 같아 미안해서 고개를 들 수 없었다.

아버지는 풀이 팍 죽은 딸이 안쓰럽고 답답해서 벌떡 일어나 소리를 쳤다.

"이 새끼가. 감히 내 딸을 두고 바람을 펴! 이 새끼를 그냥! 여보. 내 골프채 좀 가져와 봐."

"골프채는 왜요?"

"왜기는! 성민이 그 개놈의 새끼를 그냥 둬? 가서 그놈 다리 몽둥이라도 분질러 놓고 와야지!"

"그럼 그냥 두지, 깽값까지 물어줄 거예요?"

"아빠! 그런 싸구려 골프채 가지고 가 봐야 망신만 당하니까 그냥 가만있으세요!"

"제 거 드릴까요?"

흥분한 아버지와 이를 말리던 모녀, 세 사람은 또다시 끼어든 현우의 목소리에 그대로 정지했다.

그들의 시선을 한 몸에 받은 현우는 아무렇지 않은 얼굴로 엄지손가락을 어깨 너머로 넘기며 시크하게 말했다.

"제 차에 좋은 골프채 있습니다. 선물 받은 건데, 전 골프 안 좋아합니다."

"……."

절로 입이 벌어지게 만드는 개념 발언이었다.

분위기 파악을 안 하는 건지, 못 하는 건지, 현우는 굴하지 않았다.

"망가져도 상관없으니까 마음껏 쓰세요."

잠시 후, 지원의 아빠는 콧노래를 흥얼거리며 골프채를 닦고 있었다. 베란다를 서성거리며 아래를 내려다보던 지원의 엄마는 걱정스러운 표정으로 중얼거렸다.

"여보. 쟤네 정말 친구들하고 여행 가는 거 맞을까?"

"아니면 어쩔 거야? 다 큰 애들을 따라다니면서 감시할 수는 없잖아."

"아니. 저러다가 덜컥 애라도 생기면⋯⋯."

"어허, 이 사람이!"

"그렇잖아요. 우리도 그랬는데⋯⋯."

"그러니까 내 말이! 사람이 그런 행운을 두 번이나 바라면 안 되는 거야. 염치도 없이."

남편의 어이없는 발상에 지원 모는 펄쩍 뛰었다.

"어머. 이 사람 좀 봐. 그게 왜 행운이야? 당신한테나 행운이지. 난 아니거든요? 그리고 당신은 딸이 걱정도 안 돼? 시집도 안 간 딸이 배불러 오는 게 왜 행운이야?"

"무슨 걱정이야. 안 그래도 올해 안에 해치우려고 했는데, 그렇게만 되면 좀 좋아?"

"저놈을 어떻게 믿고? 사귄 지도 얼마 안 됐는데 어떻게 믿어? 그렇게 결혼했다가 애 인생 망칠 일 있어? 아무리 봐도 좀 사이코 같잖아. 눈치도 없고……. 뭐, 생긴 건 괜찮은 것 같지만……. 키도 크고. 돈도 좀 있는 것 같긴 한데……. 뭐,"

지원 모는 뒤로 갈수록 말을 흐리며 뺨을 긁적였다. 그러자 남편이 단호한 목소리로 그녀를 거들었다.

"겁도 없고 정직한 것도 같고. 사내놈이 그만하면 됐지. 돈도 있고."

골프채를 쓰다듬는 지원의 아버지가 눈을 빛냈다.

"그지? 당신한테 딱 하나 없는 그게 있지. 돈."

현우의 벤츠를 내려다보던 지원의 어머니도.

두 사람이 서로를 마주 보았다. 지원의 아버지가 씨익 웃었다.

"흠! 그으래? 내가 돈 말고 다 있는 놈이었구나!"

부모님이 오랜만에 닭털을 날리고 있을 때쯤, 우여곡절 끝에 결국 현우 차를 타게 된 지원은 툭 튀어나온 입을 꾹 다물고 있었다.

"입 넣어. 오리너구리처럼 생겼어."

"오리면 오리지, 너구리는 왜 붙여요?"

결국 현우의 놀림에 발끈해서 입을 열게 됐지만 차라리 말을 안 하는 편이 지원에게 더 좋았을지도 몰랐다.

"딱 그렇게 생겼으니까. 오리너구리 몰라? 못생겼어."

"내가 못생겼다고요? 눈이 진짜 저질이라니까. 그러니까 그 성괴가 나보다 이쁘다 그러지!"

"차라리 성형을 해. 아. 돈이 없지? 근데, 5백만 원은 어디서 났어? 적금 깼나?"

"미쳤어요? 내가 피 같은 적금을 깨게? 다음 달에 그 돈 들고 독립하려고 했단 말예요."

"그럼 빌렸어?"

"누가 나한테 그런 큰돈을 빌려 줘요? 오백은 고사하고 오십도 안 빌려 줄걸요."

현우에게도 오백이 작은 돈은 아니었다. 하지만 그건 무엇을 얻을 수 있느냐에 따라 기회비용이 달라지기 때문에 상대적이었다.

예를 들어 그녀를 하루 얻음으로써 친구들에게서 해방될 수 있는 편익과 옷값 오백만 원의 기회비용을 계산하자면, 오백만 원의 가치가 매우 저렴해지는 것이다.

하여간 지금 그의 머릿속에 든 쓸데없는 공식은 중요한 게 아니었다. 그가 궁금한 건 그녀에게 돈 오백의 가치가 얼마나 소중한 것인지보다 그 돈이 어디서 갑자기 생겼는가, 였다.

"설마 훔쳤어?"

"사람을 뭘로 보고! 저 유치원 선생이에요! 이래 봬도 양심적으로 살아왔다고요!"

"유치원 선생치고는 파격적인 발렌타인 이벤트였지."

"그 얘기는 또 왜 꺼내요? 잊으라니까!"

"양심적으로 그 돈 어디서 났냐니까?"

"주웠어요!"

지원이 툭 내던진 한 마디는 현우의 예상 밖이었다.

"뭐?"

"오해하지 마세요! 길 가다 주운 거면 제가 당연히 지구대로 갖다 줬죠. 믿을지 모르겠는데요, 세상에, 세탁소에 아빠 옷을 맡기러 갔는데, 호주머니에서 꾸깃꾸깃한 즉석복권이 나온 거예요."

"뭐?"

"심심해서 긁어 봤더니, 글쎄 그게 무려 오백만 원!"

"뭐?"

"아빠가 술 취해서 샀는지, 개업한 술집에서 나눠 준 건지 모르겠는데요. 암튼 기억도 못하시는 것 같더라고요. 심부름값이다 생각하고 제가 꿀꺽했죠. 나의 절박한 사정을 하늘이 알아주는구나, 하고. 절대로 훔친 게 아니고 정당하게 심부름을 통해 얻어 낸 거죠. 마치 금도끼 은도끼를 얻은 착한 나무꾼처럼요. 난 착하니까."

지원은 쓸데없이 자기변명을 주절주절 늘어놓았다. 이 시점에서 그딴 양심은 개도 안 물어갈 거라는 둥 비난을 받을 것을 예상했기 때문이다.

하지만 현우는 전혀 다른 것을 걸고 넘어졌다.

"복권이라······. 나 같으면 그 돈으로 로또를 오백만 원어치 했겠다. 어차피 불로소득인데 꽝이어도 그만이잖아?"

"네? 로, 로또요?"

"오백만 원어치를 샀으면 못해도 2등은 나오지 않았을까? 그럼 몇 천은 받았을걸?"

"아니, 그럼 세상 부자들은 만날 로또만 하고 있게요? 무슨 그런 말 같지도 않은 소리를!"

"그 사람들은 로또 말고 다른 거 하지. 다른 걸로도 충분히 벌 수 있거든."

"로또를 오백만 원어치를 하면 그것도 도박이에요. 도박!"

"왜 이럴 때는 간이 작아? 박스 안에 들어갈 때도 범죄의 위험성에 대해 한 번 더 생각해 보지 그랬어?"

"아니, 무슨 말만 하면 이야기가 그리로 돌아가요? 그거 되게 신기한 재주네!"

지원이 진심을 담아 버럭 소리쳤지만 현우는 웃었다.

"그러게. 자꾸 그렇게 되네. 그렇게 만드는 것도 참 신기한 재주야."

"하! 내가 말을 말아야지. 정상인 내가 참아야지 어쩌겠어."

"그래 주면 고맙고."

현우는 한 마디도 지지 않았다. 약이 오른 지원은 현우의 저 번지르르한 낯짝을 후려칠 만한 소재가 없을까 생각하다가 앞

뒤 없이 차에 시비를 걸었다.

"젊은 사람이 벤츠 같은 거나 타고 다니고. 돈 있다고 자랑해요? 꼭 이런 데다가 돈지랄 하고 다니는 사람들이 겉만 번지르르하지, 다 양아치라니까."

"난 차에다 돈지랄 안 해. 이건 사업상 타고 다니는 거고, 진짜 돈지랄은 그쪽한테 했지."

"뭐, 오백만 원? 그래요. 그것도 참 이해 불가죠."

"그것만 했을까? 그쪽 아버지한테 드린 골프채가 얼마짜린 줄이나 알아?"

"누가 주랬어요? 그나저나 골프채 얘기가 나왔으니 말인데, 이제 어떡해요?"

"뭘?"

"우리 부모님은 정말로 우리가 사귀는 줄 알잖아요. 그 비싼 골프채를 덜컥 드리는 바람에 진지한 사이로 오해하시는 것 같단 말예요!"

현우는 기다렸다는 듯이 앞쪽 서랍을 열어 귀여운 동물 그림 봉투를 지원에게 건네며 말했다.

"내가 필요하면 연락해. 어차피 한 달은 자주 볼 테니까."

귀여운 그림 봉투에는 오백팔십삼만 원이 들어 있었다. 제 취향을 맞춰 준 섬세함에 감동받긴 개뿔! 정성이 깃든 클래스가 다른 조롱이었다.

"아, 진짜! 나한테 왜 이러는 건데요?"

현우의 삐딱한 태도를 참지 못한 지원이 이제는 거의 울먹거리며 짜증을 냈다.

"왜 이러긴? 우린 계약을 한 거야. 나는 지금 계약을 위반한 그쪽에게 위약금을 요구하는 매정한 처사 대신에 한 번 더 기회를 주고 있어. 이쯤 했으면 성의를 생각해서라도 고분고분 따라와 줘야 하는 거 아닌가?"

"그쪽이 제정신 같지 않으니까 내가 이러는 거 아니에요! 미쳤어요? 진짜? 거기가 어디라고 와요? 아니, 우리가 얼마나 봤다고 집엘 찾아올 생각을 해요?"

"얼마나 보긴? 웬만큼 다 봤지."

"아, 좀!"

현우는 이쯤에서 멋대로 나불거리던 입을 다물었다. 더 놀렸다가는 달리는 차에서 뛰어내릴 것처럼 지원이 씩씩거리고 있었기 때문이다.

"나는 당연히 그쪽이 독립한 줄 알았지. 부모님 계신 줄 알았으면 설마 갔을까? 나도 지금 굉장히 당황스러우니까 일단 그 일을 어떻게 수습할지는 오늘 일부터 끝내 놓고 생각하자고."

"좋아요. 그쪽이 벌인 일만 확실히 정리해 준다면 나도 이번 일 최대한 협조할게요."

진지해진 현우의 태도에 지원의 목소리도 한결 누그러졌다.

"잘 생각했어. 그럼 그 앞에 열어 봐."

지원은 서랍 안에서 종이를 꺼냈다.

"이게 뭐예요?"

"가는 동안 읽고 외워. 예상 시나리오야."

"뭐야, 이게……. 무슨 일 하세요? 유치원 교사예요. 현우는 어떻게 만났어요? 현우 씨 CF 촬영 때문에 유치원에 촬영 협조차……. 촬영? CF? 사업한다더니, 이쪽이에요?"

"응."

"평범한 일은 아니네요. 그래서 성격이 이상한가……."

"편견이야. 난 원래 이상했어."

"아, 네."

딱 부러지는 현우의 대답에 질려 버린 지원은 그냥 시나리오를 계속 읽어 갔다.

"누가 먼저 사귀자고 했어요? 현우 씨가 애들을 싫어해서 전혀 사귈 맘이 없었는데, 싸우다 보니 그냥 그렇게 됐어요. 와, 시나리오 꼼꼼하네요. 그럴듯해요."

"벌써 감탄하면 곤란하지."

"어디 보자……. 음. 이것도 괜찮고……."

중반까지 읽어 내려가는 동안의 예상 질문은 평범하고 답도 디테일했다. 그럭저럭 보아 넘기는데, 후반부가 문제였다.

"뭐야, 이게? 갑자기 왜 질문이 이따위예요?"

"그때쯤이면 그놈들이 술 두세 잔 정도 마셨을 때거든."

"아니, 아무리 그래도 그렇지, 해도 될 질문이 있는 거지,

처음 본 친구 애인한테 뭐 이런! 내 가슴 사이즈가 왜 궁금한
건데요!"

"아, 그거였어? 그건 괜찮잖아. 자랑스러워해도 되겠는데."

"이, 이…… 변태들!"

"난 빼 줘. 난 그런 거 안 궁금해. 보면 아는데, 왜 물어봐."

"그게 더 변태 같거든요!"

"됐고. 넘어가. 중요한 건 그 뒤부터야."

지가 불리해지면 말을 돌려 버린다고 투덜거리면서도 지원
은 현우의 말을 잘 듣고 있었다.

"현우랑 어디까지 갔어……요?"

"어. 거기. 그 부분부터 주의해야 해. 말려들어 가면 안 돼."

"친구들이 정말 이런 놈들이에요?"

"아주 집요하기까지 하지. 사람 피곤하게 만드는 재주가 있
는 놈들이야."

"그럼 같이 놀지 마요. 왜 놀아 줘요?"

"잘못 짚었어. 그놈들이 나랑 놀아 주는 거야."

"네?"

"그놈들 없으면 난 왕따라고. 귀찮은 건 싫지만 무리에서 소
외되는 건 더 싫거든. 적당히 맞춰 줘야 해."

"……굉장히 쓸데없는 데 소신 있네요. 의외로?"

"인간은 사회적 동물이니까."

운전하는 현우의 옆모습을 빤히 쳐다보던 지원은 다시 시나

리오로 눈을 돌렸다. 알면 알수록 이해하기 힘든 이 남자보다 시나리오가 차라리 쉬웠기 때문이다.

"흠! 어디까지 갔어요? 상상에 맡길게요. 현우 잘해요? 뭐, 뭘 잘한다는 거예요? 왜 여기서부터는 답도 없어요?"

"우리가 그 질문에서 벗어날 방법은 딱 하나밖에 없어."

"뭔데요?"

"우리 방으로 가면 돼."

"……."

◆

현우의 예상 시나리오는 거의 맞아떨어졌다. 그러나 불행히도 그의 계획대로 깔끔하게 맞아떨어지지는 못했다. 왜냐면 지원이 이렇게 친구들과 죽이 잘 맞을 줄은 몰랐기 때문이다.

"꺄하하하."

스파에 몸을 담근 지원은 맥주잔을 들고 깔깔깔 웃어 대고 있었다. 얼굴이 붉어진 건 미지근하게 맞춘 온천물 탓이 아닐 것이다. 현우는 당장이라도 그녀의 목덜미를 잡아끌고 룸으로 들어가고 싶은 것을 꾹 참고 있었다.

"근데, 지원 씨 왜 수영복 안 입었어? 커플로 온 사람들은 다들 수영복도 커플로 맞춰 입고 왔는데."

문제의 발렌타인데이에 결혼식을 감행했던 최승현, 그의 부인 연주 씨가 지원의 민소매 티와 핫팬츠를 지적했다.

"아, 제가 유치원 교사라 그런지 좀 보수적인 면이 있거든요. 헤헤."

〈보수: 반라의 상태로 박스에 들어가는 행위의 개념.〉

현우는 용어 사전에서 보수란 말의 정의를 수정해야 하나 묻고 싶어졌다.

일단 비키니 입히기는 실패했다. 그녀가 죽어도 못 입겠다고 우기기 시작했는데 다투다 보니 지원의 말도 일리가 있었다.

"언제는 오빠 비키니가 좋아요, 하지 않았어? 왜 딴소리야!"

"그때는 사정이 있었다고요! 눈치가 없어요, 왜!"

"내가 눈치까지 있어야 해? 왜?"

"아, 몰라요! 나 요즘에 아랫배에 살 붙었단 말예요! 친구들 앞에서 여자 친구 똥배 보여 주고 싶어요?"

"그거 요즘 붙은 거 맞아?"

"맞아요! 성민이 오빠랑 헤어지고 스트레스 받아서 너무 먹었단 말예요! 에이 씨! 왜 맛있는 건 다 살이 찌는 거야 도대체!"

"이것 봐. 맛있어서 먹었네. 그게 왜 그 자식 탓이야? 금욕. 금욕 몰라? 왜 그런 단어가 생겼겠어? 유혹을 견뎌야 성공할 수 있으니까."

"잘 생각해 봐요. 저 박스 안에 들어가 있을 때, 그때는 배가 날씬했다고요!"

"언제는 생각하지 말라며!"

"아······! 지금은 허락할게요."

그래서 현우는 지원이 준비해 온 민소매 티와 핫팬츠를 허용할 수밖에 없었던 것이다.

"저기, 지원 씨. 현우 저 새끼 진짜 어때요? 만난 지 얼마 안 됐다면서 어떤 놈인지 파악은 했어요? 애 성질 장난 아닌데."

최승현, 역시나 이 새끼가 가장 문제였다. 다른 커플들은 이미 자기 룸으로 다 들어갔는데, 굳이 여기 남아서 저를 갈구고 깔아뭉개고 있는 것이다.

"그죠? 성질 진짜 개 사이코 같죠? 이런 사람 처음 봐요."

"풉! 와! 지원 씨 대박. 현우를 앞에 놓고 까네. 시원시원해서 좋다!"

"그러게. 야. 너 제대로 만났다."

사내놈들의 칭찬이 이어지자 연주 씨가 의아한 듯이 말했다.

"어머. 왜들 그래요? 현우 씨 입바른 소리를 잘해서 까칠하긴 해도 나름 매너도 있고 괜찮은데······."

"매너는 무슨. 언니가 뭘 몰라서 그래요. 완전히 안하무인이에요. 지밖에 몰라요. 외동아들인가? 그죠? 외동아들이죠!"

"외동 같은 소리 하고 있네. 위로 형, 아래는 여동생 있어."

현우가 더는 못 참고 툭 내뱉었다.

그런데 최승현은 예리하게도 그 말을 비집고 들어왔다.

"뭐야. 둘이 사귄 지 그래도 한 달은 됐다면서 호적 관계도 잘 몰라?"

"아……. 그게……."

현우가 곤란해하는 찰나의 순간.

"그러니까요! 이 인간이 이렇다니까요. 지가 무슨 그렇게 대단한 왕자님이라고. 신비주의야 뭐야. 지 얘긴 하지도 않는다니까요! 난요, 여기 와서야 이 리조트가 이 사람 아빠 거라는 걸 알았다니까요!"

지원은 나름 재치 있게 순간을 모면했다고 생각했지만 분위기는 묘하게 돌아갔다.

"지원 씨. 정말 몰랐어요?"

"네?"

"얘네 집 되게 잘사는데. 어느 정도인지 몰라요?"

"얘 지금껏 사귄 여자들은 얘네 집안 돈 보고 성격 참아 준 애들이 대부분이었거든요."

"아뇨. 잘사는 건 아는데……. 되게 좋은 오피스텔에서 살고, 벤츠도 타고……."

"오피스텔? 얘네 집 갔어요? 거긴 우리도 잘 못 가는데?"

"그러니까. 얘 집에 누구 잘 안 들여요. 여자를 들였다고? 천하의 지현우가?"

"어……. 그, 그래요? 어쩌다 보니까……."

"야. 지현우 너 이 자식. 너 지원 씨 진짜 좋아하는구나!"

"어, 저기요. 그런 게 아니라……."

지원은 현우의 눈치를 살피며 어떻게 해야 하는지 눈짓으로 애원했다.

현우의 눈은 이렇게 말하고 있었다.

'작작 좀 마실 것이지!'

그 눈빛에 찔끔 놀란 지원은 왠지 현우의 목소리가 들린 듯해서 맥주잔을 스윽 내려놓았다.

"아니긴 뭐가 아니에요? 왜 갑자기 저 자식 눈치를 보고 그래요? 아까처럼 해요. 아까처럼. 지가 노려보면 어쩔 거야? 좋다는 표현을 꼭 저렇게 한다니까. 안 그래요, 지원 씨?"

"하, 하하하……. 글쎄요."

현우는 최승현을 정말로 개자식이라고 생각했다. 진돗개처럼 저를 물고 놓지 않으니 말이다. 그래서 먹잇감을 던져 주고 이 자리를 뜨는 게 낫겠다고 결론지었다.

"그래. 좋아해."

"!"

"진짜로 좋아하니까 여기 데려왔잖아. 당연한 걸 왜 캐묻고 있어?"

"오오!"

"이야, 지현우 너 남자다!"

난데없는 현우의 고백에 지원은 가뜩이나 달아오른 뺨이 더 뜨거워졌고 쉬지 않고 떠들던 입술도 꾹 닫혀 버렸다. 그런데 현우는 여기서 멈추지 않았다. 갑자기 저를 그윽한 눈으로 바라보더니 느끼한 미소로 이렇게 얘기하는 것이다.

"자, 그럼 우리는 이제 보내 줘. 가서 우리 둘이 해야 할 일이 있거든."

'할 일? 뭐, 뭘 한다는 거야? 이 사람이 진짜!'

당연히 지원은 경악했다. 설마 진심으로 하는 말은 아니겠지, 가슴이 쿵쾅쿵쾅 뛰었다.

현우는 당황한 지원의 표정을 보며 씨익 웃었다. 동그랗게 뜬 눈을 보니, 이제 술이 좀 깨는 모양인데 얼굴은 더 빨개져 있었다. 이렇게 표정을 감출 줄 모르니, 이용만 당하지.

"좋지! 그래. 해야지! 할 일이 있지!"

"오케이! 바로 그거지!"

옆에 앉은 놈이 현우의 어깨를 치며 응원하자 그제야 지원에게서 눈을 뗐다. 하나같이 지들이 더 들떠서 소리를 질러 댔는데 그 와중에 최승현만 우습다는 듯이 웃고 있었다. 현우는 가소롭다는 그 표정이 마음에 들지 않았다. 뭔가 다 알고 있다는 듯한 그 웃음이. 분위기를 이렇게 몰아간 당사자가 말이다.

"하, 할 일이라뇨? 우리 여기 그냥 조금 더 있다가 가면 안 돼요?"

마침 불안하게 눈동자를 굴리며 이 상황을 모면하려는 지원을 보자 현우는 멋진 한 방이 떠올랐다.

"비키니 안 보여 줄 거야? 나한테만 보여 준다고 해서 아까부터 얼마나 기다리고 있는데."

"예? 예? 뭐, 뭐, 뭐라고요?"

그는 지원의 턱을 손가락으로 척 들어 올리며 귓가에 속삭였다.

"여기 계속 있고 싶어? 내가 여기서 키스할지도 모르는데?"

촤악!

지원은 빛의 속도로 일어나서 외쳤다.

"맞다! 비키니! 가요, 어서!"

그녀의 목덜미를 끌고 가고 싶었던 현우는 반대로 지원에게 질질 끌려가고 있었다. 하지만 부러워하는 친구들의 눈빛과 맘에 들지 않는다는 최승현의 표정을 보는 것만으로, 충분히 흡족해했다.

213호.

"방 번호가 213호인 건 고의적이에요? 1213호를 떠올리라고?"

넓고 호화로운 방에 들어서자 지원은 몸을 배배 꼬며 어색함을 이겨 보려고 애썼다. 특히나 커다란 침대에 자꾸 눈이 가는 걸 참느라 시선을 어디에 두어야 할지 애매했다.

"익숙한 게 좋잖아."

"강박증 같은 거 있어요?"

"옷이나 갈아입어."

"오, 오, 옷을 갈아입으라고요? 왜, 왜요? 진짜 비키니 입히려고요? 이 사람이 진짜!"

"우리 지금 젖은 채로 그냥 왔거든? 그쪽이 끌고 오는 바람에?"

"아, 아! 그 얘기였어요? 난 또……."

"또 뭐? 비키니 입고 싶어?"

"아니, 난……. 헉! 지금 어디서 옷을 벗어요!"

현우는 끌려 나오면서 걸쳐 입은 티셔츠를 짜증내면서 벗어젖혔다.

"그럼 같이 씻을까? 얼른 먼저 들어가서 씻고 나오시지? 내가 이 들러붙는 걸 계속 참고 있어야겠어? 십 분 내로 씻고 나와!"

"알았어요. 알았어!"

지원이 갈아입을 옷을 가지고 후다닥 욕실로 뛰어 들어가는 사이에도 현우는 계속 잔소리를 했다.

"우리 때문에 엘리베이터가 전부 물로 흥건해졌잖아! 아무리 급해도 그렇지, 이렇게 나오면 어쩌자는 거야?"

"거, 자기 아빠 거라고 되게 까탈스럽네!"

진짜 얼굴이랑 몸매가 아까운 놈이라면서 지원은 고개를 설레설레 저었다.

'와, 욕실도 진짜 좋다. 근데 문은 왜 이래?'

반투명으로 된 샤워 유리문이 매우 꺼림칙해서 월풀 속에 쏙 들어가 씻기 시작했다.

쏴아.

뜨거운 수증기에 둘러싸여 온몸이 노곤노곤해지자 현우랑 여기 오길 잘했다는 생각이 들었다. 욕실 타일, 샤워기, 모든 게 그녀의 마음에 쏙 들었다.

'신은 불공평해. 차라리 성격 나쁜 게 낫지. 적어도 자기는 편할 거 아냐. 주변 사람만 괴로운 거지. 왜 신은 저런 놈한테, 재력과 재능과 인물과 몸매를 몰빵해 주셨냔 말이야.'

쾅쾅쾅.

"!"

밖에서 유리문을 두드리는 소리를 듣고 화들짝 놀란 지원은 월풀 속으로 쑤욱 들어갔다.

"뭐, 뭐예요!"

"온천욕 즐기러 온 줄 알아! 빨리 안 나와!"

"아, 진짜! 진짜 신이 원망스럽다!"

약 십 분 후, 지원이 후드 티와 반바지로 갈아입고 쭈뼛거리며 나오자 이미 반나체로 서 있던 현우가 지원과 어깨를 부딪치며 스윽 들어가 버렸다.

"아얏! 아이……. 진짜. 뭐 이렇게 급해……."

지원은 입을 삐죽거리며 앉을 곳을 찾는데 너무 넓어서 영

적응이 되지 않았다. 이리저리 돌아다니면서 만져 보고 눌러 보고 하다가 냉장고를 발견했다.

"오오!"

냉장고 안에는 맥주가 꽉꽉 채워져 있었고 테이블에는 와인도 세팅되어 있었다.

"이야. 주인 아들이라고 채워 놨나? 장난 아니네."

그리고 그때 지원의 눈에 문제의 그것이 보였다. 바로 위스키!

현우는 느긋하게 샤워를 즐기고 약 이십 분 후에 나왔다. 그러나 그는 나오는 순간 흠칫 놀랐고, 오 분 뒤에는 샤워를 일찍 끝내지 않은 것을 후회했다.

그의 눈에 온몸으로 술을 마시고 있는 지원이 보였다. 어째서 온몸인가 하면 현란한 기술로 폭탄주를 제조하고 있었기 때문이다.

"뭐해?"

"쉿!"

발그레한 뺨, 반쯤 풀린 눈, 그리고 입술에 제대로 갖다 대지도 못한 손가락. 그러나 그녀는 흔들림 없는 손놀림으로 진중하게 맥주잔 위에 젓가락 두 개를 얹었다. 그러고는 그 위에 위스키 잔, 또 그 위에 다시 젓가락, 그 위에 다시 위스키를 얹었다. 그리고 맨 위의 잔에 위스키를 채우더니, 맥주병을 들었다.

이쯤에서 그는 다시 묻지 않을 수 없었다.

"뭐하고 있어?"

지원은 맥주를 콸콸 따르며 꼬인 혀로 뿌듯하게 외쳤다.

"삼단 폭포주요! 멋지죠?"

"아, 그래……. 폭포 같다."

어이를 상실한 현우는 폭포처럼 차례차례 떨어지는 화려한 맥주 줄기를 보며 영혼 없는 대답을 해야 했다.

그런데 그게 다가 아니었다. 현우는 팔짱을 끼고 헛웃음을 지었다. 말릴 새도 없었지만 어디까지 보여 줄지 기대가 되기도 했다. 그녀는 삼단 폭포주 세 잔을 마치 범고래가 물을 빨아들이듯이 단숨에 마셔 버리고 네 개의 맥주잔에 다시 맥주를 채우고 있었기 때문이다.

지원은 나란히 줄지어 놓은 맥주잔 위에 리조트 팸플릿을 깐 뒤, 위스키 네 잔을 또 그 위에 올렸다. 입술을 오므리고 손끝에 온 신경을 집중시켰다. 그 모습이 어찌나 진지한지 한심하게 쳐다보던 현우조차 숨죽이며 지켜보았다. 마침내 팸플릿을 탁 빼자 기가 막히게 위스키 잔들이 동시에 퐁퐁퐁퐁 맥주잔 속으로 들어갔다.

"까아아악! 죽이죠? 자요. 한 잔 줄게요! 자, 어서 받아요. 난 그래도 세 잔이나 있지용! 크크크."

"후우……."

현우는 얼결에 받은 잔을 얼음 통에 쏟아부었고, 그사이에 지원은 한 잔을 원샷하고 잔을 돌렸다.

채앵. 채앵.

맥주잔 아래를 잡고 돌리자 위스키 잔이 컵 안에 부딪치면서 맑은 종소리가 났다.

"쩽쩽! 내가 골든 벨 울렸어요! 맘껏 마셔요! 자요!"

"……."

이번에도 받긴 받았지만 말문이 막혀 버린 현우는 입술만 핥았다. 그런데, 속이 타서 그런지 갈증이 나, 그만 들고 있던 폭탄주를 훌훌 마셔 버리고 말았다. 워낙에 술을 싫어하는 데다 독한 폭탄주가 입맛에 맞을 리가 없으니, 끄윽거리며 오만상을 찌푸려야 했다.

그러는 동안 그녀는 남은 술을 벌써 다 마시고 이번엔 맥주를 따르면서 쫑알거렸다.

"이걸 원자 폭탄주라고 하거든요. 왜 그런지 아세요? 자, 보세요. 위스키 잔을 맥주잔 안에 딱 떨어트리면 맥주 거품이 버섯구름처럼 팡, 이렇게 팡, 튀어 오르거든요. *끄끄끄끄.* 재밌죠?"

"하아……."

지원이 숨넘어가게 웃는데, 현우는 머리를 짚었다. 술 취한 친구 놈들을 피해 왔더니 그보다 더한 폭탄이 기다리고 있을 줄이야!

"너 어디서 놀았냐?"

"예? 어디서 놀다뇨?"

"이거 완전히……. 너 아저씨들하고 술 마셨냐?"

"히잇. 나 술 잘 말죠?"

"칭찬 아니거든?"

어금니를 깨물고 위협적으로 말해 보지만 소용없었다. 알콜은 그녀의 오감과 판단력을 완전히 상실케 했다. 한마디로 눈에 뵈는 게 없는 상태였다.

"……근데 나는 술을 잘 말고, 그쪽은 술을 잘 하나 봐요. 그런 건 참 잘 어울린다. 그죠? 진짜로 사귀어 볼까?"

"뭐?"

"같이 마셨는데, 멀쩡하잖아요. 난 좀 취한 것 같은데……."

취중진담이라고 했던가. 중요한 말이 지나간 것 같았는데 지원의 횡설수설에 묻혀 버려서 현우도 흘려보내고 말았다.

"언제 같이 마셨어! 너 혼자 마셨잖아! 그리고 좀 취한 게 아니라, 그냥 갔어. 지금! 완전히 갔어!"

"응? 그랬나……? 아, 그럼 이제 같이 마십시다. 어쩐지 심심하더라……. 내가 뭐 보여 줄까요? 나 아직 스킬이 많이 남았는데? 헤헷."

복창 터지는 소리에 현우는 그녀의 잔을 뺏어 버렸다.

"뭘 같이 마셔? 맥주 당장 내려놔. 취했다면서 왜 자꾸 마셔?"

"내가 지금 맨정신으로 어떻게 이 밤을 보내야 할지 모르겠으니까 그런 거 아니에요. 에이 씨."

손에 들고 있던 맥주를 내려놓긴커녕 지원은 아예 병째 들고 마셨고, 보다 못한 현우는 그 병마저 확 빼앗아 버렸다.

"이 밤을 어떻게 보내? 자. 그냥 자라고. 설마. 내가 널 어떻게 할까 봐? 걱정 마. 아무 걱정 말고 잠이나 자. 자고 일어나면 오늘 일이 후회되겠지만, 지금은 행복하게 자라고. 제발."

"뭐야, 이거……. 지금 이거 나 지켜 준다는 거예요?"

"뭐? 누가 누굴 지켜?"

"진짜 좋아서 지켜 주는 거 아니냐고요? 남자들은 아무리 못생긴 여자라도 한방에 같이 있으면 못 참는다면서요? 근데, 나 정도 되는 여자랑? 어? 게다가 술도 마셨는데?"

"와. 넌 술을 마시면 자신감이 업 되는구나."

"아니에요? 그럼 설마 그건가? 성민이 오빠가 날 매력 없는 아줌마 취급하더니, 이제 그쪽도 날 그렇게 보는 거예요? 아, 그렇지. 내가 그렇게 섹시한 모습으로 박스에 들어가 있는데도 날 거들떠도 안 봤지. 생각해 보니까 되게 기분 나쁘네. 그때 나한테 얼마 줬더라? 돈 몇 푼 쥐여 주고 나 쫓아내려고 했죠!"

"결론만 얘기하자. 결론만. 내가 그쪽한테 얼마를 썼는지 생각해 봐."

이미 자기만의 생각에 빠진 지원은 현우의 목소리가 들리지 않았다.

"난 여자도 아니었어. 여자도 아니야. 그래. 맞아. 나는 그냥 캥거루였어. 캥거루! 난 캥거루야! 이것 좀 봐요! 여기 주머니에 내 아기가 있어요. 짜잔!"

그녀가 배 앞에 달린 주머니에서 꺼낸 것은 언제 집어넣었는지 알 수 없는 캔 맥주였다.

"어? 쌍둥이네!"

하면서 한 캔을 더 꺼내 보이자 현우의 인내심은 바닥이 났다.

"하아아……."

긴 심호흡과 함께 그는 당장에 캔 맥주를 뺏어 싱크대에 모조리 부어 버렸고, 냉장고에 들어찬 맥주까지도 전부 꺼내서 하수구로 흘려보냈다.

"이런 씨! 술 내놔요! 안 내놔? 내놓으라고 씨이! 캥거루 주먹 맛 좀 볼래요?"

지원이 그의 등을 세차게, 정말로 있는 힘껏, 주먹까지 써가며 때렸지만 현우는 술을 전부 버릴 때까지 꿈쩍도 안 했다. 그리고 돌아서선 빈 캔을 으그러트리며 사납게 으르렁거렸다.

"이게 어디서 행패야! 얼른 올라가서 안 자! 귀엽다 봐주는 것도 여기까지야!"

"귀여워? 진짜요? 내가 귀여워요?"

"……."

현우는 못 들은 척 그녀를 외면했지만 지원은 그의 뒤를 졸졸 따라다니며 귀엽냐고 물었다.

"방금 귀엽다고 했잖아요. 네? 아, 혹시! 캥거루 좋아하는구나! 그죠?"

그러다 급기야,

"그럼 이건 어때요? 이것 봐요. 입 내밀었어요. 입 내밀면 오리너구리. 이래도 귀여워요? 오리너구리도 좋아해요?"

지원이 도톰한 입술을 쭉 내밀고 현우의 앞을 가로막은 것이다.

쿵.

심장 떨어지게 놀란 현우는 마른침을 꿀꺽 삼켰다. 약 오 년째 솔로로 지낸 서른네 살 건장한 대한민국 청년에게, 한껏 들이대는 붉은 입술이 자극적이지 않을 리가 없었다.

'이건 그냥 오리너구리다!'

겨우 가슴을 진정시킨 현우가 정중하게 대꾸했다.

"치워."

"칫! 싸가지가 없어."

"보자보자 하니까 진짜……."

사실 현우는 그녀를 똑바로 볼 수가 없었다. 방금 제 눈앞을 꽉 메운 그녀의 입술이 잔상처럼 남아서 사라지지 않는 것이다.

'술을 마셔서 그래.'

그게 아니면 설명할 길이 없다. 이상하지 않은가. 오리너구리가 왜 섹시해 보이는 걸까. 캥거루가 왜 귀여워 보이는 걸까.

'건강해서 그래. 그래, 지나치게 건강한 탓이야.'

본능은 자신이 건강한 남자임을 증명하고 싶어 꿈틀거렸지만 현우는 자신이 이성적인 사람임을 더 증명하고 싶었다. 본능에 지지 않으리! 밖에 있는 저 굶주린 늑대들과 같은 부류가 되지 않으리!

그는 한 마리 고고한 학이 날개를 접고 낙락장송 위에 앉아 세상을 내려다보는 그림을 떠올렸다. 어디선가 대금 소리가 들리는 것도 같았다.

"아, 더워. 벗어야지."

"!"

여백의 미가 넘치던 상상 속의 그림은 갈가리 찢어졌고, 깨진 음악 소리에 놀란 학이 훨훨 날아가 버렸다.

"안 돼!"

전광석화와 같이 돌아보았으나 지원은 이미 후드 티를 홀러덩 벗고 있었다. 그리고 그 옷 안에 감춰진 것은 현우를 또 한 번 놀라게 했다.

"짜잔! 어때요? 나 비키니 입었어요!"

"왜, 왜?"

"응? 아까 궁금해서 입어 봤어요. 나 주려고 산 건데 아깝잖아요. 어때요? 이쁘죠?"

지원은 핑글핑글 돌면서 저를 봐 달라고 했고, 현우는 머릿속이 복잡해져서 핑글핑글했다.

그가 고른 검은색 비키니는 그녀에게 너무 잘 어울렸다. 가슴을 감싸는 느낌으로 귀여운 듯 섹시하게 교차되는 상의, 그리고 끈으로 된 홀터넥의 아슬아슬함은 아찔할 정도였다. 심지어 하의에도 끈이 양쪽 골반을 가로지르고 있어서 섹시함이 배가 된 듯했다.

"벗어……. 아니, 입어. 옷 입어!"

머릿속에 경계경보가 울렸다. 이러다 오늘 밤 정말로 사고 칠 것 같았다.

"덥단 말예요!"

'너 때문에 내가 더 덥잖아!'

라고 소리치고 싶은 것을 참고 있는데 그녀는 또 금세 시무룩해져서 중얼거렸다.

"재미없어. 성민이 오빠는 나 술 먹으면 같이 웃어 주고 되게 잘해 줬는데. 그러니까 당신이 돈이 많은데도 애인이 없는 거예요. 성민이 오빠는 내가 술 먹으면 귀엽다고 했어요. 그래서 남들 앞에서 술 먹지 말라고 했는데……."

난데없이 등장한 이름에 현우는 눈썹을 찌푸렸다. 이 여자 진짜 답이 없다. 아무리 취해도 그렇지, 그런 놈을 오빠라고 부르면서 추억을 곱씹다니! 게다가 감히 천하의 지현우를 그딴

놈한테 비교하고 있는 건가?

"헉! 맞다. 술 먹으면 안 되는데, 어쩌지? 당신 앞에서 먹어 버렸는데……. 아! 나 뭐라는 거야. 괜찮잖아. 이제 헤어졌는데, 뭐! 어라? 근데 술이 없잖아. 어……. 안 되겠다. 나 술 좀 사 가지고 올게요."

현우는 나가려는 지원의 팔을 재빨리 붙잡아 당겼다. 그 바람에 현우의 품 안으로 풀썩 쓰러진 지원은 그를 밀치며 비틀거리며 바로 섰다. 하지만 여전히 그가 붙잡고 있었기 때문에 팔을 당기며 떼를 썼다.

"왜 이래요? 나 술 마실 거예요. 놔요."

"……."

"놓으라니까요!"

"너 여기서 술 더 먹잖아? 그러면 사고 칠 것 같으니까 내가 말려 주는 걸 고맙게 생각해."

"뭐라는 거야. 나 아직 정신 말짱해요! 사고는 무슨!"

"안 취했는데 그 새끼가 왜 오빠야?"

"어떤 새끼요?"

"김성민."

"예? 내가 그 새끼한테 오빠라고 했어요?"

"어. 여기서 더 마시면 그 오빠한테 전화하고 있을걸?"

"미쳤어! 아주 요 입이 나쁜 버릇이 들었어! 아 놔! 이 입을 그냥!"

현우는 나불거리는 그녀를 뚫어져라 쳐다보다 스윽 웃음을 머금었다.

"그렇지. 그 입을 그냥 두면 안 되겠지? 경고하는데, 당신 지금 내 애인인 상태야. 한 번만 더 오빠 소리 해 봐. 내가 그 입을 어떻게 하나 보라고."

왠지 페로몬을 풍기는 나직한 목소리가 지원의 귓가에 파고들었다.

그러자 그녀는 눈을 크게 뜨고 입을 뻥긋거리다가 격양된 목소리로 더듬거렸다.

"어…… 어, 어떻게 그런 욕을 할 수 있어요?"

그의 입가에서 미소가 사라졌다.

"욕?"

"지금 내 입을 찢어 버리겠다는 거 아니에요!"

"……."

"이씨. 진짜 상종 못 할 사람 아니야! 놔요. 자면 될 거 아냐! 나 잘 거예요!"

현우는 그녀를 놔주었다. 그리고 그녀가 돌아서서 씩씩하게 침대로 가는 모습을 그 자리에서 멍청하게 쳐다보았다. 이불 속에서 쌕쌕거리는 소리가 들릴 때까지 그는 꼼짝도 하지 않았다.

"……하!"

다행히 이 정도로 주사를 끝냈다고 해야 할까?

뭔가에 홀린 듯한 이 기분은 뭘까? 억울하고 불쾌한 이건 뭘까? 마지막에 제가 무슨 말을 한 걸까?

'그래. 어중간하게 취해서 그래.'

현우는 신발을 신고 다급하게 밖으로 나갔다.

술! 술이 필요했다!

3.

배송조회

"우웅⋯⋯."

속에서 불이 나는 것 같았다. 가슴을 움켜쥐고 꿈틀거리며 일어난 지원은 산발한 머리를 긁적이며 눈살을 찌푸렸다.

"뭐야. 우리 집 아니네⋯⋯. 그렇지, 참. 여기 리조트지."

그러다가 지원은 저쪽 긴 소파 아래에 이불에 말린 채 떨어져 자고 있는 현우를 발견했다.

말려 올라간 티셔츠와 반대로 살짝 내려간 바지 때문에 그의 매끈한 옆구리와 그 아래 탄력 있는 엉덩이가 반쯤 드러났다.

'윽. 무슨 남자가 이렇게 섹시해. 아, 안 돼! 이런 거에 홀리면 큰일 나! 뗵! 그나저나 웃기긴 웃기네. 큭큭. 자다가 떨어졌

나 보지? 어쭈. 술도 마셨네?'

지원은 얼굴을 붉히면서도 풉 하고 웃음을 참았다. 지금이 기회이기 때문이다.

"내 핸드폰! 이런 건 사진을 찍어 놔야 해!"

핸드폰을 들고 후다닥 침대에서 뛰어내려 온 지원은 현우와 몇 걸음을 남겨 두고 서서 그 적나라한 수치심의 현장을 촬영하기 시작했다. 풀샷, 엉덩이 클로즈업샷, 배꼽샷 등등. 지원은 카메라 렌즈를 통해 마음껏 그의 몸을 탐닉했다.

"캬. 사진 잘 나왔네!"

너무 잘 나온 게 문제이긴 했다. 굴욕적인 뱃살이라든가, 깡마르거나 펑퍼짐한 엉덩이였다면 훨씬 재밌었을 텐데. 게다가 보통 이렇게 녹다운 돼서 자고 있을 때는 얼굴이 못난이가 돼야 하지 않나. CF 쪽 일한다더니, 자는 표정도 커피 광고처럼 쳐 자고 있었다.

'이러니까 내가 술을 안 먹고 배겨?'

젖은 티셔츠를 벗어 던지던 현우의 박력과 군살 없는 단단한 몸매에 사실은 갈증이 났었다. 샴푸 냄새를 풍기고 나올 그와 어색하지 않을 자신이 없었기 때문에 술로 갈증을 달랬던 것이다.

'뭐, 아무튼 이 정도면 타격은 줄 수 있겠지!'

깔끔하고 독선적인 그의 성격으로 미루어 보았을 때 이 정도면 그가 길길이 날뛸 만한 약점이 될 수 있을 것이다. 드디어 그의 억지스러운 장단에서 발을 뺄 수 있게 돼서 지원은 가슴이 벅차올랐다. 첫 만남의 실수로 인해 그에게 휘둘려 왔던, 짧지만 괴로웠던 순간들 이제는 안녕!

뜻하지 않게 찾아온 역전의 기쁨을 골반을 흔들며 요란한 댄스로 표현하고 있을 때였다.

"뭐해?"

산만한 기척을 느낀 현우가 깨어난 것이다. 지원은 그제야 참았던 웃음을 깔깔깔 터트리며 현우를 향해 손가락질했다.

"푸하하하! 도도한 척 혼자 다 하더니 자다가 소파에서 떨어지기나 하고! 아 웃겨! 내가 당신 굴욕사진 찍어 놓았거든요. 크크크크크. 이제 내 앞에서 잘난 척 못할걸요!"

찰칵.

"응? 뭐예요? 왜 내 사진을 찍어요? 유치하게 뭐 똑같이 해 보겠다 이거예요?"

현우는 대답은 않고 세운 무릎에 턱을 괴면서 찍은 사진을 감상했다.

"흠……. 아침부터 참 눈을 즐겁게 해 주네."

"어허. 도발하지 마세요. 안 속아요."

"자, 봐봐. 그쪽이 봐도 재밌을걸?"

지원은 불안함과 의심을 품고 현우가 들이댄 사진을 조심스럽게 바라보았다. 그리고…….

"꺄아! 이, 이게 뭐야!"

목덜미까지 펑 하고 터질 듯 새빨개진 지원은 사진 속의 모습과 제 자신의 몰골을 번갈아 보며 기절할 것 같은 충격을 받았다.

"이거 당신 짓이지!"

그렇게 외치며 이불 속으로 숨어 들어갔는데도 더, 더 깊숙하고 어두운 곳으로 기어들어 가고 싶은 심정이었다.

"이 변태! 언제 이랬어요? 언제 나한테 비키니를 입혔냐고요! 어떻게 이런 짓을 할 수 있어요!"

"아직 술 덜 깼어? 거기 들어가 있는 김에 잘 생각해 봐. 무슨 일이 있었는지."

무슨 일이 있었을까? 간밤의 일을 차근차근 떠올리던 지원은 시트를 입에 물고 소리 없이 파닥거렸다.

"그리고 내 사진들 말인데."

"!"

제 손에 핸드폰이 없음을 깨달은 지원이 이불을 펄럭 젖혀 얼굴을 내밀었다. 아니나 다를까. 언제 침대 옆에 왔는지, 현우가 제 폰을 만지작거리고 있었다.

"어, 어딜 손대요! 내려놔요. 내 핸드폰이잖아요!"

"음란하네."

"예?"

"화면의 구도나 비율, 뭐로 봐도 이건 19금이네. 욕구 불만이야?"

"미쳤어요! 내가 왜요? 난 헤어진 지도 얼마 안 됐는데요!"

"아무튼 굴욕이라더니 완전 섹시하네 뭐. 굴욕은 이런 거지."

그러면서 현우는 다시 한 번 비키니를 입은 지원의 사진을 보여 주었다. 비키니 하의의 골반을 가로지르는 검은 끈. 그 끈 사이에 그녀의 아랫배 살이 끼어 있는 모습을 굳이 확대까지 해서 말이다.

"이, 이, 변태 왕자병 말기 환자 같으니라고! 당장 안 지워요!"

"안 그래도 지우려고 했어."

그렇게 지원을 안심시킨 것은 불과 수초. 그녀가 찍은 현우의 사진들이 하나둘 지워져 갔다.

"내 사진만."

"야아! 너 진짜 이럴 거야!"

두 사람은 이렇게 우렁찬 목소리로 아침을 시작했다.

아침이라기엔 너무 늦은 시각이었다. 열두 시쯤 점심을 먹으러 왔을 때 다른 커플들은 이미 떠났고 솔로로 남은 녀석들은 아직 일어나지도 않은 상태였다. 현우는 그놈들이 깨어나서 귀찮게 하기 전에 떠나고 싶어 했기 때문에 간단한 식사를 마친 두 사람은 바로 차에 올랐다.

"어디서 어떻게 놀면 젊은 여자가 폭탄주 스킬이 그렇게 정교할 수 있지? 과거가 상당히 의심스러워."

아침의 소란 이후 모든 것을 떠올린 지원은, 이미 한차례 지나간 부끄러움 앞에서 당당했다.

"화학과 다니는 친구가 있는데 비율에 미쳐 있거든요, 술로 비율 공부를 한다더라고요. 나도 첨엔 안 믿었는데, 걔가 말아 주는 폭탄주가 맛이 기가 막힌 거예요. 아, 이게 바로 생활 속의 화학이구나, 하고 감탄했더니, 가르쳐 주겠다고 하잖아요?"

"그 친구가 여자야, 남자야?"

"남자요. 왜요?"

"그 친구 지금도 만나?"

"아뇨. 성민이 옵…… 그 새끼랑 사귀고 나서부터 갑자기 연락이 끊어졌어요."

"아, 역시……."

"뭐가 역시예요?"

상당히 둔한 여자였다. 누가 저를 좋아하는 것도 모르고, 또 애인이 바람을 피우는 것도 모르는 눈치 없는 여자. 그러니 전날 밤 잠깐 이성을 잃은 저의 호의적인(?) 말에도 욕한다고 화를 냈겠지만. 현우는 제가 상관할 바가 아닌데도 이상하게 짜증이 났고, 또 한편으로는 흥미로운 생물체를 관찰하는 기분이 들었다. 제 주변에는 여우같이 새침한 여자들만 있었지, 폭탄주 말아 주면서 술 권하는 정신 나간 여자는 본 적이 없으니까.

다시 말해 그는 자신이 여자한테 어디서 폭탄주 마는 법을 배웠느냐 궁금해할 수 있다는 사실이 흥미로웠다.

"윤지원 씨."

"예? 어, 예?"

갑자기 정식으로 불린 이름에 지원은 불안함을 느끼며 곁눈질을 했다.

"웬만하면 남자들 앞에서 술 안 먹는 게 낫겠던데."

"어머. 내가 술을 먹든 말든, 그쪽이랑 무슨 상관이에요?"

"앞으로 한 달은 상관이 있어질 것 같아."

"왜요?"

현우는 아침에 빼앗았던 그녀의 핸드폰을 손에 쥐여 주었다.

"통화내역 좀 봐."

또 이 사람이 무슨 짓을 했나 불길해진 지원은 냉큼 통화내역을 뒤졌다. 그런데 이게 웬 일인가. 김성민의 이름이 떡하니 떠 있었다. 더군다나 부재중이 아니라 무려 25분간의 긴 통화 시간이 남겨져 있는 게 아닌가.

"어, 어? 설마. 저 술 먹고 성민이 옵……. 아니, 이 새끼한테 전화했어요? 나, 난 그런 찌질한 주사는 없는데."

"잘 봐. 한 건가, 온 건가."

"어라? 온 거네. 뭐야. 새벽에 왜 전화를 하고? 근데, 난 받은 기억이 없는데. 이상하네. 나 술 먹고 필름 끊긴 적은 한 번도 없었는데……."

"훗."

당황하는 지원 앞에서 현우는 저도 모르게 쿡, 웃고 말았다.

"비웃어요, 지금?"

"아니. 그냥 필름 끊기는 게 그쪽한테는 더 좋은 게 아닌가, 해서. 사람은 가끔 잊고 살아야 편한 기억도 있거든. 설마 캥거루 주머니에 기억도 넣어 다니나?"

"아픈 데 찌르지 마세요! 안 그래도 이제 그 주머니 달린 옷은 다 갖다 버릴 거니까! 그나저나 진짜 이건 도대체 어떻게 된 거예요? 뭐 아는 거 있어요? 내가 무슨 얘길 했지……."

"주사는 부려도 필름은 안 끊기는 거 맞아. 내가 보증할 수 있어. 그 전화 내가 받았거든."

"……네? 내 전화를…… 그쪽이 받았다고요? 왜요?"

남의 전화를 왜 지가 받는지도 수상하고 이해가 안 가지만 무엇보다, 남자 둘이서 무슨 통화를 했기에 25분이나 이야기를 할 수 있는지가 의문이었다. 이것들이 쌍으로 술 마시고 개소리를 한 게 분명했다.

"그러게 왜 김성민 이름을 남겨 놔? 당장 지웠어야지. 이름이 뜨는데 안 받을 수가 있나. 서로 아는 처지에."

"알긴 뭘 알아요! 정신이 있는 거예요, 없는 거예요! 내 전화를. 그것도 남의 전 남친 전화를 받는다는 게 상식적으로 말이 된다고 생각해요?"

"말이 안 되는 건 그 개자식이지. 도대체 새벽 세 시에 왜 전 여친한테 전화를 하는 건데? 내가 받아 준 걸 고맙다고 생각해. 그리고 정 그 새끼 번호를 남겨 놓고 싶으면 이름을 바꿔. 개XX라든가, XXX이라든가. 좋은 이름 많잖아?"

"하……! 말 딴 데로 돌리지 말고, 무슨 얘기 한 거예요? 그 자식이 뭐라 그랬어요?"

"우리 다연이랑 헤어졌대."

"……."

지원은 머리가 띵해졌다. 다연이와 헤어졌다는 그 말만 맴돌았다.

"차였나 봐. LTE급으로 차였던데?"

"……."

"첨엔 아무 말 안 하고 그냥 듣고만 있으려고 했는데, 그 자식이 너한테 다시 사귀자고 하길래 한마디 해 줬지."

"뭐, 뭐라고요? 나랑 다시 사귀자고 했다고요? 그, 그래서 뭐라고 했는데요!"

바람피우고 저를 헌신짝처럼 버린 전 남친이 다시 제게 매달린다니, 지원은 심란하면서도 가슴이 뛰었다.

아직 그를 좋아한다 하기엔, 서로 너무 안 좋은 꼴을 많이 봤고 실망도 많이 했다. 하지만 여자 맘은 또 그렇게 단순하지 않았다. 만약 자신이 직접 전화를 받았다면 성민에게 동정심을 느꼈을지도 모른다.

어쨌거나 성민은 긴 시간 함께해 온 가족 같은 존재였고 그가 진심으로 후회하고 뉘우친다면 한 번쯤은 용서해 줘도 되지 않을까. 다른 여자랑 사귀어 보았으니 이제 윤지원이란 여자가 얼마나 좋은 여자인지 깨닫지 않았을까. 그런 마음 약한 생각이 스멀스멀 올라왔을 테니까. 그런데 남의 입으로 그 일을 전해 들으니, 야릇한 카타르시스와 함께 제가 뭔가 팜므파탈이라도 된 듯한 뿌듯함이 느껴지는 것이다.

그렇게 두근두근한 심정으로 현우의 말을 기다렸건만, 이어지는 그의 말에 방금 전 떠올렸던 도도한 자신의 이미지가 완전히 무너져 내렸다.

"윤지원 씨라면 비키니 입고 술이 떡이 돼서 자고 있으니까 내일 말씀하세요."

"뭐, 뭐, 뭐, 뭐라고요! 이 사람이 진짜! 아니, 그걸 그렇게 얘기하면 어떡해요!"

"그럼 뭐라고 얘기해? 깨워서 바꿔 줘? 아니면 그냥 끊어?"

"그, 그거야……."

"봐. 어쩔 수 없었다니까. 아무튼. 그놈도 지금 너처럼 흥분해서 소리를 고래고래 지르더라고. 헤어진 주제에. 그 새끼야말로 그쪽이 누구하고 술을 마시고 잠을 자든, 새벽 세 시에 다른 남자가 전화를 받든 말든 관여할 자격이 안 되잖아. 그렇지?"

"그, 그건 그렇죠. 그럼요. 나쁜 놈. 지가 어딜 전화해……."

지원이 고개를 갸웃하면서도 수긍을 하니, 현우의 목소리는 더 당당해졌다.

"그래서 특별히, 그쪽이 날 도와준 것도 고맙고 해서 나도 뭔가 보답을 하고 싶었달까?"

"또 뭐라고 했는데요……."

지원은 불안해서 울고 싶어졌다. 이 남자, 왜 시키지도 않은 짓을 해서 저를 추하게 만들고 있을까.

"너 깨워서 바꾸라기에 딱 잘라서 말해 줬지. 두 번 다시 전화해서 치근덕거리지 말라고."

"하아……. 그래요. 잘했어요. 잘했어. 그랬더니 순순히 끊던가요?"

"아니. 나한테 무슨 상관이냐며 쌍욕을 하기에, 자세히 설명을 해 줬지. 나는 내 걸 누구와 공유하는 걸 싫어하고 다른 사람 손을 타는 건 더더욱 싫어합니다. 물건이든, 사람이든."

"……네?"

언뜻 이해하기 힘든 말이었다. 방금 그가 뭐라고 했더라?

"못 알아듣는 척하기는……."

운전을 하던 현우는 빨간불 앞에 정차를 하더니 고개를 돌려 그녀를 마주 보았다. 그러고는 매우 의미심장한 눈길을 던졌다.

"왜, 왜 그렇게 봐요?"

지원은 왜 그런지 모르겠지만 가슴이 콩닥콩닥 뛰었다. 방금 들은 얘기도 신경 쓰이고, 저 대신 성민이를 열 받게 해 준 것도 다른 의도가 있었던 게 아닌가 하는 여자의 육감, 그리고 빨려 들어갈 것 같은 저 눈빛!

"한 달간은 내 거잖아. 그새 잊었어?"

"!"

"자꾸 현실도피 하는데, 잊어버리지 마. 한 달이야."

"안 잊었어요! 말을 이상하게 하니까 그렇지! 왜 내가 그쪽 거냐고. 한 달만 임대해 준 거죠!"

"좋아. 그럼 나는 임대 기간 동안 알차게 써먹어야겠군. 뭐부터 해야 할까? 이건 어때?"

"?"

"진짜 사귀어 볼까?"

"……예?"

현우는 어리둥절한 그 표정을 보다가 씨익 웃으며 대꾸했다.

"가볍게 사귀어 보자. 한 달만."

아, 순간 설렐 뻔했었다! 방심하고 있었더라면 분명 가슴이 두근거렸을 것이다. 정신이 돌아온 지원은 평소처럼 큰 소리로 화를 냈다.

"한 달만 가볍게 사귀는 게 무슨 진짜로 사귀는 거예요!"

"왜? 한 달 사귀어 보고 괜찮으면 두 달도 될 수 있고, 이년도 될 수 있는 거 아닌가? 대신 한 달 동안은 안 헤어지는 거지."

"진짜 기가 막혀!"

"나보다 그쪽이 더 절실할 텐데? 부모님 일도 해결해야 하잖아?"

"그게 왜 해결이에요! 일을 더 크게 부풀리는 거지! 그리고 우리 부모님은 당신보다 성민이 오빠랑 다시 사귄다고 하면 더 좋아할 거라고요!"

"그건 그쪽이겠지."

"아니에요! 내가 뭐! 난 그럴 맘 조금도 없거든요!"

"넌 아직 그 자식을 정리 못 했어. 이렇게 한심할 수가 없지. 얼마나 당하면 정신을 차릴 수 있을까 궁금하네."

치부를 건드리다 못해 제가 생각해도 한심해서 꽁꽁 숨겨 두었던 그 못생긴 심리를 현우가 기어이 끄집어내서 펼쳐 들고 비웃고 있었다. 원래 아픈 곳을 찌르면 더 아픈 법이다. 지원은 눈물까지 글썽해 가며 발끈했다.

"그래요! 그렇다 쳐요! 내가 그 새끼 못 잊고 다시 사귀고 싶어서 안달 났다고 쳐요! 당신이 뭔데 상관이에요! 무슨 그런 쓸데없는 데다 오지랖을 펼치고 있냐고요! 어차피 다른 사람 일엔 관심도 없는 사람이잖아요. 만사 귀찮다면서 왜 내 일에는 이렇게 시키지도 않았는데 발 벗고 나서냐고요! 주제넘은 거 알아요?"

현우는 씩씩거리는 지원이 숨을 돌리기를 잠시 기다려 주었다. 마침 파란불이 켜졌고 다시 차를 출발시키며, 늘 그렇듯이 무미건조한 목소리로 말했다.

"재밌으니까."

"당신 재밌으려고 다른 사람을 이렇게 괴롭혀도 된단 말예요! 왜 그래요, 진짜!"

"내 생애 이런 핵탄두급 폭탄은 그쪽이 처음이라서, 또 무슨 쇼킹한 모습을 보여 주나 이제 설레기까지 한단 말이지."

"……네?"

"그래서 말인데, 내일은 뭐해?"

"…….''

"아무 일 없으면 저녁에 우리 집에 와."

"……거길 왜 가야 하는데요?"

"라면이나 끓여 먹자."

"예?"

"라면 싫어해?"

"아뇨."

"난 싫어해."

"예?"

"그러니까 설거지는 그쪽이 해."

지원은 얼떨결에 현우 집으로 가게 된 사실이 어이없어서 멍한 눈으로 입만 벌리고 있었다.

◆

현우는 리조트에서 돌아오자마자 기대했던 편안한 휴식을 포기해야 했다.

딩동. 딩동.

당장 나가지 않으면 큰일 날 것 같은 다급하고 요란한 벨 소리. 아닌 척했지만 가뜩이나 숙취로 지끈거리는 머리를 붙잡고 인터폰을 들었다.

"누구세요?"

『문 열어, 이 자식아!』

"아……. 1312호?"

『야, 이 새끼야! 그래, 1312호다! 당장 문 안 열어!』

"어차피 이야기하자고 찾아온 거 아닙니까? 이렇게 얘기하면 되겠네요."

『뭐?』

"전 집에 사람 잘 안 들입니다."

『이, 이 씨! 야! 쫄았냐? 남의 여자랑 놀아난 게 잘못인 줄 아나 보지? 어!』

"남의 여자요? 아, 뭔가 오해가 있으신가 봅니다. 제가 다연 씨랑 놀아난 줄 아셨나 보네요?"

『뭐, 뭐?』

"그 여자는 전 모르는 일입니다. 저는 그냥 1312호분이 버린 여자랑 놀았거든요. 오해 풀리셨으면 이만. 제가 좀 피곤하거든요. 밤새 지원 씨 상대했더니, 잘 아시죠?"

술 취한 지원을 상대하기가 보통 힘든 일이 아니었다. 물론 현우는 상대가 그런 뜻으로 알아듣길 원하지 않았고, 성민은 흡족하게도 다른 뜻으로 알아들어 주었다.

『야! 너 당장 이 문 안 열어! 지원이한테 무슨 짓을 한 거야! 당장 열어!』

"제가 이 오피스텔 주인하고 좀 잘 아는 사이라 한 말씀 드리겠는데요. 조용히 돌아가시는 게 좋을 겁니다."

『하! 협박하냐! 엉! 내가 지금 진정하게 생겼어! 나도 소란 떨기 싫으니까 얼굴 보고 얘기하자고 개자식아!』

"잠시만 기다리세요."

그렇게 대답한 후 그는 인터폰을 눌러 경비실과 통화했다.

"예. 전데요. 여기 문 앞에 1312호가 와서 개 진상을 떠는데, 처리 좀 해 주시죠."

이야기를 끝내고 기지개를 폈다. 잠시 후 밖에서 고래고래 소리치는 성민과 경비들의 실랑이가 들렸지만 그는 반나절밖에 안 남은 소중한 주말을 평화롭게 보낼 준비를 했다.

그런데 바깥의 소란이 잦아들자, 제 속은 더 시끄러워지고 있었다.

섹시한 검은 비키니를 입고 골반을 흔들어 대며 깔깔거리던 지원의 모습이 자꾸만 아른거렸기 때문이다.

"아, 라면 먹고 싶다."

속이 쓰린 건 놓쳐 버린 지난밤 때문이 아니라, 숙취 때문이 분명했다.

한편 지원은 집으로 바로 가지 않고 친구들을 만났다. 어차피 집에 일찍 들어가 봐야 부모님의 추궁이 이어질 게 뻔했고 친구들에게 할 얘기도 많았다.

"뭐야, 그 큰 리조트가 그 사람 아버지 거라고?"

"그런가 봐."

"야, 너 대박이다!"

제 몸에 빨간 리본을 매어다가 박스에 예쁘게 포장해 1213 호까지 날아다 준 아주 고마운 친구들인 관계로 이미 이번 일이 어떻게 진행되고 있는지 낱낱이 알고 있었다. 특히 그날은 고교 시절까지 투포환을 던졌던 영주의 공이 컸다. 영주는 지원이 현우를 만나게 된 건 제 덕이나 다름없다며 연신 대박을 외치고 있었다.

"대박! 너 진짜 그건 우리가 맺어 준 인연이야. 잘되면 우리 공을 잊지 마!"

"그래, 이년아. 성민이 그 자식은 어차피 부모님 돈 좀 있는 걸로 사치나 부린 거지, 사실 그냥 그런 졸부 아냐? 평범한 회사원 주제에 그 고급 오피스텔이랑 외제차가 웬 말이니. 너 그 자식이랑 결혼했으면 분명히 돈 때문에 고생 좀 했을 거다. 그 버릇 못 고치거든."

부모님 돈 쓰는 것도 능력이라고 했던 혜림의 가치관이 갑자기 바뀌었다.

"현우 그 사람도 부모님이 부자인 거지! 그 리조트가 지 거야?"

"얘가 뭘 모르네. CF 감독이라며, 사업한다며! 그 나이에 그러기 쉬운 줄 아니? 능력도 있다는 얘기 아니야. 그리고 인맥이 있어야 가능한 일일걸? 그 나이에 그 정도 인맥 쌓으려면 태어날 때부터 도련님이어야 가능한 거야. 알겠어?"

공무원 시험에 한 번에 합격해 친구들의 부러움을 샀던 희준이는 요즘 매너리즘에 빠져 날마다 사직서를 품에 넣어 다니고 있었다.

"으이그, 이 바보야. 어떻게 어젯밤을 그냥 그렇게 보낼 수가 있어. 내가 답답하다. 답답해."

"삽질도 정도껏 해라. 너 이제 곧 서른이야. 서른 전에 괜찮은 남자를 물어야지 승산이 있는 거야!"

"라면 먹으러 오라는 건 그린라이트라니까!"

아무튼 이래저래 힘든 현실과 외로움에 지친 친구들의 결론은 하나였다.

"그 남자 꼬셔! 엎어지라고 이년아!"

그 뒤부터 이어진 이야기는 어떻게 하면 정상의 범주에서 약간 벗어난 서른네 살 남자를 유혹할 수 있을까였다.

그리고 하루는 금방 지났다.

"어머, 윤 선생님. 못 보던 옷이네요? 무슨 날이에요?"

"아뇨. 그냥……."

"진짜 예쁘네요. 비싸 보이는데? 어디 좋은 데 데이트 가나 봐요."

"예……. 뭐."

라면 먹으러 가면서 오백만 원짜리 옷을 입고 간다고 말할 수는 없었다. 친구들 성화에 홀려 완전무장 하고 나오긴 했지만 퇴근 시간이 다가올수록 긴장되고 있었다.

"얘들아. 우리 무슨 노래 부를까?"

"멋쟁이 토마토요!"

"토마토? 그래? 그럼 다 같이 하나, 둘, 시작!"

"울퉁불퉁 멋진 몸매에 빨간 옷을 입고……."

"엇! 잠깐, 잠깐 얘들아! 우리 이 노래는 부르지 말자!"

순수한 영혼을 가진 아이들과 함께하는 마음을 치유하는 동요 부르기 시간에 지원은 제 마음속에 쓰인 음란마귀를 영접하고 말았다.

뭐 애초에 멋쟁이 토마토가 케첩이 되고 주스가 되는 잔인한 동요에서 순수성을 찾으려 한 것이 잘못이 아닐까, 라고 위안해 보지만 음란마귀는 이렇게 속삭이고 있었다.

'리조트에서 놓친 기회가 아깝지?'

젠장!

지원은 그 말에 반박할 수가 없었다. 전 남친과 사귀면서도 무려 일 년 넘도록 관계를 갖지 못한 저는 심각한 욕구 불만이었고, 현우는 솔직히 성민과 비교하는 것이 실례일 만큼 섹시한 남자였다.

리조트에서 바보처럼 폭탄주나 말고 있지 않았다면 지금쯤 새로운 역사를 쓰고 있을 수도 있었을 텐데!

'아 놔! 그림의 떡도 아니고, 차려 놓은 밥상을 찬밥을 만들어 놓다니!'

생각해 보면 그 남자가 아쉬울 게 뭐가 있겠나. 아쉬운 건 저였다. 조건만 보면 말이다. 자신은 그렇게 속물적인 여자가 아니라고 말하고 싶지만 능력 있고 잘난 남자를 굳이 거부해야 할 이유가 있을까.

'그래. 엎어져 보는 거야!'

파이팅으로 마음을 다잡고 그의 오피스텔 정문을 들어갈 때였다.

"야, 윤지원!"

'아, 또 잊고 있었다.'

지원은 목소리를 향해 돌아보다 깜짝 놀라고 말았다. 며칠 사이에 성민은 몰라보게 초췌해져 있었다. 밖에 나올 때는 항상 광택이 흐르던 성민의 얼굴이 푸석하고 어두운 데다가 턱수염까지 까칠했다.

"······꼬라지가 왜 그래?"

"좋냐? 내 꼬라지가 거지 같아서 기분 좋아? 복수한 것 같아? 넌 아주 살판 난 모양이더라. 그 새끼가 그렇게 잘해 주는 모양이지?"

"오빠가 무슨 상관인데?"

"너 그놈이랑 언제부터 알던 사이야?"

"말해 줄 의무가 없지만, 오빠가 자꾸 양다리네 어쩌네 하니까 오해받기 싫어서 말하자면, 안 지 얼마 안 됐어."

"어, 그래? 그럼 그렇게 급속도록 가까워질 수 있었던 이유가 돈 때문이냐? 그 새끼 돈 많더라."

"하! 참 나. 그건 또 무슨 자격지심인데?"

"이 오피스텔 주인이 그놈이라던데?"

"……뭐?"

이건 또 처음 듣는 소리였다. 물론 서로 안 지도 얼마 안 됐지만.

"모르는 척하기는, 야! 그 새끼가 나 여기서 쫓아내려고 혈안이 돼 있어. 니가 시켰지, 엉?"

"뭐라는 거야. 난 모르는 일이야! 그리고 내가 오빠한테 어쨌다고, 왜 나한테 그래?"

"니가 젤 나빠. 너 이럴 거면, 이렇게 쉽게 변심할 거면, 나한테 왜 그렇게 난리 쳐서 다연이랑 헤어지게 만들어!"

"다연이랑 헤어진 게 내 탓이란 거야?"

"그럼 누구 탓이야! 너 때문에 걔가 얼마나 맘고생 했는지 알아? 니가 그날 그렇게 난동만 안 부렸어도……. 하. 됐다,

됐어. 그래, 내 탓이다. 다 내가 잘못했지. 다연이가 좋았으면 널 확실하게 정리했어야 했지. 그리고 무엇보다…… 내가 널 놓친 게 젤 큰 죄지."

이렇게 나오니 그가 불쌍하다는 생각이 들긴 했다. 그래서 화는 내지 않고 한결 누그러트린 목소리로 다독여 주었다.

"이제 정신 좀 차렸나 보네? 나 같은 여자가 흔한 줄 알아? 으이그. 이제 정신 똑바로 차리고 사세요. 어서 나처럼 좋은 여자 만나서 결혼도 하셔야죠."

"그렇게 매정하게 말할래? 위로 좀 해 주면 안 돼?"

"내가 왜? 아, 다연이랑 헤어진 게 내 탓이라서? 됐어요. 꿈 깨. 수 쓰는 거 다 알아."

"그런 거 아니라니까. 그런데, 그 손에 든 건 뭐야?"

"라면."

"그래? 나 사실은 어제부터 암 것도 못 먹었는데."

"그런데?"

"마지막으로 라면 좀 끓여 주면 안 되냐?"

이놈이나 저놈이나 식모든 노예든 지긋지긋했다.

"엄마가 끓여 준 라면이 먹고 싶었나 보지?"

"비꼬지 마. 그건 실수였어. 진심 아니었다고."

"나 이제 임자 있어. 이 라면도 임자 있는 라면이야! 내가 오빠 같은 줄 알아? 난 지조 있는 여자야. 양다리는 안 걸친다고!"

"야, 너 우리 집에! 우리 집에 그거, 그거 가져가야지."

"뭐? 뭘 놔두고 갔는데?"

"그거…… 그, 패, 팬티!"

"엥? 내가 팬티를 놔두고 갔다고? 그런 적 없는 것 같은데……."

"있어! 너 원래 뭐 잘 흘리고 다니잖아! 그거 꽤 오래됐어. 빨리 가져가."

"그냥 버리지 뭘……."

"버려도 니가 버려! 왜 나한테 시켜! 내가 그 팬티 때문에 다연이랑 얼마나 싸운 줄 알아?"

"이상하다. 그게 왜 거기 있지……."

지원은 얼굴이 빨개져서 머리를 긁적였다.

'팬티만 들고 나오지, 뭐.'

그렇게 해서 지원은 오 년 사귄 정에 대한 믿음으로, 설마 하는 마음에 1312호로 들어가고 말았다. 그녀의 가방 속에서 진동이 울리고 있는 것도 느끼지 못하고.

[왜 전화 안 받아?]

[언제 올 거야? 늦으면 늦는다고 해야 안 기다리지.]

[또 약속 어긴 거면 진짜 가만 안 있을 테니까 각오해.]

그렇게 부재중 통화와 문자가 쌓여 가고 있었다.

"아직이야?"

라면을 끓이는 동안 팬티를 찾아보겠다던 성민은 라면이 거의 익어 가는데도 드레스 룸에서 나오질 않았다. 이러려던 건 아니었는데 팬티 찾기가 시간이 걸려서 뭐든 하고 있는 게 덜 어색했다.

"잠깐만!"

"뭘 이렇게 오래 걸려? 없으면서 괜히 부른 거 아니야?"

지원은 투덜거리면서 젓가락으로 라면을 휘저었다. 그러다가 뒤에서 인기척이 느껴져 고개를 돌렸다.

"찾았…… 헉!"

그녀가 들고 있던 젓가락이 힘없이 아래로 떨어졌다. 왜 제 팬티를 찾으러 갔던 남자가 전라의 모습으로 서 있는지 이해할 수가 없었다.

"지원아……. 너 오늘 진짜 이쁘다."

"미, 미, 미쳤어?"

"어. 나 미쳤어. 니가 안고 싶어서 미칠 것 같아. 너 나 보여 주려고 그렇게 예쁘게 하고 온 거잖아."

"이런 또라이……. 우리 헤어졌어! 헤어졌다고!"

"잠깐 위기가 온 거뿐이잖아. 남자가 라면 끓여 달라는데 따라온 건 너도 마음이 있다는 거지. 안 그래?"

친구가 했던 말을 여기서 또 듣게 될 줄이야. 따라온 자신이 병신 같은 년이라고 머리를 쥐어뜯고 싶어졌다.

"야! 말은 바로 해! 내가 라면 때문에 왔니? 니가 나 속인 거잖아!"

"우리 이번에 찾아온 이 위기를 사랑으로 극복할 수 있어. 그동안 내가 너한테 소홀했다는 거 알아. 그래서 이러는 거야. 잘해 주고 싶어. 그동안 못해 준 거까지 진짜 잘할게. 오빠가 널 얼마나 사랑하는지 온몸으로 느끼게 해 줄게."

"오지 마! 한 발짝만 더 와 봐! 나 이거 너한테 부어 버릴 거야! 농담 같아?"

지원은 재빨리 행주로 라면 냄비를 들고 위협했다.

"이러지 마. 오빠 진짜 힘들어. 내가 잘못했어. 나 지금 널 위해서 이러는 거야. 내가 널 얼마나 사랑하는지 보여 주고 싶어서 그런다고. 너도 사실은 내가 보고 싶어서 아랫집 남자 핑계 대고 오는 거잖아. 그 개념 없는 미친놈을 니가 진짜 좋아할 리가 없잖아. 너 모르나 본데, 그 자식 진짜 제정신 아니야."

"지금 내 눈에는 니가 백배는 더 미친놈 같거든! 나 아랫집 남자 진짜 좋아해! 그러니까 오지 마! 당장 저리 가지 못해! 징그러우니까 어서 꺼져!"

진심이었다. 갑자기 현우가 미친 듯이 보고 싶어졌다. 이 추잡한 생물체에 더럽혀진 눈과 귀를 씻어 버리고 그의 모습으로 채우고 싶어졌다.

지원이 발악하듯 외치자 성민의 표정이 무섭게 일그러졌다.

"내, 내가 징그러워? 내가? 야, 너 무슨 말을 그렇게……."

"넌 내가 지긋지긋하다며! 바람피워 놓고 당당하게 날 깔아뭉개 놨잖아!"

"야, 윤지원!"

"꺄악! 오지 마!"

쾅! 촤륵! 지원이 소리를 지르며 냄비를 던지는 순간이었다. 설마하니 그걸 진짜 던질 줄 몰랐던 성민은 부리나케 몸을 피했지만 바닥에 떨어진 냄비에서 라면이 튀어 올랐다.

"으악!"

공교롭게도 라면 몇 가닥과 국물이 성민의 자존심이 걸려 있는, 남자의 상징물로 튀었다.

"으으악! 아악! 아 뜨거!"

성민이 거기를 움켜쥐고 고통에 찬 비명과 함께 바닥을 데굴데굴 구르자, 지원은 때를 놓치지 않고 도망쳤다.

"야아! 윤지원!"

닫히는 현관문 뒤로 그의 괴성이 들렸다. 더 빨리, 더 멀리, 더 아래로! 그녀는 날듯이 계단을 뛰어 내려가 1213호 앞에 섰다.

딩동. 딩동. 딩동. 딩동.

금방이라도 성민이 달려올 것 같았다.

"현우 씨! 현우 씨, 저예요! 문 좀 열어 봐요!"

그렇지 않아도 그녀에게 네 번째 문자(노예 주제에 늦어?)를 보내고 있던 현우는 자신의 협박성 문자 때문에 지원이 다급한

줄만 알았다. 그래서 약간 짜증스러운 표정을 세팅하고 문을
여는 순간!

"……현우 씨……."

"……뭐야. 너 어디서 라면 먹다 왔냐?"

라면 냄새가 진동하는 건 물론이고, 제가 사 준 그 비싼 옷
에 라면 국물이 잔뜩 튀어 있었다. 거기다 사색이 된 표정에
울 것 같은 눈동자는 그녀가 어디서 무슨 일을 당하고 온 건지
도무지 추리가 되지 않았다.

"으헝! 현우 씨!"

"!"

갑자기 와락 달려든 지원이 그의 허리를 껴안고 울기 시작
했다. 오 년 만에 여자란 생물체와 강도 높은 스킨십을 하게
된 현우는 양손을 어디다 둬야 할지 몰라 당황하고 있었다.

"으앙. 으으윽. 크윽. 엉. 엉."

티셔츠는 젖어 들고 그녀의 울음소리는 잦아들지 않았다. 그
래서 그는 다섯 살 난 조카아이를 떠올리며 그녀의 등을 토닥
거렸다.

"뚝. 차, 착하지?"

"……."

괴상한 위로를 받은 지원이 거짓말처럼 울음을 그치고 눈물
젖은 얼굴을 들어 올렸다.

◈

"흐윽. 흐으윽."

"그럼 지금쯤 그 자식 위에서 뒹굴고 있겠네?"

"그렇……겠죠? 그거 많이 아픈가요?"

"뜨겁겠지. 아무튼 그럼 늦기 전에 신고해야겠군."

현우가 책상에 둔 핸드폰을 집으려고 하자 지원은 화들짝 놀라 그것을 먼저 집었다.

"왜?"

"지금 경찰에 신고하겠다는 거예요?"

"당연하지. 너 방금 강간당할 뻔했어."

"아, 안 돼요! 신고하면 일이 복잡해질 거 아니에요! 그리고 그냥 저 사람은 지금 내가 자길 아직 좋아한다고 착각해서 그런 거라고요. 아직 나랑 사귄다고 생각한다니까요?"

"그럼 스토커네. 그리고 데이트 강간은 강간이 아닌 줄 알아?"

"어쨌거나, 안 돼요! 나 지금 그럴 정신없어요! 뭐가 어떻게 된 건지 제대로 판단을 못 하겠다고요! 그러니까 그만해요! 제발! 흑!"

경찰을 부른다니, 가슴이 콩닥콩닥 뛰었다. 사랑하던 사람, 결혼까지 생각했던 사람이 쇠고랑을 차는 모습을 봐야 한다니 끔찍했다. 무엇보다 그 사람은 병신이긴 하지만 무서운 사람은 아니었다. 제 잘못을 인정하기 싫어서 배배 꼬여 버린 이성이 결국 끊어졌을 뿐이다.

그러니까 두 번 다시 이런 일은 없을 것이다. 제가 확실히 보여 주고 왔으니까.

"이래서 우리나라 여자들이 문제라니까."

"그런 거 아니라고요. 아니란 말이에요! 다시는 안 그럴 거예요. 신고하지 마세요! 흐윽!"

"알았어. 알았으니까, 일단 진정하고 씻어."

"네?"

"그 꼴로 어떻게 집에 갈 건데?"

비싼 블라우스가 라면 국물로 얼룩진 것을 보고 지원은 또 한 번 펑펑 울었다.

"아, 이거 어떡해! 난 왜 이렇게 바보 같아! 흐엉. 엄마! 아빠! 성민이 그 개자식이 그런 놈인 줄도 모르고! 흑!"

"거참. 뚝 그쳐! 안 그쳐?"

"흑."

"세탁소에 맡기고 올 테니까 그동안 씻고 있어."

"……."

"뭐? 왜?"

"……."

"상당히 마음에 안 드는 눈빛인데? 조심해. 나 그런 눈빛 안 좋아하니까. 누굴 의심하고 있어!"

"자라 보고 놀란 가슴 솥뚜껑 보고 놀라는 거고⋯⋯."

"그렇게 판단력이 뛰어났으면 도움을 청하러 여길 오질 말 았어야지! 지가 도와 달라고 뛰어 들어와 놓고, 호랑이 굴이면 어쩌나, 한발 늦은 후회를 왜 하는 거야, 도대체!"

할 말이 없어진 지원이 속으로 자책하며 고개를 푹 숙였다. 그러거나 말거나 현우는 도저히 그 더러운 꼴을 볼 수가 없었 다. 그래서 기어이 자신의 티셔츠와 파자마를 건네며 옷을 갈 아입으라고 재촉했다.

"자, 얼른!"

그리고 잠시 후, 지원의 옷을 챙겨 들고 집을 나온 그는 엘 리베이터 앞에서 잠시 숨을 고르다가 갑자기 험악한 얼굴을 하 고 위층으로 뛰어 올라갔다.

1312호.

벨도 필요 없었다. 그는 발로 문을 쾅쾅 두드렸다.

상대방 역시 누군지 물어볼 필요도 없다는 듯이 빽, 하고 문 을 열었다.

"야, 이 씨⋯⋯. 컥!"

팬티 바람으로 욕설을 입에 매달고 나오던 성민은 문을 다 열기도 전에 현우의 발길질에 숨 막히는 비명을 지르며 무릎을 꿇고 말았다. 방금 전 얼음주머니로 겨우 달래 놓은 소중한 곳 에 터질 듯한 아픔이 몰려와 허리를 두드렸다.

"커윽⋯⋯. 윽⋯⋯."

"김성민. 내가 너 강간미수 스토커로 은팔찌 채울 수 있는데, 어떻게 할까?"

"무, 무슨……. 으윽. 가, 강간이라니! 지원이 그게 그래? 하! 집에 따라 들어올 땐 언제고! 강간 같은 소리 하고 있네! 그리고 내가 왜 스토커야! 그게 날 따라다녔지!"

"반성의 기미가 전혀 안 보이네?"

"신고해! 내가 겁낼 것 같아! 이거 왜 이래! 난 결백해! 내가 피해자라고! 어디서 증거도 없으면서 큰소리야!"

"그래?"

그러자 현우는 갑자기 1312호 안으로 들어갔다.

"어딜 들어가!"

성민이 말리면서 기어들어 왔지만 현우는 현관문을 차례차례 잠갔다.

"뭐, 뭐하는 짓이야?"

"내가 성격이 지랄맞다는 소리를 많이 듣고 자랐는데, 요즘은 사회생활을 하다 보니 성질부릴 데가 없었거든? 그동안 쌓인 스트레스 좀 풀어 보려고."

목을 풀며 씨익 웃는 현우의 표정이 얼마나 살벌하게 미친 놈 같았는지, 성민은 말문이 턱 막혔다.

"그리고 내가 여기서 개지랄을 떨어도 증거가 없잖아?"

따뜻한 물로 몸과 마음을 녹이긴 했으나 지원은 아직 소파

에 웅크리고 앉아 떨고 있었다. 곱씹을수록 무방비하고 어리바
리했던 행동이었다, 자책하면서. 연이은 실수들 때문에 스스로
가 너무나 한심해서 잔뜩 풀이 죽은 상태였다. 그러다가 현우
가 들어오자 벌떡 일어나 반가운 목소리로 물었다.

"옷은 어떻게 됐어요?"

"늦어도 다섯 시까지는 경비실에 갖다 준다고 했으니까 아
침에 찾아 입고 가."

현우는 외투를 벗어 놓고 주방으로 향했고 지원은 그의 뒤
를 졸졸 쫓아왔다.

"헉! 새벽 다섯 시요? 그럼 어떡해요! 나 집에 어떻게 가
요?"

"못 가는 거지."

"예? 어떻게 그래요! 아, 나 어쩜 좋아. 흑!"

"그만 울지? 뭘 잘했다고 훌쩍거려?"

"킁. 난 진짜 그럴 줄 몰랐단 말예요. 그렇게까지 나쁜 놈일
줄은 상상도 못 했어요. 오 년이나 사귀었어요. 오 년이나! 오
년 동안 그 사람이 날 어떻게 대한 줄 아세요! 왜 헤어지고 나
서야 들이대냐고요!"

처음 일 년 정도를 제외하곤 급속도로 식어 버린 관계였다.
자신을 목석처럼, 돌멩이처럼, 아니면 밥해 주는 엄마처럼 생
각하던 사람이 그렇게 덮쳐 올 거라고 생각이나 했을까.

"그걸 왜 나한테 따져! 올라가서 따지고 오든가!"

"나보고 자꾸 뭐라고 하니까 그렇지! 그리고 헤어진 남친 집에 팬티가 있다는데, 내 팬티가! 어떻게 찾으러 안 갈 수가 있냐고요! 찝찝하잖아요!"

지원이 제일 억울한 게 그거였다. 자신이 많이 방심하고 잘 못했다는 걸 알면서도 다시 그 상황이 온다 해도 또 그럴 것 같았다. 솔직히 그런 말을 듣고 안 갈 수가 없지 않나! 슬프고 억울한데 하필 변명거리가 팬티인 것도 서글펐다. 이런 웃픈 일이 다 있나!

"애초에 그런 걸 흘리고 다녔다는 말을 믿을 수밖에 없는 생활 태도를 반성하라고. 그리고 라면은 왜 끓여 줘?"

"아, 몰라요! 버릇이 됐나 봐. 그냥 나도 모르게……. 그래요. 나 바보예요. 바보니까 그냥 울게 놔둬요. 흑."

"노예근성이 뼛속까지 박혔네. 뭐 그래도 라면 덕분에 탈출에 성공했으니까 다행이라고 여겨. 짜증나니까 그만 좀 울고."

듣고 보니 맞는 말인 것 같아 지원의 훌쩍거림이 잦아들었다. 그리고 오늘 밤 여기서 집에 갈 수 없다는 사실도 잊어버렸는지, 아니면 그냥 포기해 버렸는지, 그가 가지고 들어온 봉지로 눈이 향했다.

"근데…… 뭘 사 온 거예요?"

"라면. 뭐 해? 끓여."

"……시키니까 하긴 하겠는데, 지금 이런 나한테 시키고 싶어요?"

"어. 힘썼더니 배고파."

"무슨 힘요? 옷 들고 세탁소 간 거요?"

"그런 게 있어. 아, 골프채를 괜히 드렸네."

"그새 골프 치고 왔어요?"

지원이 미간에 주름을 잡으며 고개를 갸웃했지만 현우는 더 말해 주지 않았다. 1312호가 허리케인이 휩쓸고 지나간 것처럼 초토화됐고, 그 허리케인이 현우란 사실을.

"뭐 해? 라면 안 끓여?"

"네, 네. 끓이면 될 거 아니에요."

눈물로 끓여 온 지원의 라면은 꽤 맛있었다.

그리고 현우는 똑똑했다. 라면 두 개로 이 밤을 날 수 없다는 것을 잘 알고 있었다. 또 그는 지원이 어떻게 리조트의 밤을 어색하지 않게 보낼 수 있었는지도 기억하고 있었다.

"역시, 소주에는 라면이 최고예요. 홀쩍."

바깥 온도는 -2도. 실내 온도는 20도. 소주 도수는 18.5도. 좁은 테이블에 마주 앉은 두 사람 사이의 온도는 훈훈한 정도.

"콧물은 그만 먹지?"

그녀는 남은 눈물을 닦은 후에 크게 탄식했다.

"후……. 전 있잖아요. 성민이 그 자식이랑 그, 그…… 그러니까, 그 사람 벗은 걸 본 게 일 년도 전이에요."

"걔 고자야? 아! 아니니까 바람을 피웠겠지. 두 여자 다 상대할 힘은 없었나 보네. 이제 라면 때문에 진짜 고자가 될지도 모르고? 조준을 잘 해서 부었어야지. 그것도 제대로 못 맞추냐?"

지원은 이야기의 중심이 신체의 중심으로 흘러가기 전에 얼른 대화를 다시 끌고 왔다.

"중요한 건! 나한테는 그런 매력을 못 느꼈다는 거죠! 내가 그 연놈들이 침대에 뒤엉켜 있는 걸 보고 얼마나, 얼마나, 기가 막혔었는지 모를 거라고요! 그런데 그놈이 오늘 내 앞에서 벗은 걸 보니까! 정말, 너무 소름 끼치는 거예요!"

지원은 '크흥' 하고 코를 풀고, 빨개진 코끝을 쿨쩍거리며 말을 이었다.

"뭐라고 해야 할까요? 그년이랑 엉켜 있던 것도 자꾸 떠오르고, 또, 그 비루한 몸땡이를 보는 순간 역겨웠어요! 사실 익숙한 사람이잖아요. 오 년이면……. 그런데도 너무 낯설고 끔찍했단 말이죠. 나 괜찮을까요? 그냥 오만 정이 떨어진 건지, 남자 혐오증에 걸린 건지 모르겠어요. 얼마나 무섭고 징그러웠는지……. 컥! 콜록! 지금 뭐하세요!"

속상한 마음에 소주를 병째 들이켜던 지원은 하마터면 그것을 뿜을 뻔했다. 갑자기 현우가 윗옷을 벗고 있는 게 아닌가!

"어때?"

"뭐가요!"

"징그러워?"

"예?"

"잘 봐. 끊임없는 자기 관리의 결과야. 이 몸이 징그러워? 혐오스러워?"

보라고 하니, 지원은 사양하지 않고 눈 크게 뜨고 감상했다.

"아뇨. 그건 아닌데……. 왜 이러세요?"

"됐어. 그럼. 눈도 정상이고 혐오증도 아닌 것 같으니까 걱정하지 마."

"……."

그걸 확인시켜 주겠다고 옷을 벗어 던지는 미친놈을 상대하고 있어서일까. 아니면 알딸딸한 취기가 문제였을까. 지원은 저도 모르게 작게 중얼거렸다.

"그것만 갖고 어떻게 알아……."

미친놈이라 그런 걸까, 술에 취한 미친놈이라 그런 걸까. 현우의 귓속에 그 작은 중얼거림이 입체 음향으로 때려 박혔다.

"호오! 좋아. 제대로 확인해 보자."

현우는 아주 약간 비틀거리며 일어났다.

"예? 뭘 확인해요?"

"남성 혐오증인지 개자식 혐오증인지, 확인해 보자."

지원은 가소롭다는 듯이 비웃었다.

"헹. 바지도 벗으려고요? 이제 보니까 노출증·있죠?"

"안 벗을 거야."

"그럼 어떻게 확인해 볼 건데요?"

"궁금하면 해 볼래?"

"하긴 뭘 해요? 뭔지 알아야 하라고 하지. 지금 나 취했다고 우습게 보는 거죠? 나 아직 안 취했거든요!"

"좋아, 그럼. 하는 김에, 네가 매력이 있는지 없는지, 성민이 그놈이 눈도 고자인지, 그것도 확인해 보자."

"사람 말 좀 제대로 들으……!"

지원의 말은 현우에게 먹혀 버렸다. 그녀의 입술과 함께.

그의 키스는 입술이 녹아내릴 것처럼 뜨거웠고 그녀가 잊어버리고 있던 감각을 깨울 만큼 강렬했다. 그가 삼킨 것은 겨우 입술뿐인데, 그녀의 전신이 일순 화르륵 타오르는 기분이었다. 하지만 그것은 그저 잠긴 문을 열겠다고 세게 달려와 부딪친 것에 지나지 않았고 방금 그녀가 느낀 것이 무엇인지도 모를 만큼 금방 사라지고 말았다.

"……하!"

입술을 떼자마자 지원은 크게 숨을 들이켰다.

"어때? 알겠어?"

제멋대로 키스를 감행한 현우는 매우 뻔뻔한 태도로 물었다. 그저 확인해 보려던 것뿐이라는 듯 냉철한 태도를 보이면서 말이다.

그래서인지 지원은 화를 낼 수가 없었다. 그리고 무엇보다 당혹스러웠다. 방금 사라져 버린 그 느낌이 무엇이었을까? 놓쳐선 안 될 것 같은 감각. 어쩌면 두 번 다시 오지 않을지도 모르는 전율. 그것은 성민과 뜨겁게 사귈 때도 느껴 보지 못했던 것이었다.

'그 남자 꼬셔! 엎어지라고 이년아!'

친구들의 목소리가 그녀의 등을 떠밀고 있었다. 저도 모르게 침을 꿀꺽 삼킨 그녀는 순진한 얼굴로 눈을 깜빡이며 말했다.

"아직 잘 모르겠어요. 더 해 봐야 알 것 같아."

"그래?"

현우는 그녀가 앉은 바텐의자가 자신을 향하도록 돌려놓고 허리를 숙였다. 그녀와 코가 닿을 만큼 가까이서 마주 보자 당황한 그녀의 뒤통수가 주방을 구분한 가벽에 부딪쳤다.

"왜 그래? 벌써 징그러워졌어? 그만둘까?"

"아, 아뇨……."

목소리가 기어들어 갈수록 그녀의 눈빛은 현우의 입술을 향해 내려갔다. 꼴깍꼴깍 넘어가는 목울대가 부끄러운데 좀처럼 침이 마르지 않았다.

"그래. 나도 더 해 봐야 알 것 같아. 네가 매력이 있는지, 없는지."

"흡!"

이번엔 처음보다 더 부드럽게 다가왔으나 지원이 느낀 충격은 처음과 다를 바가 없었다. 게다가 처음처럼 짧지도 않았다.

그는 입을 벌려 그녀의 입술을 빨아들이길 거침없이 반복했다. 입술에 남아 있던 쓴 알코올 맛이 어느새 사라졌다. 그녀는 이성을 녹이는 쫀득쫀득한 맛에 취해 갔다. 보드랍고 매끄러운 그의 혀가 치아 사이를 건드렸다.

이미 살짝 벌어져 있던 입을 닫고 그만두라고 해야 할지, 그냥 입을 벌려 줘야 할지 아주 잠깐 망설였다. 그리고 힘없이 열려 버린 입안으로 불쑥 들어오는 혀를 느끼며 깨달았다. 망설이는 것이 허락이나 다름없음을.

그의 혀는 입술보다 더 격렬하게 움직였다. 마치 전희를 위한 애무처럼 정성껏 그녀를 어루만졌다. 이것이었다! 그녀가 놓치고 싶지 않았던, 다시 느끼고 싶었던 뜨거운 느낌. 마치 정말로 사랑받고 있다고 느껴지도록 마음까지 흠뻑 적시는 깊은 키스였다.

지원은 실오라기 하나 걸치지 않고 전부 벗겨져 그에게 안겨 있는 기분이었다. 부끄러우면서도 포근하고 짜릿했다. 그의 혀가 그녀의 혀를 뿌리부터 감아 올리면 그녀는 저도 모르게 턱을 치켜 올리며 고개를 비틀었다. 또 혀끝으로 약 올리듯 감질나게 굴 때면 엉덩이를 살짝 들썩이며 안절부절못했다.

'나 왜 이러지!'

일부러 노력하지 않아도 엎어지게 생겼다. 술을 아무리 마셔도 이런 일은 없었는데, 멈출 수가 없었다.

'술 때문이 아니야, 이 사람 때문인 거야!'

여태 자신이 남자들과 해 왔던 여러 키스를 곱씹어 보았다. 고3 시절 풋풋하고 따뜻했던 첫 키스, 대학 시절 스릴 있고 짜릿했던 몰래 키스, 그리고 성민이 헌신을 다해 잘 해 주었던 어느 날의 부드럽고 달콤한 키스.

그것들과 지금 뭐가 다른 걸까? 모두들 지금 현우처럼 물고 빨고 핥고 똑같이 했었다. 그런데 그 전부를 합친 것이 지금보다 못했다.

지원은 초조해졌다. 이쯤에서 뭔가 해 줘야 할 것 같았다. 그를 위해 저도 적극적으로 반응을 보이든가, 아니면 이제 충분히 확인했으니 그만하자고 밀어내야 했다.

'하지만 어떻게?'

입술과 혀는 이미 주인의 통제를 벗어나서 서로를 탐닉하고 있었고, 몸은 또 다른 기대로 팽팽해진 상태였다.

'일 나겠다!'

신경 하나하나가 이성과의 고리를 탁탁 끊어 내자 위기를 느낀 지원은 필사적으로 고개를 뒤로 젖혔다. 하지만 그것은 그녀의 생각과 달리 그다지 필사적인 몸부림이 아니었고, 오히려 반쯤 이성을 잃은 현우를 도발하는 결과를 낳고 말았다.

그는 그녀의 입술을 짓누르며 헐렁한 셔츠 안으로 손을 집어넣었다.

'헉!'

커다란 남자의 손 아래 동그란 젖가슴이 뭉그러졌다. 놓치지 않겠다는 듯이 꽉 움켜쥐고 주무르자, 그의 단단한 손가락 사이에서 유두가 꼿꼿이 일어섰다.

발가락과 배꼽 아래가 저릿저릿하고 심장이 숨이 차도록 세차게 뛰기 시작했다. 지원은 터질 듯한 숨을 몰아쉬며 입을 크게 벌렸다. 그러자 현우가 입술을 짓누르며 혀를 휘감았다.

'아!'

언제 올라탔는지 그의 한쪽 무릎이 의자 위로 올라와 그녀의 다리 사이를 파고들고 있었다. 지원은 기절할 것처럼 놀랐지만 그녀의 몸은 기다렸다는 듯이 양 허벅지를 꽉 오므렸다.

현우에게는 그것이 신호였던 모양이다. 깊이 빨아들였던 입술을 놓아주며 묻는다.

"해도 돼?"

"하아……."

이미 발그레진 뺨에 또 한 번 붉은 꽃이 피었다.

현우는 그녀의 셔츠를 위로 벗겨 냈다. 하지 말라고는 안 했으니까.

브래지어 후크마저 풀어 버리자 그녀의 탐스러운 가슴이 쏟아졌다. 그의 검지가 귀엽게 솟아오른 유두를 동그랗게 문질렀다.

"흐음……!"

살짝 아픈 듯하면서도 간지러웠고, 허벅지 안쪽으로 뜨거운 무언가가 점점 커지는 기분이었다. 지원은 허리를 비틀며 그가 칭찬했던 가슴을 자랑스럽게 내밀었다.

그의 혀가 새로운 먹잇감을 찾았다. 현우는 그녀의 엉덩이를 번쩍 들어 올리며 그녀의 가슴에 얼굴을 파묻었다. 지원이 자연스럽게 다리로 그의 허리를 감고 목을 끌어안자, 그는 젖가 슴을 베어 물었고 혀끝으로 유두를 감아 올렸다.

"흐으읏! 하아!"

지원은 마음껏 입을 벌리고 숨을 쉴 수 있는데도 키스할 때 보다 더 숨이 막혔다. 이 와중에 허리를 받치고 있던 현우의 한 손이 팬티 안으로 쑥 들어와 엉덩이까지 움켜쥐었다.

"아, 너, 너무……."

너무 야하다고 말하고 싶었던 지원은 부르르 떨며 입을 다 물었다. 그의 손가락이 흠뻑 젖어 버린 엉덩이 안쪽을 두드리 며 '쉿. 이미 늦었어.'라고 나무라는 것 같았다.

침대까지 가는 동안 파자마는 무릎까지 내려갔고 팬티는 무 용지물이 됐다.

털썩.

두 사람의 무게를 튕겨 낼 만큼 매트리스는 튼튼했다.

현우는 지원의 발목에서 거추장스럽게 버티고 있던 팬티를 멀리 던져 버리고 그녀의 다리 사이로 들어와 무릎을 대고 앉 았다.

"내가 사 준 속옷이네?"

"……."

이렇게 되길 바라고 온 게 아니냐는 웃음 섞인 물음.

지원은 부끄러워서 눈을 감아 버리고 싶었지만 그럴 수 없 었다. 그가 허리를 펴고 일어나 볼록하게 부픈 앞섶을 내밀며

버클을 풀기 시작했기 때문이다. 헝클어진 앞머리 덕분에 그늘
진 눈매, 나른하게 늘어트린 어깨, 신속하고 정확하게 버클을
풀어 내리는 긴 손가락, 골반에서 치골로 이어지는 탄력 있는
라인, 눈을 뗄 수 없게 만드는 섹시함이었다.

　바깥 온도는 −2.5도. 실내 온도는 22도. 양손을 침대에 포
갠 두 사람 사이의 온도는 마그마 정도.

　혈중 알코올을 태워 버리고도 남을 온도였다.

4.
당일배송

때르르르르르르르르.

거침없이 울어 대는 알람 소리가 현우의 단잠을 깨웠다. 어찌나 깊이 잠들었는지, 제 팔이 어디 붙어 있는지도 모를 정도라 알람을 끄는 데도 한참 걸렸다.

"으음⋯⋯."

이마를 쓸어 올리며 천장을 바라보자 어젯밤 일이 하나씩 떠올랐다.

윤지원은 적어도 침대에서만큼은 매력이 철철 넘치는 여자였다. 이런 여자를 일 년 넘게 밥만 하게 했다니, 위층 그 자식은 고자가 돼도 아까울 게 없는 놈이었다.

눈이 맑아질수록 입꼬리가 올라갔다. 사리처럼 쌓여 있던 욕구가 배출되고 무언가 해낸 듯한 성취감에 뿌듯해졌다.

"일어나. 유치원 가야지."

잠긴 목소리로 애써 불러 줬거늘, 그녀는 숨소리조차 들리지
않았다.

"!"

직접 깨우려고 고개를 돌린 현우는 텅 빈 옆자리를 보고 벌
떡 일어났다.

"안 그럴 것 같더니, 왜 이렇게 부지런해?"

아직 여섯 시밖에 안 됐는데 훨씬 전에 나갔는지, 침대는 차
디찼다.

조금 당황한 현우는 목을 긁적이다가 침대 협탁에 낯익은
봉투와 분홍색 포스트잇을 발견했다.

[죄송해요. 제가 요즘 진짜 미쳤나 봐요. 술을 끊어야겠어
요. 그러니까 죄책감 가지실 필요는 없어요. 제가 조른 거나
마찬가지인데요, 뭐. ㅠ·ㅠ 그리고 이건, 5백8십3만 원요. 아
무래도 이걸 제가 받을 수는 없을 것 같아요. 자꾸 여기 오
고 가며 저 개자식이랑 부딪치는 것도 싫고요. 이래저래 민폐
를 끼쳐서 죄송합니다. 혹시 길 가다 마주치면 모르는 척해
드릴게요. 그럼 진짜 안녕히 계세요.

- 변태녀 (인정) ㅠ·ㅠ]

은은한 새벽빛을 받은 현우는 싱그러운 미소와 함께 포스트
잇을 와작 구겨 버렸다.

돈을 갚은 타이밍이 나빴다. 그러나 잘못한 건 그뿐일까?

'그러니까, 아직도 인간 지현우를 잘 모른다는 거네?'

현우는 웃음도 포스트잇도 쓰레기통으로 던져 버렸다.

지원은 경비실에서 옷을 찾아 갈아입고 일찍 오피스텔을 빠져나왔다. 몰래 집에 들어가 막 자다 일어난 것처럼 방문을 열고 나왔더니, 늦게까지 싸돌아다닌다고 잔소리 듣는 것으로 외박은 들키지 않았다.

하지만 지원의 심란한 마음은 좀처럼 나아지지 않았다.

"니가 웬일이야? 저녁에 커피를 마시자고 하고?"

"후. 난 이제 술 끊기로 했어."

집에는 들어가고 싶지 않아서 친구들을 커피숍으로 불렀다.

"왜? 너 뭐 사고 쳤니? 술 먹고 진상 부렸어?"

혜림은 드디어 올 게 왔구나 하는 듯이 물었다.

"아, 몰라! 그냥 여러 가지로, 내 인생 꼬이는 게 술 때문인 것 같고 그래서."

"얘 좀 봐. 넌 인생이 꼬여서 술을 배운 거야. 잊었어?"

애주가인 영주는 술친구를 잃게 될까 봐 전전긍긍했다.

"그래, 그랬지. 그러니까 이제 그냥 술도 끊고 조신하게 선봐서 시집이나 갈까 봐. 뭐 잘난 구석도 없고, 머리도 나쁘고, 돈도 별로 못 버는데, 곧 있음 서른이야. 연애도 못 할 것 같으니까 빨리 시집이나 가야겠다."

"얼씨구. 언제는 서른다섯까지는 결혼 안 할 거라며? 자신감이 충만하더니 왜 이래?"

"자신감이 아니라 자만이었지. 하아. 너넨 모른다. 내가 오년을 삽질하고도 정신을 못 차렸더라고."

"너 그 1213호랑 했구나?"

"!"

커피를 소주처럼 들이켜던 지원은 이어지는 희준의 말에 풉하고 뿜을 뻗했다.

역시 머리 좋은 희준은 예리했다.

"어머! 했어? 그런 거야?"

"이야, 대박! 근데 왜 그래? 별로였어? 그 남자도 통차였어?"

친구들의 초롱초롱한 눈빛을 외면할 수 없었다. 이런 얘기는 원래 술이 들어가야 나오는 거지만.

"엄청 좋았지. 아라비안 나이트였다."

판타스틱한 밤을 떠올리며 아련하게 중얼거리자 친구들은 더 호기심을 갖고 다그쳤다.

"그럼 뭐가 잘 안 돼서 이러고 있는 건데? 그 남자는 니가 별로였대?"

"뭔데, 뭐야? 응? 무슨 일 있었어? 그 남자가 너 갖고 논 거래? 원 나잇?"

"몰라. 알 게 뭐야. 내가 그냥 새벽에 나왔어."

"뭐? 그냥 나와? 야!"

"이 미친년이! 야! 너 오 년 삽질보다! 오늘 아침 삽질이 젤 깊은 거 알아? 그냥 쑥 들어가라. 내가 묻어 줄게!"

"그러고선 술을 끊겠다고? 맨정신으로 한다는 소리가 이런데 술은 끊어서 뭐하냐!"

욕받이가 된 지원은 발끈했다.

"아무것도 모르면서! 입 안 다물어! 야! 니들이 생각해 봐라! 그 잘난 사람이 뭐가 아쉬워서 나 같은 거랑 사귀겠어! 원나잇이고 뭐고 그냥 술김에 둘 다 실수한 거라고! 그래서 내가 그 사람한테 그동안 잘못한 게 많으니까, 그 사람 생각해서 먼저 물러나 준 거라고!"

저라고 왜 아무 생각이 없을까. 왜 아깝지 않을까.

돈 많고 잘생긴 남자 마다할 여자가 몇이나 될까. 속물이 아니라고 내숭 떠는 게 아니었다. 그냥 저는 이미 틀렸다는 걸 알기 때문이었다. 그에게 제가 보여 준 온갖 추잡하고 비굴했던 모습들을 떠올리면 스스로도 어처구니가 없었다.

이런 여자와 충동적으로 섹스를 한 그의 기분은 어떨까?

그걸 생각하면 제 자신이 한없이 초라하고 비참해졌다. 적어도 어젯밤에 그렇게 가볍게 굴지만 않았어도 이미지를 바꿀 기회가 있지 않았을까? 부끄러워서 두 번 다시 그를 볼 자신이 없었다.

"나 참. 누가 누굴 생각해 줘? 니가 그럴 처지야? 그러지 말

고 그 남자도 니가 싫지는 않으니까 라면 먹으러 오라고 하고
그러는 거 아냐. 사귀어 봐. 응?"

"안 돼. 나한테 너무 벅찬 사람이란 말이야."

"뭐가?"

"그 오피스텔도 그 사람 거래. 이러다가 또 뭐가 자기 거라
고 할지 모르겠다. 내가 생각한 것보다 훨씬 부자인 것 같아."

"부자면 좋지! 얘가 호강에 겨웠네?"

남의 일이라고 친구들의 대책 없는 부추김이 답답했다.

"니들이 몰라서 그러는데, 성민이 그 자식도 지네 집 좀 산
다고 그렇게 으스댔었어. 이놈은 안 그럴 것 같냐? 걔도 첨엔
잘해 줬어. 그런데도 사람이 이렇게 변하는데, 이 사람은 지금
도 날 그렇게 안 좋아하는데 나중엔 어떻게 되겠냐? 그리고 이
남자 좀 그래……. 이상해."

"뭐가?"

"성격이 진짜 이상해. 뭔가 깊은 정을 주고받을 수 있을 것
같지 않아. 그냥 음…… 필요할 때만 찾고 필요 없으면 버릴
것 같은 사람?"

"차갑다는 거야?"

"한마디로 정의하긴 좀 그렇고, 암튼 좀 이상해. 친구들도
좋아서 친구가 된 게 아니래. 친구라는 액세서리가 필요해서
달고 다니는 거야. 여태 애인 없는 거 보면 모르겠어? 애인도,
부인도 그러지 않겠냐? 하다못해 애도 액세서리일걸? 후. 그렇

게 생각하니까 좀 무섭다."

지원이 그렇게까지 싫다고 하니 두 친구들은 안타까워하며 입을 다물었다. 하지만 희준은 달랐다.

"딱 보니까, 윤지원 너. 한마디로 자신감이 없다 이거네?"

"응?"

"그렇게 잘나고 능력 있고 차갑고 도도한 남자가 윤지원을 좋아해 줄 리가 없으니까, 그 사람한테 넌 아무것도 아니니까, 성민이 같은 놈한테도 차였는데 그런 남자가 마음을 줄 리가 없으니까. 차이기 전에 그만하자. 그거 아냐."

"……."

구구절절 옳은 말, 제 맘을 낱낱이 들켜 버린 지원은 절인 배추마냥 풀이 죽고 말았다. 커피가 썼다. 다이어트고 뭐가 카페모카에 얹어진 생크림이 탐났다. 당분으로 기분이 좋아질 수 있다면 설탕이라도 퍼먹고 싶은 심정이었다.

"뭐, 윤지원치고는 많이 생각했네. 근데, 너 내 말 똑똑히 들어. 니가 그 정도로 좋았던 섹스였다면, 그 남자도 마찬가지일 거야."

"?"

"속궁합이 괜히 중요한 줄 아니? 그 남자가 너 찾으러 오면 그 남자도 그게 너무 좋아서 널 찾는 거야. 그리고 남자들은 그게 정말 많이 중요해."

"말도 안 돼! 마음이 중요하지! 그런 게 어디 있어!"

"순진한 소리 하고 있네. 마음은 맞춰 가든지 포기하면 되는데, 섹스는 맞춰 가기도 포기하기도 힘들어. 그게 남자라고. 알겠어? 그러니까 연락 오면 밀당 해 봐. 분명히 그 남자가 매달릴 거야. 니 노예가 될 수 있는 사람이라 이거지. 자신감 가지고 큰소리쳐. 알겠어? 내가 볼 때는 분명히 전화 와."

노예라니! 절대 바뀔 수 없는 신분에 또 가슴이 아팠다. 사실 내내 마음에 걸렸다. 그리고 나왔으면 무슨 문자라도 한마디 있어야 하는데, 잘 떠나 줬다는 듯이 인사말 하나 없으니 말이다.

"……새벽에 나왔는데 아직도 문자 한 통 없어."

"온다니까!"

그때였다. 거짓말처럼 지원의 핸드폰이 크고 짧게 울렸다.

"헉! 니 거 아냐! 야! 봐 봐."

친구들의 눈치를 살피며 저 역시 혹시나 하는 기대로 핸드폰을 열었다.

"오! 야! 지현우! 맞지? 그 남자지?"

"어, 어……."

두근두근 가슴이 뛰고 입이 바짝 말랐다. 희준이 말대로 정말 고백이라도 하는 거면 어쩐다?

"빨리 열어 봐!"

"아 어떡해. 막 되게 로맨틱한 메시지면 오그라들겠다. 큭큭."

친구들의 추임새에 기대감은 벌써 우월감으로 바뀌었다. 그러나 문자를 클릭한 순간!

두근거리던 가슴은 쿵 하고 내려앉았다.

[윤지원. 내 앞에서 돈지랄을 해? 그 돈이 네 거야? 너, 후회하게 될 거야.]

"……."

친구들과 지원은 말이 없어졌다.

"부숴 버릴 거야……란 거냐? 너 무슨 짓을 하고 다닌 거니?"

혜림의 중얼거림에 희준은 고개를 설레설레 저으며 한마디 했다.

"야, 그냥 선봐서 결혼해라. 넌 안 되겠다."

하지만 지원은 그런 친구들 말이 하나도 들리지 않았다.

"……지금 그런 게 중요한 게 아니야. 나, 나 집에 좀 가야겠다!"

"왜?"

"아주 불길해. 이 사람 진심이야!"

커피숍을 뛰어나온 지원은 곧장 택시를 탔다. 제 예감이 맞는다면 분명 집으로 찾아올 인간이었다.

공교롭게도 지원이 커피숍에 있을 무렵 현우 역시 커피숍에서 중년의 아름다운 여인을 만나고 있었다.

"사귀는 여자 있다며?"

"어떻게 알았어요?"

세상에서 현우를 가장 곤란하게 만드는 사람. 절대 피할 수 없는 여자. 어머니의 호출은 촬영 중에도 무시할 수 없을 만큼 절대적이었다.

그의 어머니는 스무 살에 현우를 낳아 지금 쉰 넷이지만, 축복받은 동안과 의학의 힘을 빌려 사십 대 초반의 매우 지적이고 세련된 이미지를 유지하고 있었다. 물론 겉모습만 그랬다.

"승현이가 그러던데? 리조트에 데려왔다며?"

"최승현 개자식."

"자세한 건 너한테 물어보라던데?"

"물어보세요."

"뭐하는 여자니?"

"평범한 유치원 교사요."

"아버지는 뭐하시고?"

"싸구려 골프채 쓰는 평범한 회사원요."

"어머니는 평범한 주부시고?"

"아마도요."

"그래, 그럼 결혼해."

이쯤 되면 늘 나오는 식상한 대화였기 때문에 준비된 현우의 대답도 늘 같았다.

"싫어요."

"왜 싫어? 평범해서 싫어?"

상대가 누구든지 상관없었다. 제가 사귄다고만 하면 집안, 학벌, 인물, 재력, 성격까지 무시하고 결혼을 부추기는 사람이었다. 게다가 아버지의 말이 화근이었다. 어차피 내놓은 자식, 하겠다는 여자가 있으면 무조건 시키라고 하셨기 때문이다.

"그 여자가 날 그렇게 안 좋아해요."

"오피스텔도 왔다면서, 안 좋아하는데 그래? 그냥 엔조이야? 가벼운 앤가 보네?"

"그렇게 도발하셔도 안 넘어갑니다. 최승현 개자식."

"이번엔 승현이 아니다. 내 프락치를 너무 욕하지 마."

"그럼 누구예요?"

"경비실 김씨. CCTV도 끄고 한바탕 난동을 부렸다던데? 여자 하나 사이에 두고 피 터지는 거 엄만 너무 좋더라."

세상에 믿을 놈 하나 없었다. 아, 물론 김씨 아저씨는 어머니가 월급 주는 사람이니 제 실수였다. 생각해 보면, 왜 그렇게 흥분했을까? 그동안 그렇게 쌓인 게 많았었나?

"그런 거 아니에요. 그 위층 남자 짜증나서 내쫓고 싶었는데 마침 구실이 생긴 거죠. 이사는 언제 간대요?"

"어머. 그렇게 불안해? 하루빨리 애인으로부터 멀리 쫓아내고 싶은가 보네?"

"마음대로 생각하세요. 근데 아무리 그러셔도 그 여자 안 보여 줄 겁니다."

"닳을까 봐 아끼는 거니? 얼굴 좀 본다고 큰일 나? 멀리서 볼게. 승현이가 그러던데 지금까지 네가 사귄 여자들이랑 다르다며? 엄마 궁금해서 죽어. 내가 걜 만나서 돈 봉투를 주겠니, 물을 끼얹겠니?"

"돈 봉투는 제가 받았어요. 안 그래도 그거 때문에 머리가 복잡하니까 얼른 가세요."

"그건 또 무슨 소리야?"

아침에 받은 돈 봉투만 생각하면 머리가 지끈거렸다. 공손한 지원의 메모가 현우에게는 그렇게 들리지 않았다.

'어젯밤은 수고했어요. 좀 하네요? 아무튼 여기 돈 갚았으니까 두 번 다시 돈 때문에 나 불러내지 마세요.'

하룻밤을 보낸 뒤 거부당하다니! 자존심에 큰 상처를 입은 현우는 어떻게 하면 이 여자를 골탕 먹일 수 있을까, 하루 종일 생각하느라 머리가 빠질 지경이었다. 그런데 지금 돈 봉투를 생각하니 떠오르는 게 있었다.

"저 이제 들어가 봐야 해요. 어머니는 요즘 안 바쁘세요?"

"바빠. 너 결혼시킬 준비하느라 바빠. 식장은 알아보고 있고……. 신혼집은 어디다 마련할까?"

"제정신이세요?"

"늘 그렇지만 머리가 아주 맑은 상태야."

"왜 그렇게 결혼을 못 시켜서 안달이세요? 요즘은 늦게 하는 게 추세예요."

"요즘은 결혼을 두 번 세 번 하는 게 추세더라. 잘나가는 사람들은 그러던데? 생각해 봐. 일찍 결혼해야 재혼도 일찍 하지. 나처럼 진짜 사랑을 한 번에 만나는 게 쉬운 줄 알아?"

그 잘나가는 사람이 현우의 아버지였고, 재혼 상대였던 어머니는 형에게 꽤 오래 미움을 받아 왔다. 불륜은 아니었지만 어머니 자리를 꿰찬 데다가, 아버지와 매일 싸우던 친어머니와 달리 사이좋은 새어머니가 좋게 보일 리가 없었다. 다행히 천성적으로 해맑은 어머니는 전혀 아랑곳하지 않았는데, 어린 현우가 보기에 어머니는 자신이 미움받고 있다는 사실조차도 모르는 것 같기도 했다.

"어머니. 그냥 유럽에 가서 사시는 게 어떠세요? 우리나라랑 어머니는 안 맞는 것 같은데?"

"그래, 인정. 내가 너무 성급했어. 그래도 얼굴은 봐야지. 내가 아무리 쿨한 사람이지만 완전 아닌 애는 허락 못 한다?"

"신나 보이시는데요."

"간만에. 아주 흥분 상태야. 그래서 언제 보여 줄 거야?"

안 보여 주고 싶지만 어머니는 항상 저보다 위에서 날고 계셨다. 분명히 무슨 수를 써서라도 지원을 만나고 말 사람이었다.

"오늘 제가 차이지 않으면 조만간 보여 드릴게요."

"왜? 너희 싸웠니? 걔가 헤어지자 그래? 왜?"

"글쎄요. 제가 별로 섹시하지 않은 모양이죠."

어머니는 싱긋 웃는 아들의 눈빛이 번뜩이는 것을 예사롭지 않게 바라보았다.

'얘가 지금 로맨스를 찍는 거야? 복수혈전을 찍는 거야?'

"엄마! 아빠!"

지원은 호들갑을 떨며 집 안으로 뛰어 들어갔다.

"전쟁 났어? 왜 그래!"

국자를 든 아버지가 주방에서 달려 나왔다.

"엄마는?"

"니 엄마 오늘 반상회라고……."

"아빠! 그럼 우리 오늘 저녁은 외식하자!"

"뭔 외식이야! 내가 오늘 특제 김치찌개를……."

"안 돼! 오늘은 여기 있으면 안 돼! 나갑시다. 네? 나가요. 아빠. 내가 살게."

지원은 애교도 떨어 보고 사정도 하면서 아버지 팔을 잡아 끌었다. 그가 오고 있다. 확실히 느껴졌다. 뒤통수가 싸한 것이 그놈이 오늘 여기 올 것 같은 확신이 들었다. 그리고 저의 범죄 사실을 고자질하려는 속셈이 분명했다.

복권을 꿀꺽한 게 밝혀지면 그 돈을 어디다 썼는가도 추궁당할 것이고, 그 미친놈은 제가 박스 안에 들어가 있던 현장을 생생하게 전달하고도 남을 놈이었다.

"사 준다니까 먹긴 하겠는데, 너 죄진 거 있지?"

"아냐, 아빠. 나 효도 좀 하려고 그러는 거야. 진짜야! 빨리 가자, 어서!"

띵동.

겨우 설득한 아빠의 앞치마를 벗기려는데 불길한 차임벨 소리가 들렸다.

"누구야?"

"아빠! 내, 내가 받을게."

그런데 지원이 인터폰을 받기도 전에 밖에서 커다란 외침이 들렸다.

"지원아! 오빠 왔다!"

어떻게 불길한 예감은 이렇게 맞아떨어질 수 있을까!

"헉! 저 미친……!"

"오빠? 혹시, 토요일에 왔던 그놈이냐?"

"아빠. 열어 주지 마요. 없는 척해."

"있는데 어떻게 없는 척해? 너 오늘 왜 그래? 이상하네, 이거. 둘이 싸웠어?"

"아후. 열어 주면 안 되는데……."

발렌타인데이 실수 이후로 가뜩이나 꼬여 있던 지원의 인생은 꼬인 채로 어디론가 말려 가고 있는 기분이 들었다. 어디론 가를 정확히 표현하자면 지현우의 뜻이 향하는 곳이랄까.

"어서 와요. 이 시간에 어쩐 일이에요?"

"말씀 놓으십시오."

선량한 미소와 정중한 태도를 보니 울화가 치밀었다.

"여긴 왜 왔어요? 나가요 어서!"

"어허. 얘는 손님한테! 너 오늘 왜 그래?"

골프채에 마음을 열어 버린 지원의 아버지는 더 이상 그녀의 편이 아니었다.

"너 보러 온 거 아니니까 끼어들지 마. 아버님. 오늘은 아버님을 뵈러 왔습니다."

"!"

예상한 대로 흘러가고 있었다.

"날? 날 왜……. 일단 앉지."

지원은 현우가 무슨 말을 하는지 감시해야 했기 때문에 저를 밀어내는 그의 옆에 찰싹 붙어 앉았다.

"실은 제가 따님 문제로 도저히 참을 수가 없어서 여기까지 찾아왔습니다."

"지원이? 왜? 내 딸이지만 문제가 한두 개가 아닌데……."

현우는 그녀가 도끼눈을 하고 주먹을 꽉 움켜쥐고 있는 것을 깔끔하게 무시하고 태연히 폭탄 발언을 했다.

"그게 말입니다. 아버님. 지원 씨가 도벽이 있는 것 같스

읍……!"

이미 하고 싶은 말은 다 튀어 나왔기 때문에 현우의 입을 틀어막은 타이밍이 늦어 버렸다.

"도……벽?"

"아빠! 이 사람 미쳤어! 모함하는 거야! 듣지 마!"

"니가 입을 틀어막고 있는데 들을 수가 있어? 뭐야? 너 뭐 찔리는 거 있지? 빨리 말 못해! 뭘 훔쳤어? 엉!"

"아니라니까!"

지원은 울상이 되어 심술맞은 얼굴을 한 현우를 노려보았다. 그는 오백만 원짜리 복권의 행방을 나불거리고 싶어 죽겠다는 표정이었다.

"진짜 이럴 거예요? 나가서 얘기해요. 네?"

지원이 목소리를 한껏 낮추고 으르렁거리자 현우는 눈썹을 치켜떴다. 입술이 말려 올라가는 불쾌한 감촉이 느껴져서 그가 웃고 있음을 확실히 알 수 있었다.

"어허! 지원이 너 니가 찔리는 게 있긴 있나 본데!"

아버지가 폭발한 것과 동시에 현우가 힘으로 그녀의 손을 뿌리쳤다.

"아빠! 듣지 마!"

"넌 가만있어! 이봐요. 할 말 있으면 해 봐요! 도벽이라니, 얘가 뭘 훔치고 다니기라도 했다 그거요?"

현우는 지원이 안절부절못하는 모습을 쳐다보며 천천히 대답했다.

"따님이 말입니다."

"하지 마요! 나 진짜 가만 안 있어요! 약속 지킬게요! 지키면 되잖아!"

"따님이……."

다급한 지원의 외침이 현우의 말을 잠시 멈추게 했다. 두 사람은 눈짓으로 이야기를 주고받았다.

'믿어도 돼? 벌써 두 번이나 날 엿 먹였는데?'

'지킨다고! 계약 지키면 될 거 아냐! 한 달 채워 줄게! 그거 말하기만 해 봐! 내가 입을 찢어 버릴 거야!'

이렇게 되면 제일 답답한 사람은 그녀의 아버지였다.

"약속이라니? 지금 어른 앞에 앉혀 놓고 뭣들 하는 짓이야!"

현우는 그녀를 향한 눈을 거두고 지원의 아버지에게 고개를 숙였다.

"아버님. 따님을 이렇게 둬선 안 될 것 같습니다."

"하지 마요, 제발!"

"따님이, 제 마음을 훔치고 도망가 버렸습니다."

엄청난 찬바람이 거실을 휩쓸고 지나갔다. 부녀는 입이 얼어붙는다는 것이, 손발이 오그라든다는 것이 무엇인가를 확실히 체험하고 있었다.

"……."

연일 기록을 갱신하는 한파를 뻔히 알면서도 이런 짓을 하다니, 진짜 나쁜 놈이었다. 그런 데다 저 천연덕스러운 미소라니! 자신이 무슨 짓을 했는지 전혀 깨닫지 못하는 순수 악의 결정체였다.

삐. 철컥.

"여보. 나 왔어. 어머. 집이 왜 이렇게 추워. 헉! 손님이 있었네. 어머! 현우 씨 왔네요."

"안녕하셨습니까. 어머니."

썰렁한 놈. 뻔뻔한 놈. 이상한 놈!

돼지고기 김치찌개와 생선구이, 두부조림, 그리고 계란말이와 간장게장. 소박한 것들이 한데 모이니 화려한 식탁으로 변신해 있었다. 지원은 불만스러웠다. 어차피 뭘 줘도 맛있어할 것 같지 않은 현우의 입속에 들어가기에는 아까운 반찬들이었다.

"찬이 입에 맞는지……."

"보통 이렇게 식사를 하십니까?"

"응? 왜요? 뭐가 입에 안 맞아요?"

"주는 대로 먹어요, 그냥! 불청객 주제에."

지원은 그가 무슨 말로 면역 없는 부모님을 괴롭힐지 걱정이 앞섰다.

"그러니까. 불청객이 왔는데 반찬이 너무 푸짐해서. 정말 맛있습니다. 어머니."

"헐!"

오늘 컨셉을 이상하게 잡고 온 현우 때문에 지원만 속이 뒤집어지고 있었다.

"어머! 난 또 괜히 긴장했네. 아니, 현우 씨 올 줄 알았으면 갈비찜이라도 했을 텐데, 너무 부끄럽네요."

"엄마. 난 여기 잡채만 있었으면 내 생일상인 줄 알겠어."

"시끄러. 깐죽거리지 말고 조용히 먹어."

딸내미가 약점이 잡힌 줄도 모르고 현우를 챙기고 있으니 깐죽거리지 않을 수가 있나!

"현우 씨는 많이 먹어요. 자취하니까 밥 챙겨 먹는 게 젤 힘들겠네요."

"말씀 편하게 해 주십시오."

"그럴……까? 하하. 많이 먹어."

지원은 소녀처럼 좋아하는 엄마를 보며 아빠만은 제 편이 돼 줄 거라고 생각했다.

"아빠. 죄송해요. 솔직히 기분 안 좋으시죠? 갑자기 이렇게 찾아와서 불쑥 저녁 먹고 가고 그러는 거 별로 안 좋아하시잖아요."

이렇게 말하면 아빠가 거들어 줄 거라고 말이다.

"아, 죄송합니다. 지원 씨는 연락이 안 되고 마음이 다급해서 그만……."

"어? 아니야. 아니야. 늘 먹는 밥상에 숟가락 하나 더 얹는 건데 뭐가 어때서? 넌 왜 괜히 밥 잘 먹는 사람 부담을 줘?"

"허우. 내가 말을 말아야지."

틀렸다. 저 가식을 벗겨 낼 수 없는 이상 저만 심술맞은 사람이 되는 거다.

"근데 너는 진짜 왜 그러는 거냐? 니가 뭘 그렇게 잘났다고 튕기고 있어? 이렇게 눈치가 없어? 밀당도 해 본 애들이나 하는 거야."

"글쎄. 밀당이 아니라니까요. 아빠 왜 내 말을 안 믿어요? 이 남자 좀 이상하다니까?"

지원은 숟가락을 든 손으로 머리를 가리키며 빙글빙글 돌렸다.

"어머, 애! 사람 앞에 두고 뭐하는 짓이야!"

"내가 오죽하면 이러겠어. 오죽하면? 나 좀 믿어 줘!"

"그래. 우리도 알아. 너 좋다는 남자가 정상이겠니?"

현우는 가슴을 팡팡 치며 억울해하는 지원에게 따뜻한 눈길을 보내 그녀를 더욱 열 받게 만들었다.

"저, 그런데 아버님. 전에 그 골프채는 어떠신지……?"

"응? 아! 그거 말이야! 아주 좋더라고! 그렇지 않아도 내가 그거 고맙다고 인사하려고 했는데, 내가 어제 그걸 들고 나갔더니 사람들이……."

아버지의 골프채 예찬이 한참이나 이어지고 난 후였다.

"그러셨군요. 저한테는 별로 필요 없는 물건이었는데 좋은 주인을 만났다니 잘됐습니다."

"아휴. 뭘."

왜 갑자기 골프채로 생색을 내는 걸까, 약을 치는 것 같아서
지원은 매우 의심스러웠다.

"저, 실은 말입니다."

"웅?"

"제가 또 하나 필요 없는 물건이 생겼는데……."

"뭔데 그러나?"

"제가 살고 있는 오피스텔에 갑작스럽게 방이 비었습니
다."

"그런데?"

"지원 씨가 다음 달에 집을 구해서 독립할 거라고 하던데,
그냥 당장 그 오피스텔로 오는 건 어떨까요?"

"컥! 콜록!"

"왜 그래? 사레 걸렸어? 여기 물."

이런 싸구려 친절, 당장 치우지 못해!

라는 표정으로 노려보아도 소용없었다. 그는 급 무거워진 분
위기에도 아랑곳 않고 그녀의 등을 토닥거리고 있었다.

"괜찮아?"

"안 괜찮아요! 어디서 말 같지도 않은 소리를 꺼내요!"

"그래. 그건 좀……. 오피스텔이면 비쌀 텐데……."

"아, 실은 그 오피스텔이 어머니 소유입니다."

"어머니요? 어? 그쪽 거라던데?"

"내 거라고? 아닌데? 누가 그런 얘길 해?"

"성…… 아! 아니에요. 잘못 들었나 봐요. 아무튼 내가 거지도 아니고 왜 공짜로 거기서 살아요?"

공짜로 고급 오피스텔에서 살게 해 주겠다니! 하지만 이건 자존심을 떠나 상당히 문제가 있는 제안이었다. 왜냐면 한 오피스텔에서 부모님 눈을 피해 산다는 건 반 동거나 다름없지 않은가! 지원은 제가 거절하기 전에 부모님이 화를 낼 거라고 생각했다.

"실은 그 방 세입자한테 문제가 좀 생겼는데 나하고 관련이 있어서 그래. 그 사람 계약 기간까지 내가 그 방세를 내야 하거든. 비워 둘 바에야 누구든 와서 살아 주면 좋잖아. 너도 그동안 돈을 좀 더 모아서 독립하는 게 안정적이지 않을까?"

조근조근한 현우의 설명이 있기 전까지는.

"음……. 나쁘지는 않네. 혼자 독립한다고 해서 불안했는데 현우 씨랑 한 오피스텔이면 안심이지. 안 그래요?"

"괜찮긴 한데, 아무리 그래도 어떻게 공짜로 거길 들어가. 얼마라도 내야지……."

지원은 말문이 막혔다. 부모님이 이렇게 속물일 줄이야!

"말씀드렸다시피 사정이 좀 있습니다. 그리고 한 오피스텔에 있으면 어머님이 해 주시는 반찬도 얻어먹을 수 있지 않겠습니까?"

이 넉살쟁이! 가식덩어리! 몹쓸 놈!

"정말 그거면 돼?"

"그럼요. 충분합니다."

어떻게 부모님은 아무것도 눈치채지 못하시는 걸까! 불과 이틀 전과 완전히 다른 사람으로 변했는데 이 지경으로 홀려 버리다니!

"지원아. 잘됐다. 그렇게 해라."

"그래그래. 대신에 니가 가끔 현우 밥도 차려 주고 하면 되지. 안 그런가?"

"아닙니다. 월세계약이 노예계약도 아니고 그럴 수야 없지요."

일부러 노예계약을 운운한다는 걸 지원이 모를 리가 없었다.

'나쁜 놈! 이렇게 되면 노예계약이 한 달이 아니라 훨씬 더 길어지게 되는 거잖아!'

지원은 저녁 식사가 끝나자마자 그를 끌고 밖으로 나왔다.

벌써 많이 어두워진 데다가 날이 많이 추웠다. 현우는 추운 게 딱 질색이라며 차에서 얘기하자고 했지만 그녀는 냉정한 얼굴로 딱 잘라 거절했다.

"나한테 왜 이래요?"

"뭐가?"

"나 싫어했잖아요! 첨에 나한테 길 가다 봐도 알은척도 하지 말라고 그랬잖아요."

"그랬지."

"돈 때문에 몸으로 때우라고 해서 당신 친구들 앞에서 애인 노릇도 해 줬어요. 뭐 더 필요한 거 있어요? 없잖아요! 굳이 왜 주겠다는 돈을 마다해 가며 계약 이행을 강요하냐고요! 그리고 왜 자꾸 우리 집에 찾아와요? 당신이 뭔데! 우리 부모님 어쩔 거냐고요. 가뜩이나 성민이 자식 때문에 상처받으셨는데, 그쪽이 이러면 우리 엄마 아빠……."

불쌍한 엄마, 아빠. 쓸데없이 정이 많은 두 분은 이번 일로 또 충격을 받으실 것이다. 두 번이나 연타로 배신당하시면, 미안해서 어쩌면 좋을까. 지원은 한숨을 푹 쉬었다.

"후. 몰라요. 아무튼 이제 그만해요. 내가 멋대로 그쪽 집에 들어와서 생떼 부린 거 알아요. 어젯밤에 나 위로해 준 것도 고마워요! 정말 여러 가지로 그쪽한테 민폐 끼친 거 알고 있어서, 나하고 더 엮이지 말라고 사라져 준 거라고요. 근데 왜 찾아와요? 내가 폭탄 같아서 재밌어서 그렇다고 했죠? 폭탄 터지면 끝이에요."

횡설수설이긴 했지만 할 말은 다 한 것 같았다. 속이 다 후련했다. 이 정도 했으면 그도 할 말이 없을 거라 생각했다.

"설거지도 안 하고 간 주제에 뭘 잘했다고?"

"네? 설거지요?"

"어딜 말도 없이 도망가? 내가 그렇게 만만해? 두 번이나 내 뒤통수를 쳐?"

"하! 억지 좀 부리지 마세요!"

"내가 라면 끓여 달라고 해서 왔으면 적어도 넌 예의상 이런 말은 하고 가야 했어."

"무슨 말요?"

"내일 우리 집에 와서 커피 마실래요?"

"……."

머리를 텅 울리게 만드는 이론이었다. 도대체 무슨 뜻으로 하는 말인지 감도 오지 않았다.

"근데 그걸 안 하고 돈 봉투를 주고 가? 내가 오백팔십삼만 원 받자고 내 소중한 침대 매트리스에 무게를 실은 줄 알아? 가볍기라도 하면!"

"매, 매트리스요?"

"난 커피를 얻어 마셔야겠는데, 그쪽 집은 부모님이랑 같이 살고 있어서 안 되겠어. 이사해. 내일 당장."

라면을 먹는데 매트리스가 필요하고 커피를 마시는데 부모님이 있으면 안 된다는 건…….

"이, 이……. 하! 뭐, 이런 또라이가……. 도대체…… 왜 이러는 거예요? 진짜, 진심으로 알고 싶다. 이제 좀 알고나 당하고 싶네요. 네?"

"난 분명히 말했어. 진짜 사귀자고."

"예?"

"리조트에서 오는 날 말했다고. 분명히."

"……."

했었다. 얼렁뚱땅. 그렇게 넘어갔었다. 하지만 대답을 한 적은 없었고, 그도 농담처럼 한 말이라고 생각했다. 설마 그게 진심이었다고?

"그리고 넌 라면을 먹으러 왔어. 심지어 라면만 먹은 게 아니라 날…… 읍!"

지원은 다급히 그의 입을 막았다. 별로 기억하고 싶지 않은 부끄러운 얘기였다.

"됐어요! 알아들었으니까 그만해요!"

그러나 지원의 손을 뿌리친 현우는 기어이 한 마디를 남겼다.

"먹튀."

"쫌!"

"하여간 네 말을 종합하자면 지금 내가 싫다는 너한테 하룻밤 잔 걸 빌미로 질척거린다는 거 아니야? 이게 말이 된다고 생각해?"

현우가 한 마디 한 마디 할 때마다 지원은 머리가 터질 것 같았다.

"아우! 그러니까요. 그 말이 안 되는 짓을 본인이 하고 있다니까! 왜 그래요, 대체!"

"그거야 네가 질척거리지 않으니까 내가 하게 된 거 아냐! 왜 날 여기까지 오게 만들어? 왜 그러는 건데? 성민이 그 개자식한테는 질척거리면서 나한테는 왜 이렇게 쿨해?"

"……오 년하고, 하룻밤하고 같아요?"

"숫자가 뭐가 중요해? 하룻밤을 같이해도 어떻게 보냈느냐가 중요한 거 아니야?"

"……."

지원은 그의 말을 믿을 수가 없었다. 정신없이 다그쳐서 잘 정리되지 않았지만, 가만 듣고 보니 이 남자가 지금 저한테 매달리는 것 같았다.

'분명히 그 남자가 매달릴 거야. 니 노예가 될 수 있는 사람이라 이거지.'

헐. 대박.

희준이가 했던 말이 실행이 될 줄이야!

"그리고 넌 아직 내 대답을 못 들었어."

"?"

"확인하기로 했잖아. 뭐, 남성 혐오증이 아니란 건 네가 잘 알 테니까 넘어가고. 네가 매력이 없는 건지, 그 새끼가 고자인지는 들어야 할 거 아냐?"

"설마…… 그거 확인해 주려고 여기까지 왔다는 건 아니겠죠?"

"겸사겸사."

176

"하, 하하하. 나 참."

결국 지원은 웃음을 터트리고 말았다. 아무래도 감당 안 되는 사람을 만난 것 같았다. 어쩜 매달리는 것도 이렇게 당당할 수 있을까.

"비웃어?"

"그냥 웃은 거예요. 그래요. 그럼. 겸사겸사 따지러 온 김에 말해 줘요. 확인해 본 결과가 어때요?"

의기양양하게 턱을 치켜 올렸다. 절 찾으러 여기까지 왔다면 다른 답이 없다는 걸 자신했기 때문이다.

"잘 모르겠어."

"예에?"

"한 번으로는 확인이 안 돼. 내일 커피 마시러 가서 다시 확인해 주지."

"뭐, 뭐라고요?"

"난 내일 무조건 커피 마시러 갈 거야. 그러니까 이사해."

현우는 그녀의 손에 열쇠를 쥐여 줬다.

"이, 미친⋯⋯!"

"1312호 내일 이사 간다니까, 바로 들어와. 그럼, 난 이만."

"!"

지원은 멀어지는 현우를 멍하니 바라보며 한참을 서 있었다.

'1312호? 1312호라고? 1312호!'

◆

이삿짐은 매우 간소했다. 당장 입을 옷 몇 가지와 침구. 나머지는 천천히 옮기기로 하고 지원은 현우의 벤츠에 올라탔다.

"우리 딸 잘 부탁해."

"얘 술 좀 그만 먹게 해 줘."

부모님은 마치 시집이나 보내듯이 석양을 배경으로 손을 흔들었다.

기가 막혔다. 거대한 악운이 저를 끌고 다니는 것 같았다. 그러지 않고서야 빵빵하게 돌아가던 보일러가 왜 터진단 말인가!

"부모님들이 딸을 독립시키는 게 아니라 딸을 분리수거 하는 기분이 드는 건 그냥 내 기분 탓인가?"

"시끄러워요. 이게 다 누구 때문인데!"

"설마 나 때문이란 건 아니겠지?"

"어제 그렇게 썰렁한 소리를 하니까 보일러도 얼어서 터지는 거 아니에요!"

"그럼 뭐라고 말해야 해? 내 순결을 뺏었다고 해?"

"순결은 개뿔! 그런 소리 했음 당신 울 아빠한테 골프채로 얻어맞고 쫓겨났을 거예요. 당신이 준 그 비싼 골프채로! 알아요? 아무튼 우리 부모님 그쪽한테 완전히 홀린 것 같으니까 책임지세요! 난 몰라요! 나랑 헤어질 때 그쪽이 얘기해요. 나한테 질려서 헤어진다고, 아니면 사는 수준이 안 맞아서 안 되겠다고, 그러고 나서 골프채로 두들겨 맞든지, 알아서 하세요."

진짜 큰일이었다. 엄마 아빠가 이 남자를 너무 좋아하는 게 지켜보기 딱할 정도니, 어쩌면 좋을까.

"그 집으로 이사 가는 게 그렇게 싫어?"

"싫죠! 거길 왜 가요? 안 좋은 기억만 잔뜩 있는데!"

"바람피운 놈이 널 내쫓았어. 억울하지 않아?"

"뭘 내 집도 아닌데……."

"생각해 봐. 그 여자가 보는 앞에서 원래 네가 있어야 할 그 집에서 내쫓겼다고. 발렌타인데이에."

"생각나게 하지 마세요. 열 받으니까."

"열 받지? 그러니까 복수해. 그 새끼 나가는 거 보면서 당당하게 들어가. 그리고 통쾌함을 누려."

"그, 그런가……. 그러고 보니까 기분이 좋을 것 같기도 하고……."

"당연하지. 그 새끼가 얼마나 약이 오르겠어? 나한테 널 뺏겼다고 생각하는 놈인데, 내가 저를 쫓아내고 너한테 방을 내줬다고 해 봐. 자존심 무너지는 거 한 방이지."

요즘 겪은 수많은 일들로 인해 지원은 자신이 한층 성숙해지고 있다고 믿고 싶었다. 또 똑같은 실수를 안 해야겠다고. 그런데 어째서 현우가 하는 말에 자꾸 끌려 가는지, 그가 하는 말이 다 옳은 것 같은지, 자신이 아직도 정신을 못 차리는 게 아닌가, 의심스러웠다.

"다 좋다 쳐요. 근데요, 이상하지 않아요? 세입자가 나가면 다른 세입자를 받아야지. 왜 그걸 나한테 줘요? 아무리 사귀는 사이라도 그렇지, 저도 자존심이라는 게 있어요. 남자한테 의지해서 빨대 꽂고 살진 않는다고요. 그 반대로 살긴 했지만……."

"오피스텔. 우리 어머니 거라고 했지? 내가 내쫓았으니까 나더러 책임지래. 다른 세입자 받지 말고 내 돈 내놓으라네."

"내쫓았어요?"

성민이 스스로 나간 게 아니라 현우가 쫓아냈다니 깜짝 놀라고 말았다.

"어."

"왜, 왜요?"

"참 이상한 버릇이 있던데. 뭐가 그렇게 늘 왜요야? 무슨 일을 하는데 그렇게 늘 이유가 필요해? 그냥 그러고 싶으면 그러는 거지."

"그러니까, 왜 그러고 싶었냐고요. 왜 내쫓고 싶었냔 말이죠."

"나는 내 걸 누구랑 공유하는 걸 딱 싫어한다고 전에도 말했지?"

"……설마, 그 내 거가?"

"내가 열다섯 살에 집을 나와 혼자 산 이유가 뭔지 알아?"

"그렇게 일찍 나왔어요? 왜요?"

"우리 형이 자꾸 내 일기를 훔쳐봤거든."

"……"

쌍욕이 나올 뻔했지만 참았다. 열다섯에 일기 때문에 가출한 놈이나, 그러라고 내보낸 집안이나……. 스물아홉에 독립한다는 딸을 기쁘게 내보낸 부모님이 얼마나 멀쩡하신 분들인지 알게 돼서 고마울 지경이었다.

"하여간, 물건처럼 계속 제자리에 있는 게 아니다 보니 묶어 놓을 수도 없고, 어쩌겠어? 탐내는 놈을 없애 버려야지."

"……고마워요."

망설이던 지원은 처음으로 진심에서 우러나온 감사를 전했다. 어쩐지 그래야만 할 것 같았다.

"그럴 것 없어. 나 좋자고 한 짓이니까."

"풉."

"왜 웃어?"

"왠지 알 것 같아서요."

"뭐가?"

"그쪽을 좀 알 것 같네요. 첨엔 완전 외계인 같았는데, 이제 보니까 그냥 부끄러움이 많네. 솔직하지가 못해."

"하! 내가? 난 비겁하게 거짓말 같은 거 안 해. 진짜 나 좋자고 한 짓이라니까?"

그러거나 말거나 지원은 자신이 믿고 싶은 대로 믿기로 했다. 어쩌면 현우 스스로가 자신의 마음을 잘 들여다보지 못하는 것 같기도 했다. 말로는 더러운 성질이라면서 친구들과의 약속도 잘 지키고, 어머니 말씀도 잘 듣고, 무엇보다 저의 무리한 부탁도 전부 들어주었다.

'이 사람. 알고 보면 진짜 다루기 쉬운 사람일지도?'

아옹다옹하다 보니 오피스텔에 도착했다. 정말 현우 말대로 이삿짐센터 차량이 짐을 나르고 있었다. 보통 이사는 아침에 하는 거지만 갑작스런 이사로 인해 야반도주처럼 떠나게 된 것이다.

"근데 어떻게 설득했어요? 이렇게 순순히 나갈 놈이 아닌데?"

"지은 죄가 있으니, 시키는 대로 해야겠지. 자, 가 보자. 우리도 이사해야지."

"엇! 자, 잠깐만요. 아직 마음의 준비가……."

지원은 말로도 힘으로도 그를 이기지 못하고 손목이 잡혀 끌려갔다.

1312호 문은 활짝 열려 있었고 성민이 마지막 짐을 가방에 챙겨 넣고 있었다.

"!"

그는 두 사람을 보고 화들짝 놀라며 일어났다.

"여, 여, 여, 여긴 어떻게?"

대답은 현우가 했다.

"이 방에 들어올 세입자분입니다."

"왜, 왜 지원이가……?"

지원은 입을 꾹 다물고 화난 표정으로 그를 노려보았다. 성민은 처음으로 보는 지원의 차가운 눈빛에 찔끔 놀랐다.

"너, 너 돈도 없잖아."

돈 없다는 소리에 발끈한 지원이 결국 입을 열었다.

"돈은 없는데, 능력 있는 남자를 찾았어. 왜? 난 그럴 주제가 안 되는 것 같아?"

아직 정신을 못 차린 성민은 현우가 앞에 있다는 걸 깜빡했는지 그녀를 나무라기 시작했다.

"너 나랑 헤어졌다고 인생 막 사는 거야? 그러지 마. 돈 많다고 아무 남자한테 빌붙어 사는 거 아니야. 정신 차려!"

"야. 이 찌질한 놈아. 현실을 좀 직시해. 내가 막 살던 때는 너하고 사귄 오 년이야. 잘 모르는 것 같아서 말해 주자면, 너야말로 아무 남자야. 내가 그걸 깨닫는 데 오 년이 걸렸네? 발등 찍은 내 인생이 너무 아까운데, 덕분에 현우 씨 만난 것 같아서 이제 너한테 좀 고마워지려고 그러네?"

"야, 헤어질 때 헤어지더라도 꼭 그렇게 악담을 해야 해? 그럼 속이 시원해져?"

"오 년 묵은 체증이 싹 내려가지. 길 가다 나 만나면 모르는 척해라. 재수 없으니까."

"야! 내가 그냥 갈랬는데, 아무것도 모르고 있는 게 불쌍해서 말해야겠다."

"?"

"너 저 새끼가 잘해 주니까 니가 공주라도 된 것 같지? 저 새끼 얼마나 소름 끼치는 놈인 줄 알아? 완전 또라이라고. 무식하게 폭력이나 쓰는 깡패 같은 새끼란 말야! 나한테 한 짓을 너한테 안 할 것 같아?"

"폭력?"

지원은 눈썹을 찌푸리며 현우를 쳐다봤다. 현우는 어깨를 으쓱하며 대수롭지 않게 대답했다.

"뭐? 네가 신고 안 하겠다며? 그럼 어떡해? 경고는 해 줘야 할 거 아냐."

"그래서 사람을 팼어요?"

"아니. 뭐 걸리적거리는 게 하나 있어서 발로 차긴 했는데, 그거 외엔 안 팼어. 기물만 좀?"

"이봐요! 당신! 돈 좀 있다고 그러는 거 아닙니다! 내가 드럽고 치사해서 나가 주는데 우리 지원이는 건들지 마세요. 얘 눈에서 눈물 나면 나 가만히 안 있을 겁니다!"

어쩜 이렇게 뻔뻔하고 자기중심적일 수가 있을까. 지원은 혀를 내두르며 그를 동정했다.

"한 번만 더 그 입으로 우리 지원이 어쩌고 해 봐. 내가 그 입을 확!"

지원이 위협적인 손동작을 보이자 성민은 멀리서도 뒤로 주춤했다.

"자, 얼른 나가시죠? 우리 지원이 살라고 그쪽 내쫓는 거니까, 빨리 좀 나가 주셨으면 좋겠는데?"

그러면서 현우는 지원을 돌아보며 물었다.

"나는 괜찮지?"

"안 괜찮아요. 그렇게 부르면 키스하고 싶단 말예요."

"그럼 하면 되지."

현우는 벌을 자처하며 지원의 입술을 달콤하게 깨물었다.

"!"

지원은 놀랐지만 태연한 척했다. 아니, 즐겼다! 물론, 성민을 열 받게 할 생각으로 가득 차서 도발했을 뿐이었지만, 이왕 이렇게 된 거 화끈하게 보여 주고 싶었다. 현우와 자신이 얼마나 진한 키스를 하는지, 진심으로 사귀고 있다는 것도 말이다. 더불어 또 한 번 느끼는 거지만 현우의 입술은 하루 종일 물고 있고 싶을 만큼 좋았다.

그들의 긴 키스를 눈앞에서 목격한 성민은 모든 것을 잃은 표정으로 비틀거리며 방을 나섰다.

그러나 이미 처음 목적을 잊고 키스에 열중한 두 사람은, 그가 떠난 줄도 모르고 있었다.

◆

청소하는 분들이 치워 주는 동안 지원은 현우의 집으로 따라 들어왔다.

"커, 커피만 마실 거예요."

"잘도 그러겠다."

"진짜 커피만 마시고 갈 거니까 딴맘 먹지 마세요!"

"아, 그 얘기였어? 난 그건 생각도 못했는데?"

"그럼 그쪽이 생각한 건 뭔데요?"

"또 술 먹자고 할 줄 알았지."

"저 이제 술 끊었어요! 그리고 지난번엔 그쪽이 사 온 소주였다고요!"

"그래그래. 그렇다 쳐."

지원은 현우의 무뚝뚝한 표정을 살피며 그의 눈치를 보고 있었다.

방금 전 그렇게 두근거리는 키스를 해 놓고 저 태연함이라니!

'정말 그냥 연기였어? 나 혼자 느낀 거야? 뭐 저런! 바람둥이 같은 게 다 있어!'

잔뜩 기분 좋게 해 놓고 그게 끝이라니 심통이 났다.

"커피나 끓이게 줘 봐요. 그거 없어요?"

커피메이커를 찾는데 현우가 다가와 그녀의 등 뒤에서 팔을 쭉 뻗었다. 그의 팔이 어깨를 스치며 올라가자 샴푸 냄새 같은 좋은 향기와 남자의 묵직한 체온이 전해졌다. 지원은 또 괜히 가슴이 설레었다.

"자, 여기."

"에? 이거 마셔요?"

그가 꺼낸 건 커피메이커가 아니라 인스턴트 커피 박스였다.

"귀찮아서."

"뭐, 나야 편하지만……."

지원은 현우가 바텐의자에 앉는 것을 보고 얼른 눈을 돌렸다. 그날처럼 당장이라도 그가 벌떡 일어나 그녀의 입술로 부딪쳐 올 것 같았다. 그러면 지금 그녀는 싱크대를 붙잡고 그를 받아들일 수밖에 없을 것이다.

매끄러운 혀가 봐주지 않고 그녀를 찌른다. 어느새 다리가 교차하고 더 이상 물러설 수 없을 곳까지 밀어붙이자 싱크대를 잡은 손이 하얗게 질려 버린다.

"봉지 뜯다 말고 무슨 생각 해?"

"!"

퍼뜩 정신이 든 지원은 최대한 태연한 목소리로 대답했다.

"다, 다이어트 시작했는데 먹어도 되나 싶어서요. 인스턴트 커피가 생각보다 칼로리가 높다고 해서."

"불필요한 지방 빼려다가 필요한 지방이 빠지면 곤란한데."

"누구 좋으라고!"

정수기에서 뜨거운 물을 받자 달콤한 커피 향이 퍼졌다.

지원이 커피 잔을 건네자 현우가 잔을 받으며 물었다.

"근데 술은 왜 끊었어? 그것도 다이어트?"

"바른 생활 하려고요."

"술만 안 먹는다고 그게 될까?"

"무슨 소리를 하고 싶은데요?"

현우는 피식 웃으며 커피를 마셨다.

"응? 그 웃음 기분 나빠요. 뭐예요?"

"나하고 잔 걸 실수였다고 말하고 싶은 모양인데, 너 그날 안 취했거든."

"!"

지원의 얼굴은 순식간에 펑 하고 달아올랐다.

"취했어요!"

"설마? 소주 몇 잔에 취할 사람 같진 않던데?"

"취했어요! 취했다고요! 꼭 술에 취해야 취하나! 그쪽이……!"

"내가 뭐? 나한테 취했다고?"

"아뇨! 분위기요, 분위기! 그렇게 분위기를 몰고 갔잖아요. 하는 짓 보니까 작업의 고수 같더만! 나보고 어디서 놀았냐느니, 그런 거 물어볼 입장이 안 된다니까."

"못하는 것보단 낫지."

할 말이 없어진 지원은 손가락으로 커피 잔을 빙글빙글 돌리며 발을 배배 꼬았다.

호르륵, 커피 마시는 소리가 어색한 침묵을 채울 때였다.

툭.

"!"

그가 테이블 밑으로 발을 툭 찼다. 작은 움직임이었는데도 지원은 화들짝 놀라 고개를 들었다.

현우는 한쪽 팔을 턱에 괴고 장난스러운 표정을 짓고 있었다.

"놀라긴."

"건드리지 마세요."

그는 지원의 말을 무시하고 또다시 발을 건드렸다. 그러자 그녀도 참지 않고 같이 툭툭 쳤다.

"하지 마세요."

툭툭.

"그만하자고요."

아무리 말해도 그는 멈추지 않았고 오기가 생긴 지원의 발놀림이 더 격해졌다.

"!"

말없이 발장난만 치던 현우가 그녀의 발을 그의 발 사이에 넣고 꼭 붙들었다.

"먼저 건드려 놓고 그만하자고? 그날도 그랬지."

"내가 먼저 건드렸다고요? 하!"

"선을 넘은 건 너야."

그의 자신감이 꺼림칙하다. 그의 눈짓을 따라 테이블 아래를 힐끗 쳐다봤다. 제 발이 언제 그의 의자 앞으로 간 걸까? 제 맘을 들킨 것 같아 또 한 번 얼굴이 붉어졌다.

"이것도 실수야? 끊고 싶은 게 술인 것 같지는 않은데?"

지원은 그를 노려보며 발을 빼려고 했지만 현우가 워낙에 단단히 붙잡고 있어서 잘 되지 않았다.

"앙탈 부리지 마."

"내가 언제요. 이거 얼른 못 놔요?"

"하고 싶지?"

"네? 무슨!"

"그럼 하고 싶다고 말해."

"웃기지 말죠? 그런 맘 요만큼도 없으니까!"

현우는 혀까지 차며 지원을 불쌍한 눈으로 바라보았다.

"나는 뒤끝이 좀 있는 남자야."

"조금? 아주 많아 보이는데요."

"아무튼 그래서 그냥은 못 넘어가겠단 말이지. 용서가 안 돼."

"빙빙 돌리지 말고 알아듣게 말해요."

"나 혼자 매달리는 건 안 해."

"예?"

현우는 갑자기 그녀 앞으로 몸을 쑥 기울였다.

"왜, 왜 또 이래요?"

"나한테 매달려 봐."

"뭐, 뭘……!"

"해 달라고 졸라 봐. 그럼 내가 진짜 황홀하게 만들어 줄게.
방금 전 키스는 생각도 안 날 만큼."

5.

취급주의

꿀꺽.

지원은 저도 모르게 침이 꼴깍 넘어갔다. 황홀? 지난밤도 그녀가 아라비안나이트라 했을 만큼 경이로운 경험이었는데 대체 그 이상 어떻게 해 주겠다는 걸까?

짧은 순간 스쳐 지나간 음란한 기대 때문에 군침을 삼키는 모습을 그에게 들키고 말았다.

"엄청 기대하고 있는 모양인데?"

"안 해요. 안 할 거예요! 꿈 깨요!"

지원이 자리를 박차고 일어나자 현우는 '쳇.' 하고 나직이 중얼거렸다. 물론 지원은 그 소리에 매우 의기양양해했다.

"청소가 다 됐을까나? 그럼 전 이만 가 볼게요. 커피 잘 마셨어요."

이번에는 현우도 더 붙잡지 않고 잘 가라는 듯이 한 손을 들어 보였다. 그 모습에 약간 서운하긴 했지만 이것도 그의 계산에 들어 있을 거란 생각이 들었다.

'오늘은 절대 넘어가면 안 돼! 이왕 이렇게 된 거 잘해 보자, 윤지원! 저 짐승 같은 놈을 잘 길들여 보는 거야. 파이팅!'

이제 와서 요조숙녀처럼 굴며 '안 돼요.' 하려는 게 아니었다. 다만 지금껏 보여 준 이미지가 너무 굴욕적이고 모자란 것 같았다. 저도 그렇게 쉬운 여자가 아니란 걸 보여 줄 때가 왔다!

'가만. 생각해 보니 저놈이 짐승이면 내가 먹잇감인가. 뭐야, 먹이로 길들이는데 내가 먹이인 거잖아. 이거 이길 수 있는 거야?'

세상에 어떤 바보천치가 저를 먹잇감으로 던져 짐승을 유혹한단 말인가! 나 잡아 봐라, 하고 도망갔다가 한 번 콱 물리면 그걸로 냠냠 쩝쩝 꿀꺽, 끝!

이미 글러 먹었다는 걸 깨달았을 때 여기서 도망쳤어야 했다. 하지만 그녀는 그러지 못했다.

막 신발을 신고 나가려던 지원은 현관문을 보다 불현듯 떠오르는 것이 있어 그를 돌아보고 만 것이다.

"아, 맞다. 근데 그 열쇠는 어디에 쓰는 거예요?"

어젯밤 얼결에 받은 열쇠는 꽂을 데가 없었다. 오피스텔 문은 전부 비밀번호로 잠금장치가 돼 있었고, 혹시나 하고 욕실 문에 꽂아 봤지만 아니었다.

"그거?"

지원은 대답 대신 고개를 끄덕였고 현우는 어쩐지 검은 오라가 느껴지는 모양새로, 웃고 있어서 더 무서운 표정을 지으며 스윽 몸을 일으켰다.

"가자."

"어딜요?"

"열쇠 꽂으러."

좀 전에 대화와 이어서 들으니 상당히 의심스러운 말이었다. 방어 본능을 느낀 지원이 뒤로 주춤 물러났다. 이번에 물리면 자존심이건 뭐건 죄다 먹혀 버릴 것 같았다.

"됐어요. 별로 안 궁금해요."

"왜 그래? 꼭 내가 잡아먹을 것처럼 몸을 사리네? 나 안 매달린다니까? 왜? 나한테 매달릴까 봐 도망가는 거야?"

이때 지원은 어디선가 어쭙잖게 들은 말이 생각났다.

적에게 등을 보이면 진 것과 다름없다던가?

"자기가 한 말 지켜요. 덤비기만 해 봐요. 고소할 거야!"

"그러시든지."

열쇠의 용도가 궁금하기도 했기 때문에 지원은 씩씩하게 그의 뒤를 따라 드레스룸으로 들어갔다.

"어?"

으슥하고 좁은 곳으로 끌고 가는 건가 긴장했더니, 뜻밖에도 드레스 룸 안쪽에 문이 있었다.

"꽂아 봐."

"뭐예요? 성민…… 아니, 1312에는 이런 문 없었는데."

"주인집 아들의 특권이랄까?"

지원은 처음으로 현우의 말을 적극적으로 따랐다. 저 안이 너무 궁금해서 기다릴 수가 없었다.

문을 여는 순간 그녀의 입에서 절로 감탄사가 나왔다.

"우와!"

문 앞에 펼쳐진 것은 또 다른 오피스텔 방이었지만 평수만 같을 뿐 많이 달랐다. 우선 한쪽 벽은 전부 유리로 되어 있었고, 몇 개의 헬스기구도 있었다. 그리고 정면에는 백 인치는 될 것 같은 스크린과 스피커 기기들이 보였다.

말로만 듣던 홈시어터도 놀랍지만 그 앞에 놓인 붉은색 가죽 소파는 거의 침대 수준으로 넓고 안락해 보였다. 도시의 야경이 펼쳐진 멋진 공간 안에서 편안하고 넓은 소파에 기대 영화를 볼 수 있다니!

"엄청 청승맞네요!"

"그렇게밖에 말 못 해?"

"에이. 혼자 여기 틀어박혀 가지고 난 혼자라도 외롭지 않아, 이러면서 쿠션 껴안고 있었을 거 아니에요."

"미안한데, 둘이 있으면서 청승 떨고 있었던 너보다 난 여기서 훨씬 아름다운 솔로 생활을 해 왔다고."

"네, 네. 왜 안 그랬겠어요. 근데 여기 열쇠를 왜 날 줘요?"

"자주 올 거니까."

"……."

"왜? 안 올 것 같아? 영화 싫어해?"

누군가와 어깨를 맞대고 팝콘을 나눠 먹으며 영화를 본다는 것. 그걸 못 해 본 지가 벌써 일 년이 넘은 것 같다. 성민은 대기업에 입사한 후부터는 그녀와 거의 놀아 주지 않았다. 데이트 장소는 주로 그의 집이었고 데이트 코스는 지원이 해 준 밥을 먹고 티비를 보다가 잠이 들어 버리는 게 다였다.

그런데 지금 그녀의 앞에 멋진 영화관이 펼쳐져 있다. 누구의 눈치 볼 것 없이 맘껏 스킨십을 나누고, 맘껏 웃고 울 수 있는. 어디선가 고소한 팝콘 냄새가 풍기는 것 같았다.

"싫음 말고."

현우가 열쇠를 뺏으러 다가오자 지원은 냉큼 손을 뒤로 하며 다급하게 대답했다.

"조, 좋아해요! 영화……. 어, 엄청 좋아해요……."

그래 놓고는 머쓱한 듯이 귓등으로 머리를 넘겼다.

"그래? 그럼 영화 한 편 보고 갈래?"

"그, 그래도 돼요?"

"되겠지. 내가 지금 너한테 작업 걸고 있는 거니까."

"!"

지원이 반격할 틈도 안 주고 현우는 소파에 가 앉으며 옆자리를 팡팡 두들겼다.

"앉아."

"궁금한 게 있는데요."

"뭐?"

"왜 오 년이나 애인이 없었어요? 나한테 하는 거 보면 완전 작업의 고수거든요? 혹시 바람둥이예요? 이 여자 저 여자 건드리기만 하고 마음은 안 주고 그랬어요?"

"흠……."

그런 게 아니다, 진짜 사랑을 기다렸다, 등등의 말을 기대했건만 그는 한참 동안이나 생각하고 있었다.

"됐어요. 그렇게 깊이 생각해야 알 수 있는 거면 답이 뻔하죠, 뭐."

"흠. 내가 차일 때 들었던 말들을 떠올리는 중이었어."

"에? 차였다고요? 작업의 고수가? 바람피우다 걸렸어요?"

"이 미친놈아, 세상 사람들이 다 너 같은 줄 알아? 미치려거든 곱게나, 미치든가! 짜증나니까 꺼져 등등."

지원은 손뼉을 치며 감탄했다.

"캬! 와, 어쩜 하나같이들 내가 하고 싶은 말을 그대로 했죠? 무슨 짓을 하고 다니면 애인들이 다 똑같은 말을 할 수가 있어요? 그 여자들한테도 열쇠 주면서 무조건 이사하라고 억지 부리고 집에 찾아가서 진상 부리고 그랬죠?"

"아니. 돈을 줬어."

"네?"

"생일을 비롯한 각종 기념일, 또는 데이트 비용으로."

"헉! 왜 그랬어요! 진짜 제정신이에요? 돈 많다고 자랑하고 싶었어요? 우와, 생각했던 것보다 한층 더……."

또라이라고 말하려다가 입을 다물었다.

"난 바라는 걸 줬을 뿐이야. 걔네들이 원하는 게 그거 같아서."

"어, 그건……."

그 여자들이 정말 그랬다면 그건 그에게 상처가 되었을 것이다. 하지만 그렇다고 해도 애인한테 선물도 아닌 돈을 주는 건 엄청난 모욕이라, 누가 더 잘못했다고 판단하기가 어려웠다.

"아닌 척하면서 바라는 게 빤히 보이는데 그럼 어떡해? 난 기브 앤 테이크가 확실하다고 생각했는데, 다른 게 더 받고 싶었던 모양이지? 그게 네가 말한 그 마음이고?"

"그, 그래도 좀 너무했어요. 여자들이 뭐 돈만 보고 좋다고 했을까! 돈 싫어하는 사람이 어디 있어요. 나도 뭐, 돈 좋아해요……."

"찔리나 보네."

"······뭐, 그냥······. 홈시어터도 있고······. 돈 걱정 안 하고 살면 좋죠, 뭐."

"그래. 넌 그렇게 솔직한 게 장점이지. 가식 떠는 여자들 질색이거든. 그러니까 수 쓰지 마. 내 눈에 다 보이니까."

"예, 예? 무, 무슨 수를 써요?"

"네가 날 갖고 놀 수 있을 것 같아? 어디서 수작질이야? 안기라고 하면 못 이기는 척 안기면 되지, 튕겨?"

"튕긴 게 아니라, 진짜 난 그럴 맘이 없었다니까요!"

어찌 된 일인지 이야기는 다시 원점으로 돌아와 버렸다.

"넌 지금 두 개밖에 없는 장점을 다 포기하려고 하고 있어."

"두 개라뇨? 내가 왜 장점이 두 개밖에 없어요!"

"없어. 하나는 가슴, 또 하나는 솔직함. 아, 세 개다. 뻔뻔함도 있었지."

"와! 대놓고 성희롱을 하네요!"

"몇 번이나 말해. 칭찬이라니까? 괜히 다이어트하지 마. 단점을 없애려다가 장점이 아예 사라지는 수가 있어."

"지금 누가 이기나 해보겠다는 거죠?"

"별로. 널 이겨서 뭐하게?"

얄미운 그를 이기고 싶다. 그 생각만이 지원의 머릿속을 지배했다.

'알고 보면 아무것도 아닌 게, 입만 살아 가지고!'

저 입. 저 입부터 눌러놔야 콧대도 낮아질까.

"좋아요! 누가 이기나 보자고요!"

울컥한 지원은 소파에서 일어나고 있는 그의 입술로 돌진했다. 그와의 키스도 이걸로 벌써 세 번째. 한 번이 어렵지, 두 번, 세 번은 어렵지 않았다.

"!"

피할 틈도 없이 그녀의 키스에 당한 현우는 보드랍고 도톰한 지원의 입술을 거부하지 않았다. 잠깐 놀라는 것 같았지만 곧 적극적으로 그녀의 움직임에 반응했다. 오히려 그의 혀가 그녀의 입을 더 크게 벌리도록 파고들며 그녀의 혀를 감아 올렸다.

겹쳐진 입술은 달콤한 것을 빼앗기라도 하듯이 사납게 서로를 탐했다.

지원은 서로의 뜨거운 호흡을 나누며 다시 몸이 달아오름을 느꼈다. 불을 품은 숯처럼 제 몸 속에 뜨거운 불씨가 타올랐다.

'난 지금 먹잇감으로 나를 내던진 게 아니야. 이건 장점을 무기로 사용하는 것일 뿐이라고!'

그렇게 이성의 끈을 꽉 조이며 그의 목을 팔로 휘감아 더 깊이 혀를 집어넣었다.

효과는 충분했다. 흥분한 현우의 움직임이 다급해진 것이다. 그의 손이 서서히 그녀의 가슴을 향했다.

가슴에 손이 닿는 순간 지원은 눈을 번쩍 떴다. 지금껏 이 순간을 위해 이성의 끈을 놓지 않았기에, 기다렸다는 듯이 그의 손목을 붙잡았다.

"!"

격렬한 입맞춤을 멈추고 물러선 지원은 미간을 찌푸린 그를 보며 도도하게 눈을 치켜떴다.

"부탁해 봐요. 하는 거 봐서 허락해 줄게요."

"!"

현우의 얼굴이 당했다는 듯이 일그러지더니 황당한 표정을 지었다.

"응? 여기까지만 할까요?"

그녀가 재차 그의 약을 올리자 현우는 포기했다는 듯이 피식 웃으며 대답했다.

"하게 해 주세요. 윤지원 씨."

"어허. 별로 급하지 않은 모양인데요?"

그는 이를 악물었으나 끝까지 인내심을 갖고 억지웃음을 지었다. 그러고는 그녀의 손등을 가져와 가볍게 키스했다.

그의 정수리를 내려다보게 된 지원은 웬일인지 가슴이 쿵쾅거리고 부끄러워졌다. 천천히 허리를 편 그는 여전히 그녀의 손을 잡고 정중하게, 그러나 어딘가 콱 물어 버릴 듯이 강한 어조로 말했다.

"허락해 주세요. 제. 발."

그 순간, 벅찬 승리의 기쁨에 지원의 몸은 이성의 통제를 벗어나 버렸다.

지원이 눈을 감았다. 금방이라도 덮쳐 올 것처럼 굴던 현우가 그녀의 허리에 가볍게 손을 올리고 부드럽게 입맞춤을 했다. 한 번, 두 번, 세 번…… 소중한 것을 다루듯이, 금방이라도 없어질까 봐 아끼듯이, 마피 솜사탕을 핥듯이 입술을 머금는다.

"하……아……아……."

긴 탄식 같은 숨결이 끊어질 듯 이어졌다.

짧고 부드러운 입맞춤은 깊은 키스로 달아오른 그녀의 몸을 달짝지근하게 녹여 버렸다. 허벅지 안쪽이 저릿해서 서 있기도 힘들 만큼 종아리가 당기자 저도 모르게 그의 가슴에 몸을 기대고 말았다.

현우는 서서히 배를 부딪쳐 오며 자극적인 키스로 넘어갔다. 깊이 빨아들이고 감질나게 속살을 건드리다가 때론 그녀를 부르르 떨게 만들 만큼 혀를 휘감았다.

불쑥 허리로 들어온 그의 손이 배를 쓰다듬으며 올라가 그녀의 가슴을 움켜쥐었다. 키스가 격렬해질수록 유두를 괴롭히는 그의 손가락도 빨라졌다. 동그랗게 문지르다가 어느 순간 비틀기도 했다. 그러면 그것은 더욱 꼿꼿하게 솟아올라 그를 안달 나게 만들었다. 마치 그녀의 통통 튀는 성격처럼.

그는 점점 더 깊이 배를 부딪쳐 왔고, 그의 허리 아래에서 점점 부풀어 오르는 것이 지원의 배꼽 부근에 닿아 그녀를 뒷걸음치게 만들었다. 하지만 그녀 역시 다리 사이로 뜨거운 것이 흐르는 기분이 들었다.

지원은 종아리에 닿은 차가운 소파 가죽을 느끼는 것과 동시에 풀썩 쓰러지고 말았다. 그리고 몽롱한 눈으로 셔츠를 벗는 현우를 바라보았다.

헝클어진 머리카락에 가려진 시야가 답답했는지 머리를 털어 낸다. 그리고 그의 손은 그녀의 다리를 더듬어 올라갔다. 더 위로, 더 깊이 올라가더니 스타킹을 주욱 벗겨 냈다.

그가 허벅지를 쓰다듬자 맨살에 닿는 손길은 보다 노골적으로 느껴졌다. 허벅지 안쪽 근육이 팽팽하게 조여드는데, 그의 손은 벌써 팬티에 얹혀져 있었다.

'아……!'

그가 토닥거리듯이 그곳을 만지는 게 너무 좋았다. 부끄러워 고개를 옆으로 돌리면서도 다정한 손길에 마음이 놓였다. 밤이 매우 길 것 같은 느낌. 그가 선사할 황홀한 밤이 드디어 시작된다고 알리는 것 같았다.

기대감에 몸이 떨리는 것을 그가 눈치챘을까. 그의 손가락이 그녀의 부끄러운 계곡을 위아래로 문지르기 시작했다. 이미 습한 열기로 젖어 있던 팬티는 그의 손가락이 닿자 톡 하고 터진 과즙처럼 물기가 번져 나갔다.

"금방 젖을 거면서?"

"⋯⋯따, 땀이에요."

현우는 피식 웃었다.

"그래, 그렇다고 해 둘게. 계속 그렇게 우길 수 있을지 모르겠지만."

그러면서 지원의 블라우스를 벌려 단추를 전부 뜯어 놓았다.

"헉! 이, 이건⋯⋯! 흡!"

그쪽이 사 준 비싼 옷이라고 항의하려던 지원은 입술을 깨물고 숨을 들이마셨다. 현우가 그녀의 귓불을 잘근 깨물었기 때문이다. 게다가 귀 안쪽을 혀끝으로 핥자, 묘한 간지러움이 발끝까지 전해져서 꿈틀거렸다.

'아! 어떻게 이럴 수 있지?'

그가 어딘가를 건드릴 때마다 새로운 세상이 열렸다.

목덜미, 어깨⋯⋯ 쇄골까지 그의 입술과 혀가 그녀의 온몸 구석구석으로 보내진 찌릿한 쾌감이 잊고 있던, 몰랐던 감각을 깨워 놓고 있었다. 배꼽 아래가 팽팽해졌고 다리 사이는 무언가를 채우지 못해 연신 조여들었다.

지원은 간지러움에 몸부림치며 발가락을 꼼지락거리느라 브래지어가 벗겨진 것도 몰랐다.

"윽!"

가슴에 매달린 앙증맞은 유두가 아주 짧은 순간 떨어져 나갈 것처럼 뜨겁게 아팠다. 단지 그가 살짝 깨물었을 뿐이지만 민감한 붉은 돌기는 성내듯이 솟아났다.

그것을 또 현우는 혀로 살살 달래며 빨고 핥았다. 유두 끝은 혀가 닿으면 매우 차가웠다가 그가 한껏 빨면 뜨겁곤 했다. 점점 뜨겁고 차가운 감각을 구별할 수 없는 지경까지 왔다.

"하으……읏."

몸은 가만있지 못하고 들썩였고 몸속 깊은 곳으로부터 해결되지 못한 어떤 뜨거운 안개 같은 것이 신음으로 토해졌다.

현우는 그녀의 젖가슴을 크게 베어 물었다가 깊이 빨아들였다. 마지막으로 그 작은 열매를 입술에 머금었다가 혀끝으로 살살 긁으며 아쉬운 듯 입술을 뗐다.

"소리 내고 싶으면 맘껏 질러도 돼. 여긴 방음이 잘 돼 있거든."

이 와중에도 지원의 머릿속에서는 방음 따위가 문제가 아니라고 소리를 질러 대고 있었다.

안타깝게도 목소리로 나올 만큼 정신이 맑지는 않았고 현우도 그녀의 대답을 기다려 주지 않았다.

예고 없이 팬티 안으로 쑥 들어간 그의 손이 흠뻑 젖어 있는 그녀의 속살에 손가락을 파묻어 버렸기 때문이다. 길고 단단한 손가락이 민감하고 은밀한 속살을 위아래로 누르듯이 문지르기 시작하자 몸 안의 모든 열기가 한 곳으로 몰려드는 듯했다. 그는 빠르게 손가락을 움직이다가 가장 예민한 한 점을 지그시

눌렀다.

"으흡!"

그의 손끝이 모든 것을 쥐어짜고 흔들어 놓는 충격에 지원은 입술을 깨물며 새어 나오는 비음을 삼켰다. 발끝을 쭉 뻗고 허리를 비틀었다. 그 한 점으로부터 온 신경을 타고 머리, 손, 발끝까지 짧고 강렬한 쾌감이 흘렀다.

조금 더, 좀 더 깊이 긁어내고 더 오래 그것을 맛보고 싶어서 그의 손가락에 감각을 집중했다. 그러나 그것은 부들부들 떨리는 몸 안에서 순식간에 흩어져 버리고 말았다.

"하아……. 하아……."

현우는 탄식과 같은 더운 숨을 토해 내는 지원의 눈동자에서 안타까운 눈빛을 읽었다.

그의 입가에 짓궂은 미소가 매달렸지만 그녀는 보지 못했다. 그래서 그가 던진 질문 역시 한 번에 알아듣지 못했다.

"여기까지만 할까?"

"?"

"난 혼자서 매달리는 짓은 안 한다니까."

"네?"

지원은 망치로 머리를 한 대 얻어맞은 기분이었다.

'여기까지 와서 그만두겠다고? 지금 그렇게 말한 건가?'

"황홀한 밤을 만들어 주겠다던 내 제안은 아직 유효해."

"비, 비겁하다는 생각 안 들어요?"

"글쎄? 누가 먼저 시작했을까?"

"너무해……."

"말 한마디 하는 게 그렇게 어렵나? 참는 게 더 고생일 것 같은데?"

현우는 저는 아쉬울 게 없다는 듯이 몸을 일으켰다.

"진짜 이럴 거예요!"

잔뜩 짜증이 난 지원이 벌떡 일어났지만, 이후는 어깨를 으쓱하며 돌아섰다.

"난 혼자서도 해결할 수 있거든."

'이 자식이!'

지원은 그 얄미운 뒤통수를 노려보며 욕을 가슴에 눌러 담았다. 대신 그녀는 현우의 넓고 탄탄한 등짝을 향해 강스매시를 날렸다.

짜악!

"!"

"아악!"

그런데 비명은 지원의 입에서 나왔다.

그녀는 손바닥을 부여잡고 눈물을 글썽거리며 발을 동동 굴렸다.

천천히 등을 돌린 현우는 황당하다는 표정으로 물었다.

"뭐한 거냐? 지금…… 날 쳤어?"

"아윽. 아이씨. 아야……. 아파……."

"감히 날 때려?"

"이씨이……. 아픈 건 난데! 뭐!"

왜 사람 등을 때렸는데 돌벽을 때린 것처럼 아픈 걸까. 지원의 손바닥은 새빨갛게 부어 있었다.

"하! 그러게 왜 이기지도 못할 싸움을 걸어?"

그는 열이 날 정도로 뜨거운 그녀의 손을 가져와 주물러 주었다.

"흑. 왜, 왜 이래요?"

"왜 이러긴? 진도가 안 나가고 있잖아."

"놔요!"

현우는 뿌리치는 지원의 손을 자신의 가슴으로 끌어당겼다.

"아직 뜨겁네."

손바닥에 닿는 현우의 가슴은 차가웠다. 이 와중에 지원은 그가 벌써 식어 버린 걸까, 서운한 생각이 들기도 했다.

"좀 괜찮아?"

"……조금."

아픔이 가시자 이렇게 서로 반라의 상태로 마주 보고 있다는 걸 깨달았다. 수줍게 고개를 돌리는 반면, 손에 느껴지는 그의 탄탄한 가슴은 새삼 남자라는 동물의 강인함을 느끼게 해주었다. 이런 걸 때렸으니 손이 아플 수밖에!

그리고 인정하긴 싫지만 이 남자에게서 섹시함을 느끼고 있었다.

강한 어깨 아래에서 보호받는 기분, 육체의 울타리로 저를 가두는 뜨거운 소유욕. 손바닥으로 전해지는 그의 심장박동이 그녀를 숨 가쁘게 만들고 있었다.

그녀의 마음을 읽은 것일까? 아니면, 그녀의 눈빛을, 혹은 호흡을 읽은 것일까? 현우는 서서히 그녀의 손을 아래로 이끌고 있었다.

지원은 못 이기는 척 그가 이끄는 대로 탄력 있는 그의 피부 결을 쓰다듬었다. 가슴을 지나 잔근육이 느껴지는 배 그리고 배꼽……! 그곳에서 지원은 아슬아슬함을 느끼고 주춤했으나, 결국 더 내려와 옷이 터질 듯이 부풀어 오른 그곳에 도착하고 말았다.

"가벼운 여자라고 자학할 필요도, 자존심 상해할 필요도 없어. 보다시피 난 너보다 쉬운 남자니까."

"……아무 여자한테나 이런다는 뜻이에요?"

지원은 현우의 농담에 눈살을 찌푸리며 입을 삐죽거렸다.

"아니. 끌리는 여자한테는 늘 열려 있다는 뜻이지."

"……"

듣고도 믿기 힘들었다. 이 순간을 위해서 그냥 하는 말일까?

현우는 그녀의 멍한 눈빛을 무시하고 손을 버클로 가져갔다.

"풀어 줘."

"왜, 왜 내가……."

"내 손은 바쁘니까."

"윽!"

말이 끝나기가 무섭게 그는 지원을 넘어트리고 얇은 팬티 한 장을 벗겨 냈다. 팬티로 가리고 있던 그녀의 비밀스러운 곳이 적나라하게 드러나자 다시 그곳을 조금 전처럼 문질러 댔다. 미끈거리고 뜨거운 속살이 무참하게 짓이겼지만 그녀의 호흡은 더 들뜨기만 했다.

"하읍…… 하아…… 아……!"

이미 한 번 쾌감에 젖었던 그곳은 그의 손가락에 길들여져 금세 달아올랐다. 특히 그녀의 안으로 들어가는 비밀스러운 그곳의 주변을 톡톡 건드리자 아랫배를 조이며 그의 손을 적시고 있었다.

"내 손 다 젖었어. 이것도 땀이야?"

"모, 몰라요. 그, 그런 건…… 윽!"

거짓말을 하는 괘씸한 입을 틀어막듯이 그의 손가락은 그녀의 촉촉한 안을 찔러 들어갔다. 하지만 벌이라기엔 무안할 정도로 손가락은 쉽게 미끄러지듯이 들어갔다. 마치 그녀가 삼켜 버린 것처럼 빨려 들어갔다는 게 더 정확한 표현이었다.

"하윽!"

지원은 털이 곤두서는 기분을 느끼고 주먹을 꽉 쥐었다.

손가락의 모든 마디가 깊이 들어가자 그는 그녀의 안에서 손가락을 흔들며 그녀를 정신없이 몰아갔다.

"하, 아…… 으음……."

숨 가쁘게 헐떡이는 그녀의 귓가에 그가 중얼거렸다.

"뭐해? 이거 안 풀고?"

"흐음……! 하……."

"어느 쪽이 빠를 것 같아?"

지원은 어느 쪽이란 말의 뜻을 알아들었다. 그의 바지를 벗기기도 전에 그녀가 가 버리면 틀림없이 또 놀림감이 될 게 분명했다.

그렇지만 안다고 해도 쉽지 않았다. 버클을 풀고 지퍼를 내리는 쉬운 동작이 이렇게 어려울 줄이야! 손끝은 연신 바들거리며 힘이 하나도 들어가지 않았다. 그의 손가락이 빠져나오고 다시 들어가는 그 박자에만 신경이 쓰이는 걸 어쩌란 말인가.

점점 더 깊은 곳에서 간지럽다, 갈증 난다, 아우성치며, 그의 손가락을 꽉 물고 놓아주지 않으려고 한다. 그녀의 의사와 상관없이.

그의 손가락이 그녀의 안을 긁듯이 깊이 들어가며 동시에 다른 손가락이 부풀어 있는 민감한 한 점을 꾸욱 눌렀다. 지원은 그의 팔을 부여잡고 허리를 들어 올리며 온몸을 꽉 조였다.

"아, 하윽!"

머리가 하얗게 폭발하는 기분과 함께 다리 사이로 뜨거운 쾌락의 물기가 주르륵 흘러나왔다.

"좋아?"

"……하아, 하아아……."

"이걸로는 부족한 거지?"

부정할 수 없었다. 몸은 축축 처지는데 성감대만 펄떡거리며 살아난 기분이었다. 그녀는 이미 제정신이 아닌 상태라고 봐야 했다.

지원은 헐떡이는 숨을 고를 새도 없이 그의 버클을 풀었다. 이제 지퍼를 내리면 그의 것이 더 깊이 있게 안을 채워 줄 것이다.

지퍼까지 내리자 바지 속에 억눌려 있던 그의 것이 더 불룩하게 튀어나왔다.

현우는 씨익 웃으며 호주머니에서 조그마한 것을 꺼내 입으로 뜯었다.

그게 뭔지 깨달은 지원은 민망해서 고개를 돌렸다.

'커피 마시러 가는데 그건 왜 가지고 온 거야!'

역시 커피 마시러 오겠다는 건 이런 뜻이었던 것이다. 물론 말하지 않아도 먼저 잘 챙긴 건 고마웠다.

'역시 선수. 아무래도 의심스럽단 말이지.'

옷을 벗고 부스럭거리며 준비를 끝낸 현우가 그녀의 얼굴을 돌려 그와 눈을 맞추게 했다.

"잘못 건드렸어."

"?"

"날 때리다니. 죽을 각오는 돼 있겠지?"

"큰소리는……."

현우는 삐죽거리는 지원의 입술을 한 번 머금듯이 빨고 턱, 그리고 목으로 점점 내려왔다. 그리고 배꼽 근처에서 혀로 그녀를 간질이며 꿈틀대는 그녀의 몸을 느꼈다.

약간은 통통한 그녀의 아랫배가 민감한 곳을 건드릴 때마다 힘을 주며 파르르 떨렸다. 그리고 더 아래……아슬아슬한 경계를 핥았다. 긴장한 지원의 배가 팽팽해졌다.

그러다 마침내 도톰한 언덕에 그의 입술이 닿자, 그녀는 놀라서 손을 뻗었다.

"아, 안 돼요!"

그가 작게 웃음을 터트렸다.

"안 해 본 모양이지?"

해 봤을 리가 없다. 미천한 섹스 경험은 둘째 치고 성민과의 섹스는 현우가 하는 것과 너무 달랐으니까. 지금 생각해 보니 그는 현우처럼 제 몸 구석구석을 사랑해 주지 않았다. 오직 그를 위해 했을 뿐이다.

"안 해 본 게 아니라, 안 해 준……."

볼멘소리를 하던 지원이 입을 다물었다. 어쩌다 보니 현우와의 섹스에서 그 자식을 떠올리고 말았다.

"미안해요. 울컥해서 그만……."

현우가 아무 말 안 했지만 진심으로 미안해서 사과를 했다. 애매한 관계라고 생각했는데, 어느새 현우를 깊이 생각하고 있었는지, 정말로 큰 실수를 한 것 같았다.

"알면 됐어. 대신에 벌로 여긴 다음에."

현우는 그녀의 그곳을 가볍게 툭 치고 허벅지를 벌렸다. 그녀의 젖은 속살이 벌어지면서 그의 남성이 스윽 파고들었다.

그는 안으로 바로 들어가지 않고 그곳을 계속 자극했다. 손가락보다 훨씬 단단하고 굵은 느낌이 그녀의 몸 깊은 곳을 기대하게 만들고 있었다.

"아윽!"

갑자기 찾아온 뻐근한 아픔. 충분히 젖었음에도 그는 버거웠다.

"금방 괜찮아질 거야."

그랬다. 그녀의 몸은 아픔을 느끼면서도 그의 것을 격하게 반기는 것 같았다. 아픔보다는 그가 더 깊이 들어와 주길 바라고 있었다.

현우는 천천히 경련하고 있는 그녀와 배를 맞추었다.

지원은 눈을 꼭 감고 서서히 무거워지는 그의 무게를 느꼈다.

"아……!"

그의 목에 손을 둘렀다. 지금만큼은 애매한 관계 같은 게 아니었다.

'내 사람. 내 남자······.'

둘이 꼭 맞물려 하나가 되었다는 것만으로 기분 좋은 떨림이 그곳을 다시 젖게 만들었다.

지원의 선명한 손도장이 찍힌 현우의 등이 서서히 움직이기 시작했다.

"윽! 하아!"

비명과 신음이 섞여서 마구 새어 나왔다. 그가 빨리 움직일수록 마치 동력을 일으키는 듯 짜릿함이 퍼져 나갔다. 뻑뻑한 아픔은 사라지고 길이 열린 것 같았다.

몸 안에 도사린 뜨겁게 응축된 그 덩어리를 어서 터트려 버리고 싶어서 그녀도 함께 움직였다. 그가 빠져나가면 그녀는 그 짧은 순간에도 허전함을 견디지 못해 그곳을 꽉 물고 그를 놓지 않으려고 했다. 그가 다시 들어오면 그녀는 엉덩이를 움찔거리며 그를 깊이 받아들이려고 애썼다.

그가 찔러 올 때마다 불꽃이 이는 것 같았다. 숨이 턱까지 차올랐지만 괴로움을 느끼지 못했다.

쾌감의 도화선이 빠르게 타들어 갔다. 그녀의 모든 신경과 감각이 한 곳으로 몰려왔다. 그는 마지막으로 온 힘을 다해 깊이, 세차게 그녀와 살을 부딪쳤다.

"아윽!"

지원은 허리를 들어 올리며 비명을 질렀다.

마침내 그가 드글드글 끓어오르던 그 덩어리를 깨부쉈다. 하얀 희열이 펑 하고 터져 온몸으로 퍼져 나갔다. 해소되지 못한 욕망이 신경을 짜릿하게 만들고, 혈액에 녹아들어 그녀를 취하게 만들었다.

팔다리가 없어지는 느낌이 이런 것일까. 쾌감은 전신을 녹여 버리고 그녀에게 마치 영혼 같은 가벼움과 자유를 주었다.

"하아…… 하아……."

펄썩 소파 위로 떨어진 현우는 천장을 보고 헐떡였다. 그러다가 잠시 후, 그녀에게로 돌아누웠다. 지원은 아직도 숨을 헐떡이고 있는 상태였다. 헝클어진 머리카락이 그녀의 뺨과 벌어진 입술에 마구 달라붙어 섹시해 보이기까지 했다.

현우는 그 모습을 보다 저도 모르게 중얼거렸다.

"토요일에 데이트할까?"

"……."

넋 나간 지원의 눈동자가 움직였다.

데이트…… 데이트?

"싫어?"

"조, 좋아요……."

"어디 갈까?"

"아, 아무 데나 괜찮아요."

"그래. 그럼 내 맘대로 정할게."

"네……."

어쩐지 '내 맘대로'에 힘이 들어간 것 같지만, 지원은 깊이 생각할 수가 없었다. 홀딱 벗어 버린 마음을 꽃밭에 내던져 버렸기 때문에.

◆

"일어나. 유치원 가야지."

오늘은 그녀가 도망가지 않았다. 도망가 봤자 바로 위층인 걸 알고 포기했는지도 모른다. 하여간 현우는 기분이 좋아서 비록 인스턴트지만 수프를 끓여 놓았다.

"안 일어나?"

"으……음."

지원이 신음 소리를 내며 이불로 파고들자 현우는 기가 막힌다는 듯이 말했다.

"어젯밤에나 이렇게 하지. 아침부터 왜 앙탈이야?"

"흐……으……. 그런…… 거 아니에요."

"빨리 일어나. 수프라도 먹고 가."

"하아……. 몇 신데요?"

"여섯시 반."

"으……. 십 분에는 나가야 하는데……. 몸이 너무 무거워……."

현우는 팔짱을 끼고 의기양양한 얼굴을 그녀에게 들이댔다.

"어제 너무 안 쓰던 근육을 많이 써서 그런가?"

"에, 에취!"

지원의 코앞에서 잘난 척 뺀질거리던 현우는 그녀의 재채기 세례를 받고 말았다.

"……."

"나, 나……. 감기몸살인 것 같아요……."

지원은 추할 정도로 옷을 껴입고 마스크와 귀마개, 목도리까지 장착했다. 얼굴에 시뻘겋게 열이 오른 것이 감기 때문인지 옷 때문에 숨이 막혀서인지 구분 가지 않을 만큼.

"차라리 쉬는 게 낫지 않아?"

현우는 집에 있던 종합감기약을 먹이고 그녀를 이렇게 옷으로 꽁꽁 싸매서 차에 태웠다.

"안……돼요. 내가 빠지면 다른 선생님들이 개고생……."

"애들한테 옮기는 것보단 쉬는 게 나을 것 같은데?"

"조심하면 돼요. 약도…… 먹었으니까……."

"대체 뭘 했다고 아픈 거야? 힘은 내가 썼는데."

투덜대는 현우를 노려보던 지원은 대꾸할 힘이 없어 관뒀다.

'사람을 그렇게 몰아붙여 놓고 뭐?'

하지만 곰곰이 생각해 보니 그의 탓이 아니다. 언제 이렇게 격렬한 섹스를 해 본 적이 있었어야 말이지. 그의 말대로 안 쓰던 근육을 많이 쓴 탓이다. 급격한 온도 변화도 원인이겠지.

지원은 힐끗 그를 쳐다보았다. 핸들을 잡은 손이 영락없는 귀공자다. 손목에 찬 비싸 보이는 그의 시계와 그녀가 멘 빨간 가죽 가방이 비교가 된다.

"근데, 나 왜 태워 주는 거예요? 택시 타도 되는데……."

"책임감을 느끼니까."

"무슨 책임……?"

"날 감당하기에 그쪽 체력이 별로라는 걸 몰랐던 책임?"

맥 빠지는 대답이었다. 그에게는 들리지 않을 만큼 작은 한숨을 쉬고 창밖으로 눈을 돌렸다. 이른 아침의 겨울 도시 풍경은 늘 잿빛이다. 하지만 그 풍경이 쓸쓸해 보인다고 느낀 건 최근이었다.

머리를 기대고 생각에 빠졌던 지원은 약 기운 때문인지 금세 잠이 들었다.

현우가 흔들어 깨웠을 때는 어느새 유치원 앞에 도착해 있었고, 그 눈에 띄는 벤츠에서 현우의 부축을 받으며 내리는 장면을 동료 선생님들 모두에게 보이고 말았다.

"여기까지 오면 어떡해요? 근처에서 내려 주지……."

"왜 그래야 하는데?"

그러고 있는데 평소와 달리 선생님들이 우르르 나왔다.

"어머, 지원 씨! 어디 아파?"

"이분은 누구야?"

"혹시 남자친구?"

등등의 질문을 쏟아부으면서.

지원은 곤란해하며 손을 저었다.

"아, 아뇨⋯⋯. 그런 게 아니라⋯⋯."

"애인입니다."

"!"

현우가 모두들 앞에 남자친구가 아니라 애인이라고 확실히 못을 박아 버렸다.

"어머! 이렇게 잘생긴 애인이 있었어?"

"그리고 보니까 설마 둘이 같이 밤을⋯⋯."

"그러네. 이 시간에 같이 있는 거 보면⋯⋯."

"예? 아, 아, 아니⋯⋯."

이번에도 그가 지원의 말을 가로막았다.

"지원 씨가 아픈데도 굳이 출근한다고 하기에 데려다 주려고 왔습니다. 많이 안 좋아 보이는데, 괜찮을지 모르겠습니다. 몸이 약한 녀석이니 잘 좀 부탁드리겠습니다."

그는 매우 공손하게 허리를 숙였고 선생들의 얼굴에 배시시한 미소가 걸렸다.

'내가 몸이 약해? 아 놔⋯⋯. 이 컨셉 자꾸 뭐야, 진짜!'

그녀의 절규를 알 리 없는 선생들은 잘생기고 다정하고 예의 바른 바람직한 청년에게 무한한 호감을 보내며, 반대로 그녀에게 따가운 시선을 보냈다.

윤 선생이 언제부터 몸이 그렇게 약했냐는, 이런 남자 낚으려고 무슨 수를 썼냐는, 그런 노골적인 눈빛을.

'내가 진짜 각혈이라도 했을까 봐!'

졸지에 감기몸살이 꾀병이 되어 버렸으니, 하루가 아주 힘들 것 같은 예감이 들었다.

온몸이 욱신거리는데 선생님들은 자꾸 꾀병이 아니냐고 하고, 애기들은 여전히 말을 안 듣고, 하루를 전쟁처럼 보낸 뒤 지원은 초죽음 상태가 되었다.

"어유. 윤 선생. 얼굴이 말이 아니다. 진짜 많이 아픈가 보네."

'네. 진짜 아프다니까요? 아침부터 계속 그랬다니까요.'

대답할 기운도 없는 상태였다.

"그러게 왜 평일에 이사를 한다고. 으이그. 병원 가 봐야 하는 거 아니야?"

'누군 그러고 싶었나요? 진짜 이사하기 싫었거든요?'

"그래. 병원 문 닫기 전에 얼른 가 봐야겠다. 뒷정리는 우리가 할 테니까 일찍 퇴근해."

지원은 택시 대신 차가 있는 그녀의 백수 친구 혜림을 불렀다. 말이 백수지, 알바의 달인인 혜림에겐 마티즈라는 귀여운

애마가 있어서 친구들의 사랑을 받고 있었다.

"야. 이사가 그렇게 힘들었어? 무슨 감기몸살까지 걸렸어?"

"몰라……."

"어제 정말 이사만 한 거 맞아? 그 남자가 너한테 집까지 빌려 줬는데 둘이 아무것도 안 했어?"

"혜림아……. 나 아파."

"그래, 그래. 그러니까 지금 병원 가잖아. 말해 봐. 그 남자 너 좋아하는 거 맞지?"

혜림이 한달음에 달려 나와 준 이유가 있었다.

이사 전날, 하도 기가 막힌 제안에 친구들과 상의를 했던 게 화근이었다.

'말하지 말걸.'

어차피 여기서 몇 달만 살다 이사 갈 텐데 왜 말했을까.

"어휴. 답답해. 얘기 좀 해 봐. 그 남자가 무슨 말이라도 했을 거 아니야? 응?"

"몰라. 그 미친놈 마음을 내가 어떻게 알아!"

저야말로 진심이 궁금하다. 그 남자가 무슨 생각인지 말이다. 저는 어젯밤 또 그냥 당하기만 한 걸까.

"무슨 일이 있긴 했나 보네. 내가 언제 그 사람 마음을 물어봤냐? 괜히 혼자 찔려서는. 어휴."

예리한 친구를 둔 건 이럴 때 피곤하다.

[인스턴트]

자랑스럽게 걸어 놓기에는 부끄러운 이 간판이 현우가 대표이자 연출로 있는 광고 회사의 이름이었다. 누구나 쉽게 즐기고 빠르게 유행하는 광고를 만들겠다는 취지였는데, 모두들 말렸지만 생각보다 회사는 잘 굴러가고 있었다.

철야에 시달리는 광고 회사지만 오늘은 인스턴트 전 직원이 들떠 있었다. 흔치 않은 7시 퇴근과 회식이 있기 때문이다.

"감독님, 오늘 우리 회식하기로 한 거 안 잊으셨죠? 우리 어디 가요?"

귀엽게 생긴 제작팀의 막내가 눈웃음을 치며 현우에게 물었다.

"어. 잊어버렸어."

"감독님! 회식하기 싫어서 그러시는 거죠!"

"응."

"……."

이쯤 되면 막내의 애교로 해결될 단계가 아니었다. 그녀는 부장을 향해 간절한 눈빛을 보냈다.

감독의 오른팔이나 다름없는 AE(광고주와의 커뮤니케이션과 전반적인 기획을 담당.) 김 부장은 다소 딱딱한 말투로 나섰다.

"감독님, 이번에 우리 커피 광고 대박인데 직원들 사기 좀 올려 주시죠."

"카드 가져가."

"에이!"

"우우우!"

여기저기서 야유가 쏟아졌다. 직원들이 술이나 먹자고 회식을 원하는 게 아니었기 때문이다.

베일에 싸인 감독의 사생활이 [인스턴트]의 가장 큰 관심사였다. 사실 이 회사가 이렇게 빨리 성장할 수 있었던 것은 탄탄한 자본으로 시작부터 인재를 모았고, 또 하나는 감독의 인맥 때문이었다.

자본과 인맥. 그 두 가지를 얻기에 감독은 그다지 사교적이고 정상적인 사람이 아니었다. 업계의 소문처럼 직원들 역시 그가 재벌집 아들이 아닐까 짐작만 하고 있었다.

그리고 또 하나, 여자 직원들은 다른 의미의 관심이 있었다. 잘생기고 돈 많고 능력 있는 남자 옆에 왜 아무도 없지? 일할 때는 다 드러나지 않는 그의 실체 덕분에 아직은 여자들에게 인기가 있었다. 다가가기 어려운 분위기 때문에 인기라기보다 동경에 가까웠지만.

"감독님, 매번 회식 때마다 빠지시잖아요. 저번 달에 약속하신 거 잊으셨어요? 별일 없으면 참석하신다고……."

"별일 있어."

"에이. 감독님 일 끝나면 바로 집에 가시는 거 알 만한 사람들은 다 압니다."

[인스턴트]의 창립멤버인 김 부장은 현우의 생활 패턴을 어느 정도 파악하고 있었기 때문에 확신에 찬 어조로 말했다.

"어. 집에 볼일이 있어."

"오. 우렁각시라도 키우십니까? 왜 이렇게 집을 좋아하세요?"

"우렁각시라······."

우렁각시 이야기를 떠올리던 현우는 몹쓸 상상으로 착한 이야기를 더럽히고 말았다.

'그러고 보니 우렁각시를 잘 키워서 잡아먹는 이야기를 어린이용으로 포장한 건가?'

"감독님?"

"아. 집에 택배 올 게 있어."

"택······. 그거야 경비실에······."

"이상한 사람들이네. 퇴근했는데 회사 상사 얼굴 쳐다보면서 술이랑 밥이 넘어가나? 난 밥맛 떨어질 것 같은데?"

"에이. 그거야 꼴 보기 싫은 상사면 그렇겠죠. 우리는 진심으로 감독님을 원합니다."

이번엔 현우와 가장 가깝다고 할 수 있는 조연출이 나섰다. 하지만 현우는 조연출의 진심 반 아부 반에도 무뚝뚝하게 대꾸했다.

"난 밥맛 떨어져."

"……."

전 직원이 침묵했다. 다시 말해 자신들이 꼴 보기 싫은 직장 부하들이란 말인가?

그들의 충격에 전혀 관심 없는 현우는 싸한 분위기에도 아랑곳 않고 김 부장의 가슴 주머니에 카드를 찔러 주었다.

"그럼. 난 이만."

말 한마디로 직원들의 사기를 꺾어 놓은 현우는 마트에 들렀다. 자취 경력이 거의 20년째이다 보니, 웬만한 가정식은 거뜬히 해내고 있었다. 귀찮아서 사 먹을 때가 더 많았지만 그래도 오늘은 손수 음식을 할 생각이었다.

우렁이를 살찌우기 위해!

"호."

현우는 양념까지 발라져 팩에 들어간 장어를 들고 감탄했다. 꼬리가 제법 튼실했다.

"흠……."

전복은 제철이 아니라 싱싱하지도 크지도 않았지만 바구니에 넣었다.

그리고 계산대로 가던 중 그의 귀를 번쩍 뜨이게 하는 소리가 들렸다.

"원기회복에 좋은 산수유즙 맛보고 가세요."

딩동.

1312호의 벨을 누른 것이 이로써 네 번째.

언제 이렇게 이웃과 가까이 지내본 적이 있던가? 남의 집 벨을 누르는 것이 이렇게 자연스러울 수가 없었다.

현우는 오븐에서 노릇노릇하게 구워 낸 장어구이와 전복을 듬뿍 넣은 전복죽을 들고, 바닥에는 산수유즙 박스를 내려놓은 채 의기양양한 표정으로 문이 열리길 기다렸다.

삐. 덜컹.

조심스럽게 열리는 문을 바라보던 현우의 표정이 굳어 버렸다.

"누……구?"

찾아온 사람이 물을 말은 아니었다. 그리고 문을 열어 준 낯선 여자는 친절하게 그리고 조심스럽게 대답했다.

"저…… 아, 안녕하세요. 현우 씨…… 맞죠? 저는 지원이 친구인데요……."

"아!"

"지원이가 아프다고 해서……. 하하……."

"아, 그렇군요. 그럼 이것 좀 전해 주시죠."

바리바리 싸 들고 온 음식들을 보고 친구 희준은 정색했다. 이건 지금 굴러 들어온 돌이 박힌 돌을 빼는 그림이었다.

"예? 왜 가시려고요? 들어오세요. 저희는 곧 갈 거예요. 네?

어서요."

'저는'이 아니라 '저희'라고 하는 말을 제대로 듣지 못한 현우는 안으로 들어가고 나서야 세 여자들이 있다는 걸 알게 되었다. 그러나 그를 당황스럽게 만든 건 그녀들의 존재가 아니라 하루 만에 난장판이 된 집이었다.

방 안에 날리는 색종이와 어지럽게 널린 우드락 따위, 그리고…… 맥주와 치킨 과자 등등.

"안녕하세요. 저는 지원이 친구 혜림이라고 해요."

"저는 희준이고요. 저쪽은 영주예요."

"현우 씨죠? 말씀 많이 들었어요."

친구들의 싹싹한 인사가 끝난 후에 현우는 자기소개도 잊고 물었다.

"아, 예. 그런데…… 이건…… 다 뭐죠?"

사실 '이건'이란 단어는 많은 것을 포함하고 있었다. 즉, 현우가 하고 싶었던 말은, 당신들은 지금 여기서 뭘 하고 있습니까, 였다. 다행히 친구들은 눈치가 빨랐다.

"지원이가 수업 준비를 부탁해서요. 아프다고 하도 징징거려서 다들 모여 있는 거예요."

그런데 정작 아프다는 집주인이 보이지 않았다. 두리번거리는 현우의 궁금증을 눈치챈 희준이 재빨리 말하려던 참이었다.

"지원이 지금……."

"아, 개운해. 이제 좀 살 것 같다!"

딸깍 문이 열림과 동시에 지원의 밝은 목소리가 들렸다. 그리고 네 사람은 일순 침묵했다. 세 사람은 경악해서 입을 벌렸고, 한 사람은 감상하느라 입을 꼭 다물었다.

앙증맞은 아이보리색 팬티의 굴곡진 라인과 꽉 찬 B컵의 브래지어는 그녀의 다소 통통한 아랫배의 단점을 희석시켜 주기에 충분했다.

"야, 윤지원! 옷! 옷!"

"응? 뭘 새삼스럽…… 꺄악!"

허물없는 친구들 앞이라 평소처럼 속옷 차림으로 나오던 지원은, 혜림이 다그치는 소리를 듣고 고개를 돌렸다가 그를 발견했다. 깜짝 놀라 소리를 지르고 다시 욕실로 숨어 버렸지만, 볼 건 다 봤다는 듯 뻔뻔한 얼굴로 서 있던 그의 모습이 뇌리에서 떠나지 않았다.

'아, 왜! 맨날 이런 꼴만 보이는 건데!'

저도 이제 좀 멋지고 사랑스러운 모습을 보여 주고 싶은데 왜 이렇게 실수 연발일까. 누구는 핸들 잡는 모습도 멋진데! 누구는 일상이 개그냔 말이다!

"감기는 다 나았어?"

태연한 그의 목소리가 문 너머로 들렸다.

"여긴 왜 왔어요! 이 시간에!"

"문 열어 줘서 들어온 사람을 변태 취급하지 마. 근데, 왜 숨는 거야?"

"그걸 질문이라고 해요?"

"이상하잖아? 처음도 아닌데?"

"입 안 다물어요!"

확실히 정상은 아니었다. 친구들 앞에서 그게 할 말인가! 본인이 자유로운 정신세계를 가졌다고 해서 다른 사람들도 그럴 거라고 생각하는 건 뻔뻔하지 않나!

"뭐 입고 나올 거야?"

"뭐, 뭘 입든지 무슨 상관인데요."

"궁금해서 그래. 옷이 여기 있는데 뭘 입고 나올 건가 싶어서."

"그쪽이 나가면 될 거 아니에요!"

"싫어."

"……이씨."

어쩔 수 없이 문을 살짝 열고 고개를 빼꼼 내밀었더니, 그가 어느새 문 앞에 서서 옷을 들고 있었다.

"입혀 줄까?"

"일없네요!"

쾅! 지원이 옷을 낚아채고 들어가자 현우는 멍하게 서 있는 친구들을 향해 머쓱한 웃음을 지어 보였다.

"식사들은 하셨습니까?"

밤 아홉 시가 넘은 시간. 저녁 식사 안부를 묻기에는 다소 늦은 시간이었다. 세 친구는 바닥에 널려 있는 과자 봉지와 치맥의 증거물을 힐끗거리며 무안한 듯 작게 중얼거렸다.

"그냥 뭐……. 우리끼리 대충……."

잠시 후 옷을 갈아입고 나온 지원은 테이블에 세팅된 만찬을 보고는 입이 떡 벌어졌다.

"이게 다 뭐야?"

"뭐긴. 니 애인님께서 너 주려고 해 오셨댄다."

"이걸 나 주려고 해 왔다고요? 손수?"

지원은 현우의 표정을 의심스럽게 쳐다보며 잔뜩 경계했다. 이유 없는 친절을 베푸는 의도가 뭐냐는 듯이.

"그동안 인생이 얼마나 험난했을지 그 눈빛 하나로 이해되네. 쯧쯧."

"별로 이해받고 싶지 않거든요? 근데 이건 다 뭐예요? 전복죽? 나 이제 감기 다 나았어요."

"바보는 감기도 빨리 낫는다더니."

"뭐라고 했어요? 지금 나보고 바보라고 했죠?"

"죽이나 먹어. 전복죽은 꼭 아플 때 먹어야만 좋은 건 아니야."

"그래, 지원아. 여기 현우 씨가 우리 안주하라고 장어구이도 갖다 줬어."

"장어구이?"

하필 왜 장어일까 하는데 현우가 비닐에 담긴 음료에 빨대를 꽂아 내밀었다.

"이건 또 뭐예요?"

"술 끊었다며? 대신에 이거 마셔."

"그러니까 이게 뭔……."

뭐냐고 물으려고 보니 비닐에 산수유즙이라고 커다랗게 적혀 있었다. 그리고 자랑스럽게 박혀 있는 광고문구도.

[정력 강화, 원기회복!]

지원은 다시 한 번 장어구이에 눈이 갔다. 그리고 전복죽에도.

장어구이 한 점을 입에 넣었던 친구들이 그것을 꿀꺽 삼키고 젓가락을 내려놓았다.

"야, 이거 우리가 먹으면 안 되는 건가 보다……."

현우는 미안해하는 친구들에게 친절하게 못을 박았다.

"왜요? 지원 씨 일 도와주러 오셨다면서요? 힘쓸 일 많을 텐데 드세요. 집에 또 많이 있거든요."

힘쓸 일. 그 단어를 듣는 순간 영주는 입가심으로 마시던 맥주를 뱉을 뻔했다.

그리고 지원은 기어이 소리칠 수밖에 없었다.

"그런 걸 왜 많이 사다 놨는데요! 무슨 의도냐고요, 대체!"

"뭐야? 구체적으로 듣고 싶어서 그래?"

"됐어요! 내가 말을 말아야지!"

"그래, 그럼. 이거나 마셔."

몇 번 뿌리쳐 봤지만 현우가 반강제로 그녀 입에 빨대를 물렸다. 무척이나 시고 떫은맛이었다.

"원래 몸에 좋은 게 입에는 쓰다잖아?"

현우의 능글맞은 대답을 들으며 지원은 저도 모르게 그와의 달콤한 키스 맛을 떠올렸다.

'그럼 그쪽은 불량식품이네.'

그녀는 그 시고 떫은 즙을 쭈욱 다 빨아먹었다. 불량식품을 먹고도 멀쩡하려면 몸이 건강해야 할 것 같아서.

친구들을 보내고 대충 정리를 하고 보니 벌써 열두 시가 다 돼 가고 있었다. 아프다는 이유로 침대에만 누워 있던 지원의 시선은 앞치마를 입고 설거지를 하는 현우를 좇고 있었다.

"뭐하고 있어?"

"?"

현우가 뒤도 돌아보지 않고 말을 걸어왔다.

"왜 쳐다만 보고 있냐고?"

"뒤에도 눈이 달렸어요?"

"등이 따가워서."

"그건…… 나한테 어제 맞은 데가 아픈 거 아니에요?"

"생각해 보니 찔리나 보지?"

"별루. 덕분에 내가 그만큼 혹사당해서 병까지 났잖아요?

어? 지금 비웃었죠?"

"초능력 있어?"

"진짜 초능력이라도 있었으면 좋겠다."

깔끔하게 행주를 널어놓은 현우가 앞치마를 벗으며 물었다.

"어떤 초능력이 갖고 싶어?"

"음……."

지원은 쓸데없이 진지하게 생각했다. 그리고 요즘 가장 간절한 것이 무엇인지 쉽게 생각해 낼 수 있었다. 독심술.

사람 마음을 알기가 이렇게 어렵다니. 성민이 그 자식이 저를 그렇게 지겨워하는 줄 미리 알았다면 얼마나 좋았을까. 지금 현우의 진심이 어떤 건지 알 수 있으면 얼마나 좋을까!

"뭐가 그렇게 진지해?"

"헐크처럼 힘이 세지고 싶네요. 당신 깐죽거릴 때마다 한 방에 날려 버리게."

"역시!"

"뭐가 역시예요?"

"노출증이 있었네."

"아, 쫌!"

"그리고 힘 세지고 싶으면 저거 잘 챙겨 먹어."

현우는 한 박스에 육십 포나 들은 산수유즙을 가리키며 현관 앞으로 걸어갔다.

"가려고요?"

지원은 그의 뒤를 쫓아 따라 나왔다.

"내가 가는 게 그렇게 좋아? 일어나서 반길 만큼?"

"뭐……."

"꺼져 줄 테니까 푹 자."

현우가 신발을 신고 문손잡이를 잡았을 때였다.

"?"

그는 지원이 옷을 잡아당기는 것을 느끼고 돌아보았다.

"왜?"

"……."

"뭐? 왜 이래?"

"저기……. 나, 나, 여기 있기 싫어요."

"흠……. 산수유 효과가 벌써?"

"그게 아니라! 여, 여기는……. 자꾸 생각난단 말예요! 왜, 여기로 이사 오라고 한 거예요. 도대체!"

지원은 그가 무척이나 흡족하게 씨익 웃는 것을 보고 불길함을 느꼈다.

"왜긴? 이럴 줄 알고 오라고 한 거지."

"예?"

"부모님 앞에서 동거하겠습니다, 할 수는 없잖아?"

아! 그런 거였구나! 그런 깊은 뜻이! 라는 깨달음을 얻을 만큼 지원은 바보가 아니었다.

"당장 꺼져 버려요!"

콱 하고 문이 닫혔지만 현우는 문 앞에서 기어이 약을 올려 그녀의 속을 뒤집어 놓았다.

"오빠 보고 싶으면 언제든지 와."

6.
부재중

털썩.

오늘도 힘든 하루를 끝내고 온 지원은 녹초가 되어 침대 위
로 쓰러졌다. 그러다가 습관처럼 일어나 냉장고에 넣어 둔 산
수유즙을 빨아 먹었다. 아침저녁 두 번. 한 달 치 60포 포장이
약 40포 정도 남았다.

한 포를 쭈욱~쭉, 빨아 먹은 지원은 봉지를 쓰레기통에 집
어 던져 넣고는 짜증을 냈다.

"뭐! 토요일에 데이트를 가? 그게 어느 토요일인 거야, 도대
체!"

약 일주일 동안 지원의 일상은 매우 우울했다. 보고 싶으면
언제든 오라던 현우는 바쁜 일이 생겨 토요일 약속을 취소해야

243

겠다는 문자만 남기고부터 지금껏 연락이 없었다. 혹시나 하고 그의 집으로 갔더니 집은 비어 있었다.

먼저 연락을 해 볼까 하다가, 딱히 할 말도 없고, 싫다고 쫓아낼 땐 언제고 속 보이게 연락할 수도 없었다. 이러지도 저러지도 못한 채 하루하루를 오락가락하는 마음으로 보내고 보니 벌써 한 주가 훌쩍 지나 버렸던 것이다.

게다가 내일이 또 토요일이었다.

'사람 마음을 이렇게 흔들어 놓고! 역시나 날 갖고 논 거야? 다 좋다고! 근데 싫으면 싫다고 하면 되지, 왜 집에는 안 들어오는 건데! 지금 나 피하는 거야? 나 보기가 역겨워 가신 거냐! 아우. 열 받아!'

일주일 넘게 전화가 안 될 이유를 아무리 생각해 봐도 세 가지 경우밖에 없었다. 죽거나, 입원 중이거나, 피하거나!

기껏 싫다는 사람을 강제로 이사까지 시켜 놓고 이렇게 방치하다니, 곱씹을수록 이가 바드득 갈렸다.

웃겨서 좀 놀아 볼까 했다가 금방 흥미가 떨어진 걸까, 너무 수준 차이가 나서 도망간 걸까, 처음부터 그냥 가지고 놀 생각이었나. 그것도 아니면 다른 동거녀가 있는지도? 돈 많은 놈이니 이런 집이 한두 개가 아닐지도 모른다. 여자 다루는 게 너무 능수능란하니 가능성이 있었다.

'아니, 이렇게 버리고 갈 거면, 왜 쓸데없이 장어를 먹여! 산수유즙 먹고 힘쓸 데도 없는데! 난 또 왜 그걸 챙겨 먹고 있

냐고!'

지원은 쓰레기통을 발로 차고 씩씩거렸다. 이 집에 있고 싶은 생각이 조금도 없는 데다 꼭 나가라는 무언의 압박 같아서 더는 이렇게 살 수가 없었다.

그러고 보니 이건 기회였다! 도무지 속을 알 수 없는 그 미친놈한테 질질 끌려갈 바에야 이럴 때 도망가는 것도 방법이었다. 어차피 몇 달 후에는 비워 줘야 하는 방인데 몇 달 빨라진 다고 나쁠 건 없으니까.

'그래, 잘됐어. 내일 당장 집을 구하러 가자!'

월요일이 적금 만기일이라 지금 가지고 있는 오백만 원과 적금 탄 돈으로 충분히 독립이 가능했다.

'사라져 주고 말 테다! 난 뭐 자존심도 없는 줄 알아?'

혼자 자학하고 몹쓸 망상에 빠져 버린 지원은 오기를 부리고 있었다. 그가 돌아왔을 때 아무도 없는 빈방을 보는 모습을 상상하니 통쾌했다.

'내가 이렇게 빨리 사라질 거라곤 생각 못 할 거야. 흥!'

처음엔 기뻐하겠지. 어떻게 말해야 했는데 사라져 줘서 고맙겠지. 그리고 얼마 지나지 않아 지의 빈자리를 느끼며 후회할 것이다. 한 번만 용서해 달라고 부모님을 찾아가 보지만 부모님도 그녀가 사는 곳을 모르고 있다. 현우는 그녀의 친구들을 만나 제발 알려 달라고 빈다. 우여곡절 끝에 지원이 사는 곳을 찾았지만 그녀는 현우를 모르는 척 외면해 버린다.

'절대 용서 못 해!'

그렇게 혼자서 말도 안 되는, 실현 불가능한 신파를 쓰다가 언제 고민했냐는 듯이 깊은 잠이 들었다.

다음 날, 꿈의 하우스에 대한 기대를 안고 그녀는 자신만의 집을 찾아 나섰다.

하지만 처음 집을 구해 보는 지원은 어디서부터 어떻게 시작해야 할지 막막했다. 부모님 집과 가깝고 월세가 싼 곳, 그리고 일요일에 등산을 즐길 수 있도록 산이 있는 곳. 우선 이정도 조건으로 한 동네를 골랐다.

당연히 원룸을 구하려고 했는데 그녀가 어수룩해 보였던 탓인지, 공인중개사 아저씨는 딱 좋은 자리가 있다며 한 번만 보고 가라며 지원을 설득했다.

"아저씨, 역에서 오 분 거리라면서요."

지원은 검은 차 안에서 밖을 내다보며 불길함을 느꼈다. 역 주변은 고사하고 주택도 사라진 한적한 오르막길을 오르고 있었기 때문이다. 꼭 어디론가 납치라도 되는 분위기에 조심스럽게 물었더니 아저씨는 사기성이 짙은 발언으로 그녀를 더 불안하게 만들었다.

"어이구. 이거 걸어오면 오 분이지, 뭐."

"아닌데요……. 벌써 차로 오 분 온 것 같은데요."

"오 분이나 십 분이나 그게 그거지. 그리고 등산하기 딱 좋은 집이 있다니까. 있어 봐."

"아뇨. 저 등산은 그렇게 꼭 중요한 옵션이 아닌데요……. 그리고 걸어오면 여기 삼십 분은 걸릴 것 같은데요."

"그 집이 집은 좀 낡았는데, 옆에 같이 사는 사람들도 있어서 여자 혼자 살기 딱 좋아. 최근에 화장실도 만들었고, 거기 살면 텃밭 200평도 사는 동안 쓸 수 있다니까."

"저는 텃밭을 쓸 일이……. 근데 무슨 텃밭이 이백 평……. 그런 걸 보통 텃밭이라고 하나요?"

"어이구, 다 왔네, 다 왔어. 여기야."

"여, 여기요?"

지원은 입이 떡 벌어졌다. 산 바로 아래, 소나무로 둘러싸인 곳에 정말로 텃밭 이백 평이 펼쳐져 있었다. 농사지을 것도 아닌데 이 넓은 밭을 다 뭐한담? 그런데 저 끝에 초가집 지붕에 슬레이터만 얹은 집이 보였다.

"설마 저긴 아니겠죠?"

"따라와 봐. 저기가 보기랑 다르다니까."

"!"

진짜 저 집이었다. 정말로 보기와 달리 가까이 갈수록 더 허름했다! 어른이 오라시는데 여기까지 와 놓고 대놓고 거절하기도 그렇고, 하도 기가 막혀서 호기심이 생겼다.

'그래, 들어나 보자. 뭐라고 하는지.'

저 집만은 무슨 말을 들어도 넘어가지 않을 자신이 있었기 때문에 일단은 아저씨를 따라갔다.

"자, 봐. 여기가 살 집이야."

확실히 매우 허름했다! 아주 어릴 때 외할머니 집에 갔을 때 본 그런 초가집에 지붕만 바꿨을 뿐! 그리고 방에서는 이제 아들내외랑 살게 돼서 집을 내놓는다는 허리가 구부정한 할머니 한 분이 나오셨다.

'낭패다!'

할머니의 기대에 찬 눈빛을 보니 이분들이 진심으로 그녀를 잡고 싶어 한다는 걸 깨달았다.

"방 넓지?"

"네……."

대신에 허름하고 천장이 낮았고, 곧 철거될 것 같았지만.

"옆방도 있어. 이렇게 두 개를 쓰면 돼."

"화장실은요?"

아까 그렇게 자랑하던 화장실이 어딨냐고 물었더니, 할머니께서 힘들게 나오셔서 조그만 문을 열었다.

"!"

벽장인 줄 알았던 문 안으로 유아용 변기가 보였다. 그것도 아주 지저분한! 그게 사용이 가능한 건지 물어볼 필요도 없었다. 왜냐면 그 벽장엔 사람이 들어갈 자리가 없었다. 그냥 변기를 놓고 구색을 맞췄을 뿐이었다.

"뭐 또 물어볼 거 없어?"

"저…… 옆에 사람이 있다면서요? 여긴 다른 집은 없는데……."

"아, 그거? 자, 따라와 봐."

괜히 물어봤다는 느낌이 들었지만, 이번에도 역시나 아저씨를 따라 집을 돌아갔더니, 이 집에는 방이 더 많았다.

즉, 다시 말해 다가구주택이었던 것이다!

이웃분들은 대부분 할머니들이었는데, 지원이 지나가자 문을 열고 그녀를 원숭이처럼 쳐다보고 있었다. 앞으로 함께 살게 될 젊은 처자에 대한 관심을 담뿍 담은 눈빛으로.

'그렇게 보지 마세요. 저 여기서 안 살 거예요.'

할머니들만 아니라면 정말 그녀도 대놓고 거절하고 빨리 다른 곳으로 가고 싶었다. 하지만 이분들이 살고 계신 집을, 도저히 이런 데서 못 살겠다는 표정을 짓기가 미안했다. 어쩔 수 없이 아저씨가 소개해 주는 한 분, 한 분에게 웃으면서 인사를 할 수밖에 없었다.

문득 현우가 미친 듯이 보고 싶어졌다. 그러면 바로 여기서 저를 빼 줄 수 있을 것 같았다.

'아우. 그놈은 거절도 잘할 텐데. 분명히 조목조목 따지고 들다가 마지막에 이런 집 줘도 안 갖습니다. 이럴 거야. 아! 그런 성격 살기 편하겠다.'

그러던 중 마지막으로 소개받은 집 앞에서 지원의 억지 미소도 굳어 버리고 말았다. 대나무에 매달린 붉은 천들을 보았을 때 눈치는 챘지만, 집 안에서 정말로 '나 무당이요' 라고 얼굴에 써 놓은 듯한 아주머니가 저를 겁나게 노려보고 있는 것이다.

"아, 안녕하세요."

"······."

무당은 인사도 받아 주지 않고 그녀를 낱낱이 살폈고, 지원은 귀기 어린 눈빛에 눌려 꼼짝도 못 하고 있었다.

그때였다. 마치 그녀의 생각을 읽기라도 하듯이, 최근에 그녀가 바꾼 벨 소리가 울렸다.

─아아. 이것이 세상이란 말인가! 어릴 때 보았던 그 모습이 아니야!

모르는 번호가 떴지만 지금 저를 구해 줄 건 이 전화밖에 없다는 생각이 들었다. 어쨌든 이렇게 끌려가는 분위기라도 끝낼수 있을 것 같아 재빨리 전화를 받았다.

"여보세요!"

「어디야?」

"예?"

「어디냐고?」

"누구신데요? 전화 잘못 거신 것 같은데······."

「나야. 벌써 내 목소리도 잊어버렸어?」

"나······가 누구······?"

「누구긴. 현우 오빠다.」

"!"

「왜? 왜 아무 말도 안 해? 너 나 없는 동안 도망칠 궁리했지?」

"뭐예요?"

「뭐가?」

"지금까지 어디서 뭘 한 거예요?"

「터키에 갔었어.」

"예? 터키엔 왜요?"

「이따 얘기하자. 지금 공항이야. 넌 어디야?」

"어. 전…… 지금……."

여기를 어디라고 해야 하나, 지원은 저도 모르게 이렇게 말했다.

"집(구하는 중)……이죠."

「그래, 그럼. 이따가 집에서 보자.」

이러려던 게 아니었다. 어디 있는지 알려 주지도 않고 그가 못 찾는 곳으로 가서 애태우게 만들려고 했는데! 도대체 왜 이렇게 된 걸까?

황당하게 통화를 끝낸 지원은 저를 멀뚱히 바라보는 사람들에게 어색한 미소를 지으며 말했다.

"저, 집에 좀 가 봐야 해서……. 급한 일이 있어서……."

"그럼 계약은……."

"이따 좀 더 생각해 볼게요. 집 잘 봤습니다. 하하."

아저씨 차를 다시 타고 가기 그래서 걸어서 가려는데, 돌아서는 등 뒤에서 시니컬한 목소리가 들렸다.

"너 그 남자한테서 못 벗어나."

"!"

가슴이 철렁해서 돌아보니 아니나 다를까, 무당 아주머니가 저를 쳐다보고 하는 말 같았다.

"저, 저요?"

"아주 질 나쁜 게 붙어 있구먼."

"예에? 뭐가요?"

"최근에 남자한테 차였지?"

"헉!"

확신에 찬 목소리가 지원의 가슴을 또 한 번 놀라게 만들었다. 제 얼굴에 남자한테 차였다고 쓰여 있나? 정말 용하신 분이라며 믿음이 싹텄다.

"그 뒤로도 되는 일이 없었을 거야. 그렇지?"

"어⋯⋯. 예."

"재수 옴 붙었지. 질기고 독한 게 붙어 있어."

무당이 무엇이 질 나쁘고 질기고 독한지는 말한 적 없지만, 지원은 그게 당연히 현우를 가리키는 말이라고 생각했다.

"헉! 그, 그럼 어떻게 해야 해요?"

집을 보러 온 목적은 어느새 사라졌다. 그녀는 문틀에 걸터앉아 무당의 말에 귀를 기울였다.

"어떡하긴? 그렇게 살아야지. 그런 거 떼어 내면 더 골치 아파. 평생을 따라다니면서 괴롭혀."

"그럼 방법이 없단 말씀이세요?"

"흠! 복채를 내야지."

"어, 복채, 복채가…… 이거밖에 없는데."

지갑을 탈탈 털어도 이만 원밖에 없었다.

"뭐, 할 수 없지. 내가 부적 하나 써 줄 테니까 몸에 지니고 다녀. 그러면 그 악질을 떼어 내진 못해도 순해질 거야."

"그럼 이제 재수가 좀 좋아지나요?"

"늦어도 내후년 안에 좋은 데 시집가겠네."

"오. 정말요?"

앞으로 재수도 좋아지고, 좋은 남자를 만나 시집갈 수 있다니 이보다 더 좋은 덕담이 어디 있을까. 무당 아주머니가 생긴 것과 다르게 따뜻한 분이라며 지원은 무척 흡족해했다.

'설마, 좋은 남자라는 게 현우 씨는 아니겠지? 가만, 악질이 평생 따라다니는데 쫓아내진 못하고 순해진다면……. 현우 씨 맞네!'

사실 정신 나간 짓만 하지 않으면 현우는 꽤 괜찮은 남자고, 그런 괜찮은 남자가 절 평생 쫓아다닌다면 감사한 일!

다 거짓말이면 어떨까? 집을 구하진 못했지만 인생을 구한 기분으로, 돌아가는 그녀의 발걸음은 날아갈 듯 가벼웠다.

날아갈 듯 가벼웠던 발걸음은 집에 도착하자 납덩이를 매단 듯이 무거워졌다. 애초에 그 산 아래에 집을 보러 갔던 자신이 멍청했다.

올라올 때 예상했던 대로 이 맹추위 속을 삼십 분을 걸어 내려가 역에 도착할 수 있었다. 거기다 지하철을 세 번이나 갈아타고 집에 돌아왔으니, 완전히 녹초가 되고 말았다.

오자마자 욕조에 따뜻한 물을 받아 몸을 푹 담근 그녀는 노곤노곤 녹아드는 온기 속에서 번뜩 눈을 떴다.

'아, 망할! 내 몸이 벌써 이 생활에 적응하고 있잖아!'

이렇게 좋은 집에서 살다가는 웬만한 집은 성에 차지 않을 것 같으니 이것도 문제였다. 사람은 정말 간사한 동물이다. 1312호에서 그놈 생각만 날 줄 알았더니, 별로 그렇지도 않다. 오히려 현우 생각을 더 많이 하고 있으니…….

'제기랄. 난 완전히 길들여지고 말았어!'

따뜻한 물 때문인지, 기운 빠진 생각 때문인지 젖은 몸을 닦는 동안 지원은 멍한 상태였다. 그런데 문을 열고 나오는 순간 심장이 쿵 떨어질 만큼 놀라서 정신이 확 들었다.

"헉! 엄마야!"

"뭘 이렇게 놀래?"

"놀라지 그럼 안 놀래요! 왜 멋대로 들어온 거예요!"

언제 왔는지 현우가 들어와서 침대에 엉덩이를 걸치고 있었다. 다행히 오늘 지원은 가운으로 몸을 가리고 있었기 때문에 당당하게 따지고 들었다.

"올 줄 알고 가운 입고 있는 거 아냐? 근데 왜 벌써 샤워를 하지?"

"헛소리 말고 나가요!"

"내 헛소리 때문에 화난 것 같진 않은데? 나 많이 기다렸어?"

"여긴 왜 왔어요?"

"집에서 보자고 했잖아."

"말장난하지 말아요! 일주일 내내 연락 한 번 없다가 뜬금없이 나타나면 내가 무조건 반겨야 해요?"

"그러니까 해명하려고 왔잖아. 화내는 거 보니까 진짜 많이 기다렸나 보네."

"그럼 안 기다려요? 사람이 사라졌는데! 당신이 특별해서 기다린 게 아니에요! 누구나 그렇게 사라지면 걱정하고 기다린다고요!"

"난 특별한 사람 아니면 안 기다려."

미안한 기색 없이 능청스럽게 구는 현우 때문에 지원은 입술을 깨물었다가 크게 소리 질렀다.

"꼴 보기 싫으니까 나가요! 나도 내가 보고 싶지 않을 때 당신 안 볼 권리가 있다고요. 왜요? 여기 당신 집이니까 나한테 권리 없어요? 그럼 내가 나갈게요!"

그동안의 서러움을 마구 쏟아 내며 옷장으로 걸어가자, 현우가 일어나 그녀의 팔을 붙잡았다. 당연히 그녀는 뿌리치려 했지만 현우의 힘을 당해낼 수는 없었다.

"미리 말을 하고 갔어야 했는데, 사실은 갑자기 촬영 일정이 바뀌었어."

"아, 워낙에 급한 일이라 어디 간다고 말할 시간도 없었나 보죠?"

"거기 가서 사진 찍어서 보내 주려고 했어. 나 지금 여기 있다고 놀래 주려고 했지."

"그런데요? 바빠서 못 하셨어요?"

"핸드폰을 도둑맞았어."

"예?"

"처음 간 식당에서 테이블에 잠깐 올려놨는데 정말 눈 깜짝할 사이에 사라졌어."

"하! 말도 안 돼! 그걸 믿으라고요?"

"해외에서는 종종 일어나는 일이야. 그뿐인 줄 알아? 가뜩이나 배우 스케줄 때문에 급하게 잡은 일정이었는데 거기서도 또 문제가 생겨서 늦어진 거야. 후……."

현우의 침착한 변명을 듣다 보니 화가 풀리고 있었다.

'이게 아닌데……. 나 속고 있는 거 아니야?'

또 말리는 기분이 들어서 세차게 그의 손을 뿌리치며 다부지게 외쳤다.

"거짓말 만들어 오느라 수고가 많으셨어요. 내가 그걸 믿을 줄 알고요?"

"조연출한테 물어봐. 그놈이 내 핸드폰도 제대로 못 챙기고 스케줄도 엉망으로 만들었거든. 화나지? 그래서 내가 겁나게 패 줬어."

"헉! 미쳤어요? 그렇다고 사람을 때려요!"

"이상하네. 사실을 말하면 거짓말이라고 하고 거짓말을 하면 믿어 버리네. 내가 그렇게 개 쓰레기로 보이나 보지?"

"……장난치지 말아요! 나 그럴 기분 아니니까요!"

"알았어. 장난 안 치고 진지하게 할게."

그러더니 현우는 그녀를 부드럽게 끌어당겨 안아 버렸다.

"지, 지금 뭐하는 거예요!"

"진지하게 하라며? 엄청 진지하게 이러고 싶거든."

"……나, 난……."

지원이 뭐라 말하려고 웅얼거리는데 현우가 재빨리 끼어들었다.

"아, 맞다. 내 호주머니 뒤져 봐."

"?"

"선물 사 왔어."

"내가 선물 따위에 넘어가는 속물인 줄 알아요?"

"아닐 것 같아서 싼 거 샀어."

"그럼 내가 싸구려란 뜻이에요? 다음부턴 이왕 사 올 거면 무조건 비싼 거 사 와요!"

"속물 맞네. 그만 좋알거리고 뒤져 보라니까."

입이 오리처럼 튀어나온 지원은 속으로는 궁금했기 때문에, 마지못한 척 그의 호주머니를 뒤적거렸다. 뭔가 차갑고 매끈한 동그란 것이 만져졌다.

꺼내서 보니 파란 돌멩이에 장식 줄이 달려 있었다. 그런데 보석처럼 색이 고운 반면, 가운데 흰자위 같은 동그라미와 그 안에 하늘색 동그라미, 또 그 가운데 가장 작은 검은 동그라미가 있는 특이한 돌이었다. 마치 그 돌이 눈동자처럼 저를 쳐다보는 것 같았다.

"이게 뭔데요? 무슨 파란 눈알처럼 생겼어요."

"나자르본주. 악마의 눈이라는 뜻이야."

"오, 이름도 무섭네. 이게 무슨 특별한 의미가 있는 거예요?"

"악귀를 물리쳐 준대. 그래서 터키 사람들은 다 가지고 있다더군. 넌 재수가 없으니까 항상 몸에 지니고 다녀. 효과가 있을지도 모르잖아."

그 말을 듣자마자 지원은 현우를 세차게 밀치고 돌을 들고 외쳤다.

"악귀야, 물러가라!"

그렇지 않아도 질 나쁜 독한 게 붙어 있다고 믿는 지원은 장난 반 진심 반으로 돌을 들고 설쳐 댔다.

현우는 끄떡도 하지 않고 비웃으며 반응했다.

"난 수호신이지."

"웃기지 말아요! 내가 당신 만나고 나서부터 되는 일이 하나
도 없어!"

"그전에도 없었을걸? 그런 놈을 만난 것부터가 재수가 없었
지. 근데 봐. 수호신의 등장으로 그놈을 잘 보내 버렸잖아."

"……그, 그건…….."

현우는 혼란스러워하는 그녀를 번쩍 안아 올렸다.

"악! 지금 뭐하는 거예요!"

"오늘은 토요일이니까 데이트하러 가자."

"어디로요?"

"우리 집."

"예에?"

"왜? 거긴 극장도 있는데?"

일주일 넘게 비어 있던 현우의 방은 무척 추웠다. 그러나 남
녀가 엉켜 사랑을 나누기에는 나쁘지 않았다.

"흐음……. 하아……!"

달뜬 호흡이 차가운 공기에 녹아들어 갔다.

'이게 다 산수유 때문이야!'

지원은 달아오르는 몸을 현우와 산수유즙 탓으로 돌리며 이

상황을 합리화시키고 있었다.

강제로 코트에 돌돌 말려 그에게 안겨 내려왔을 때만 해도 넘어가지 않겠다고 단단히 각오를 했었다. 그런데 그가 다른 선물이라며 터키식 젤리인 '로쿰'을 입 안에 넣어 주었다.

하얀 슈가파우더를 묻힌 젤리인지 떡인지 알 수 없는 큐브 조각은 지원의 혀를 달콤하게 마비시켰다. 그리고 현우의 혀가 그 틈을 노리고 침범했다. 혀를 사로잡은 감각이 무엇인지, 어떤 것이 더 끌리는지 구별할 수가 없었다.

입술이 아쉽게 떨어지고, 그녀의 등이 차가운 가죽 소파에 닿자 잠시 혼미해져 가던 이성이 찾아왔다. 어느새 그녀는 실오라기 하나 걸치지 않고 있었고, 그는 윗옷을 벗어 던지던 중이었다.

산수유즙 때문이다. 그가 옷을 벗는 것이 더디게 느껴지는 것은.

그가 그녀의 다리를 벌리고 그 사이에 자리 잡는 시간이 이렇게 길게 느껴질 수가 없었다.

마침내 그는 그녀의 가슴을 주무르며 그녀의 귓불을 깨물었다. 머리카락에 코를 파묻고 깊은 숨을 들이마셨다.

"좋은 냄새."

지원은 그의 칭찬이 저를 놀리는 말이라고 느껴졌다. 이러길 기대하고 샤워한 게 아니냐는……. 정말 그랬을지도 모른다.

"하아! 하……. 나, 나한테 하고 싶은 말이 없어요?"

불안했다. 짧은 시간 동안 그에게 길들여져 버린 자신이 두려웠다. 그가 없는 동안 막막함 속에서 방황해야 했다. 마치 의지할 곳을 잃어버린 아이처럼.

왜 하필 지금 그걸 깨달았을까! 그의 입술이 제 목덜미에 내려가는 지금!

"흐음……. 하고 싶은 말?"

집요하게 살결을 타고 내려가던 그가 그녀의 쇄골 부근에서 입술을 뗐다.

지원은 두려움을 꿀꺽 삼키고 그의 대답을 기다렸다.

오랫동안 사귀었던 성민과의 추잡한 이별도 그가 있어서 괴롭지 않을 수 있었다. 그가 그녀를 마구 뒤흔들어 놓았기 때문에 다른 생각을 할 틈이 없었다. 그녀가 해야 했을 보복을 그가 해 주었기 때문에 상처를 치유받았다. 그리고 그는 그녀의 마음뿐만 아니라 몸을 보듬어 주었다.

그녀 스스로도 잊고 있었던 여성을 찾아 주고 그것을 마음껏 탐해 주었다. 그래서 그는 지금 그녀의 전부를 지배하고 있는 것과 다름없었다.

상식 밖의 일을 당했지만 결과적으로 그녀는 불운과 불행을 잊을 만큼 행복했다.

하지만 이 행복이 커질수록, 언젠가 깨지고 말 상식 밖의 관계에 대해 처음으로 불안함을 느끼고 있었다. 끝내야 할 관계라면 깊어지면 안 된다고.

'나는 당신의 뭐예요?'

그녀가 묻고 싶은 말은 이거였지만 이렇게 묻기는 두려웠다. 바로 지금 이 순간에 이 관계가 산산조각 날까 봐서였다. 끝내기 싫다. 육체의 선을 넘기 전에 이미 마음의 선을 넘었는지도 모른다.

'날 흔든 건 그쪽이니까. 끝내는 것도 그쪽이 해. 그런데 난 끝나지 않았으면 좋겠어.'

그러니까 지원이 듣고 싶은 대답은 적어도 이런 거였다.

"보고 싶었어."

"!"

현우의 짧은 대답이 그녀 안에 억눌러 있던 웅크린 열망을 해방시켰다. 온몸 구석구석 입을 맞춘 것처럼, 섬세한 손길로 어루만진 것처럼, 그녀의 성감대가 활짝 깨어났다. 그를 마구 껴안고 그 예쁜 입술을 깨물고 그 솔직한 혀를 휘감고 싶어 미칠 것만 같았다.

그 욕구를 잘 안다는 듯이 그의 손가락이 그녀의 다리 사이를 찔러 들어갔다.

"아홋!"

지원은 저도 모르게 다리를 꽉 오므려 넘쳐흘러 버릴 것 같은 희열을 새어 나가지 않게 꽉 붙들었다. 그 바람에 현우의 손가락은 그녀에게 꽉 물렸고, 더 강한 자극이 찔끔찔끔 퍼져 나가 안달 나게 만들었다.

"윤지원의 전부가."

귓가를 울리는 속삭임이 여운으로 남아 감돌았다.

'나의 전부도 그를 원해.'

그녀의 몸이 그의 목소리에 반응해 허리를 뒤틀었다.

현우는 아직도 단내가 나는 그녀의 촉촉한 입술을 틀어막고 혀를 집어넣었다. 보드라운 지원의 가슴은 그의 가슴에 짓눌릴수록 꼭지를 꼿꼿이 일으켜 세웠다. 촘촘한 주름으로 응축된 살결이 한 입에 깨물고 싶을 정도로 단단하고 붉게 익었다. 그러자 그의 가슴에 매달린 꼭지가 짓궂게 그녀의 것을 희롱했다. 부비고 스쳐 지나갔다가, 때론 짓이기며.

그러면 그녀는 마치 바늘에라도 찔린 것처럼, 강아지풀이 간질이는 것처럼, 꼬집힌 것처럼 예민하게 움찔거렸다.

그의 입술이 그녀의 목으로 내려와 핥기 시작했다. 입술을 떼지 않고 조금씩 내려와 쇄골에 입을 맞추고 그녀의 오른쪽 팔을 들어 올려 겨드랑이를 혀끝으로 자극했다.

"아! 흐읏! 가, 간지러워……. 읍……."

지원이 물고 있는 아래쪽 손가락은 꼼짝도 하지 않았다. 그러나 겨드랑이를 간질간질하는 물컹거리는 혀의 움직임은 그녀의 아래쪽까지 전해져 찌릿하게 만들었다. 엉덩이를 들썩이며 꿈틀대면 그의 손가락은 더욱 자극적일 수밖에 없었다.

"하아!"

짧은 숨을 토해 낸 그는 그녀의 젖가슴으로 입술을 옮겼다.

이미 한껏 여물어진 젖꼭지에 스치듯 키스하고 사탕을 물 듯이 입에 물었다. 빨기 딱 좋은 앙증맞은 크기였다. 주름진 젖꼭지의 결을 혀로 느끼며 혀끝으로 살살 긁어 대거나 둥글게 굴렸다.

"흐……응!"

지원이 배까지 부들부들 떨며 콧소리를 내자 이빨로 그것을 살짝 깨물어 버렸다.

"아흡!"

현우는 장난감을 만난 어린아이처럼 한동안 그녀의 가슴을 가지고 놀았다.

"하……. 나, 나 또 몸살 나요……. 그, 그만……."

지원은 온몸에 힘이 들어가고 연신 희열에 떠느라 숨이 찼다. 버티기가 힘들어 이제 그만 가게 해 줬으면 했다.

"내가 없는 동안 산수유즙 잘 챙겨 먹었어?"

"하아……. 네."

"그럼 확인해 봐야지."

"?"

끝난 줄 알았던 고문이 더 끈적끈적하고 집요해졌다. 말캉한 젖가슴을 가득 베어 물고 맛있게 잘근잘근 깨물거나 입술로 유두를 빨아 당기기도 했다.

이제 가슴은 손이 움켜쥐게 하고 배를 핥으며 내려왔다. 배꼽을 혀끝으로 건드리자 간지러움을 못 참겠는지 크게 꿈틀거렸다. 그는 아랑곳하지 않고 오히려 요동치는 그녀의 몸을 즐겁게 느끼며 아래로 내려왔다.

그의 입술이 작은 손바닥만 한 그녀의 언덕에 멈췄다. 긴장한 아랫배가 귀엽게 씰룩거리는 것을 보고 현우는 몸을 일으켰다.

그의 입술과 손가락이 한 번에 그녀의 몸을 떠나 버리자, 지원은 가슴을 크게 오르락내리락거리며 큰 숨을 몰아쉬었다.

"하아. 하아. 하아……."

현우는 다시 고개를 숙여 뜨겁게 달궈진 그녀의 여성을 눈앞에 두고 장난스러운 웃음을 지었다.

"여기가 더 악마의 눈처럼 생겼네."

"그, 그런 말 하지 마요. 부끄럽게……!"

"내가 정말 보고 싶었던 모양이지? 좋아서 눈물까지 흘리고 있어."

"아……! 정말! 헛!"

그가 지원의 다리를 더 벌리게 하자 젖은 속살은 이제 와 요조숙녀처럼 수줍어하며 오므리려고 움찔거렸다. 벌어진 계곡 안은 노골적으로 붉게 번들거리고 있었다. 그는 그 새빨간 열기가 웅크린 곳으로 얼굴을 가져가며 그곳에 대고 나직이 속삭였다.

"나자르본주. 내가 악귀는 아닌 모양이야. 이 녀석이 날 유혹하는 걸 보면."

"어, 언제요!"

지원의 부정을 못 들은 척하고 그는 그녀의 탐스러운 은밀한 속살에 입술을 갖다 댔다.

"헉! 아, 안 된……! 하웃!"

지원은 허리를 꺾으며 비명 같은 신음을 질러 댔다. 입술만으로도 생소한 감각에 가슴이 쿵쾅거렸는데, 안 된다고 말할 틈도 없이 그의 혀가 꼭 다문 그녀의 입구를 파고들었다. 도톰하고 촉촉한 것이 그녀의 내벽을 쑤욱 미끄러지듯 지나가자, 다리를 들썩이며 숨을 삼켜야 했다.

야들야들한 속살은 유연하면서도 강한 혀 놀림에 속절없이 비명을 질러 댔다. 특히 혀끝으로 구석구석을 긁어 댈 때는, 엉덩이를 소파에 비벼 대며 고개를 가만히 둘 수가 없었다.

아! 이런! 이런 상상도 못 한 쾌감이라니!

뜨거운 물이 흐르는 그녀의 안에서 그의 혀는 물을 만난 물고기처럼 펄떡거렸다. 종아리가 팽팽하게 당겼다. 소프트아이스크림처럼 달콤하게 녹아내려, 거기가 없어질 것 같은 진한 뜨거움이었다.

"흐응……. 아, 아아……!"

감당하기 벅찬 간지러움이 손발을 저릿하게 만들자, 지원은 제 속을 파고드는 그의 머리를 붙잡고 허리를 크게 들어 올리고 말았다.

지원이 숨이 넘어갈 듯 입을 벌리고 경련을 일으키는 동안,

현우는 그녀를 부드럽게 핥아 주며 그녀의 엉덩이를 붙잡고 서서히 내려놓았다.

"하아……. 하아……."

짧은 절정을 누린 지원은 입술을 달싹이며 눈을 떴다. 허무함이 몰아치는 가운데 희미한 눈동자에 비친 그의 웃는 얼굴이 보였다.

그가 허리띠를 푼다. 옷을 전부 벗어 버리고 준비를 끝낸 그는 그녀 앞에 조금도 부끄러움 없이 당당히 허리를 폈다. 골반에서 치골로 이어지는 근육의 움직임이, 그 아래 저를 채워 줄 그의 우람한 페니스가 그녀를 두근거리게 만들었다.

"메인은 지금부터지."

"흐……음!"

차가운 공기는 그의 열망을 조금도 식혀 주지 못했다. 지원은 절절 끓어오르는 뜨거움이 찔러 들어오자 데인 것처럼 흠칫 다리를 들썩였다. 하지만 금세 그 뜨거운 것을 전부 품고 숨죽이며 그를 바라보았다.

"잘했어."

그의 칭찬에 배시시 웃고 붉어진 뺨에 또 다른 홍조를 덧씌웠다.

두 사람은 꼭 들어맞는 자물쇠와 열쇠처럼 빈틈없이 맞물려 있었고, 지원은 마음까지 하나가 된 포근한 느낌이 좋아 이대로 그를 꼭 끌어안고 싶었다.

지원의 생각을 읽기라도 한 듯 현우는 그녀의 손을 자신의 허리로 얹어 놓았다.

"참지 말고 하고 싶은 대로 하는 거야."

지원은 허리를 쓰다듬다 엉덩이로 내려왔다. 탄탄한 그의 엉덩이는 그녀의 것과 많이 다른 감촉이었다. 극과 극이 서로를 끌어당기는 것처럼, 본능에 이끌린 그녀의 손길은 갈수록 과감하게 그의 몸을 탐했다.

현우는 들뜬 목소리를 가다듬으며 말했다.

"고의는 아니었지만…… 일주일간 애태운 보람이 있었네."

"아무리 봐도 고의적인데……."

"너 그동안 나한테 문자 한 번 안 했더라?"

"그, 그걸 어떻게 알았어요? 핸드폰 도둑맞은 거 거짓말이죠?"

"너 씻을 때 네 핸드폰을 봤지. 실수로."

"또 남의 핸드폰을 멋대로!"

"너무 튕기지 마. 난 집착해 주는 거 좋아해."

"……."

지원은 시크한 그에게 이런 면이 있을 줄 몰랐기 때문에 눈을 깜빡였다.

"날 잡으란 말이야."

그러면서 현우가 엉덩이를 뒤로 빼며 빠져나가자, 지원은 그를 놓치고 싶지 않아 저도 모르게 아래에 힘을 주어 꽉 오므렸다.

그곳이 조여들자 현우는 목이라도 죄어든 것처럼 숨이 턱 막혔다.

"흐읍……. 그래. 그렇게……."

현우는 제 몸을 그녀에게 전부 내던져 버릴 듯 세게 부딪치며 깊이 밀어 넣었다.

지원은 수축된 안으로 페니스가 비집고 들어오는 충격을 온전히 빨아들였다. 그 짜릿함이 사방으로 퍼져 나가고도 흘러넘쳐 한계에 이르면 더는 페니스를 물고 있을 수가 없게 되지만, 그는 더 깊이깊이 파고들어 왔다.

"아흑!"

그렇게 반복되는 움직임이 점점 빨라지고 있었다. 흥건하게 젖은 두 사람의 맞물린 자리가 발갛게 살결을 태웠으나 이성을 마비시키는 아찔한 쾌감은 그녀에게 쉽게 절정을 맛보여 주지 않았다. 거의 다 왔다고 생각하면 어김없이 물러나 그녀를 감질나게 했다. 마치 저를 데려가지 않으면 혼자서는 보내지 않겠다는 것 같았다.

지원은 그의 엉덩이를 바짝 끌어당기며 온 힘을 다해 그를 조였다. 어서 저를 보내 달라 졸라 대며, 단 한 방울의 희열도 전부 빨아들이겠다는 듯이.

"하아…… 으, 음……. 아윽!"

페니스가 내벽을 찌르며 들어올 때마다 지원은 자지러지게 입을 벌리고 소리를 냈다. 쌓이고 쌓여 부풀 대로 부풀어 오른 절정까지 조금만 더 들어가면 됐다. 조금만 더, 더 깊이, 더 안쪽으로. 닿을 듯 말 듯 아슬아슬하게 물러갈 때마다 그녀는 미칠 듯이 초조했다.

"아훗! 하아……. 하아……."

한순간도 멈출 수 없는 담금질은 두 사람을 지치게 하기는커녕 더 불타오르게 했다.

'그래! 여기!'

있는 힘껏 세차게 밀어 넣은 페니스의 끝이 닿지 않을 것 같던 저 깊은 우물의 벽을 기어이 부서트렸다.

"!"

지원은 고개를 뒤로 크게 젖히고 소리 없는 비명을 내질렀다. 다리 사이로 뜨거운 무언가가 홍수처럼 빠져나가는 것 같았다. 해일처럼 덮쳐 온 전율을 허망하게 잃을까 봐 그의 엉덩이에 손톱을 박을 만큼 그를 세게 끌어안았다. 그러나 힘없이 풀려 버리는 그녀의 아래는 저절로 달달달달 떨며 아낌없이 쾌감을 만끽했다.

온몸의 세포 하나하나가 철퍽거리는 전율 속에 몸을 던져 찌릿함을 맛보았다. 배꼽 아래쪽에 진득하게 달라붙어 있던 쾌감의 찌꺼기마저 허리를 뒤틀며 그의 페니스로 긁어냈다.

전부 쥐어짜 내고 분출해 버린 안은 일순 환한 기쁨으로 채워졌으나, 곧 텅 빈 서늘함에 푸드덕거렸다.

"하아……. 하……."

지원은 흐물흐물하게 쓰러져 누워 아직도 구석구석에 녹아 있는 희열의 여운에 몸을 떨었다.

현우는 그런 그녀의 머리를 제 팔에 누이고 남은 팔로 그녀의 등을 감싸 안았다. 거친 호흡이 잦아들고 한층 맑아진 그녀의 눈동자가 그를 빤히 쳐다보았다.

그의 품에 안겨 있던 지원은 조금 전까지 기절할 것처럼 들썩거렸던 자신의 모습을 떠올렸다.

"그렇게…… 보지 말아요."

차마 그를 똑바로 보기 부끄러워 눈을 내리깔고 그의 가슴을 밀어내며 물러섰다.

하지만 현우는 그녀의 반응을 개의치 않고 더 세게 끌어안았다.

"또 감기 걸리면 안 되니까."

"……."

그의 품에서 지원은 잠자코 있었다.

'그래. 또 감기 걸리면 안 되니까.'

등을 쓰다듬어 주는 크고 따뜻한 손이 이불보다 훨씬 더 포근했다.

마음을 놓아 버린 그녀는 그에게 안겨 그의 침대로 눕혀지는 것도 모르고 깊은 잠에 빠져 버렸다.

◆

"까악!"

긴 비행과 간밤의 정력 손실로 인해 현우는 오늘따라 늦잠을 자고 있었다. 그러나 그는 연이은 지원의 비명과 외침에 눈을 떴다.

"이게 뭐야!"

"으……음. 뭐야? 아침부터 왜 그래?"

귀신이라도 본 것처럼 호들갑을 떠는 지원에게 현우는 졸린 목소리로 물었다.

"이것 봐요! 나, 나 부적이!"

"부적? 무슨 부적?"

현우는 눈을 비비고 일어나 부들부들 떨고 있는 그녀의 손을 보았다. 붉은 글씨가 적힌 노란 종이가 반으로 찢어져 있었다.

"어디서 난 부적이야? 뭐 중요한 거야?"

"중요하죠! 내 인생이 달린 건데! 이게 다 당신 때문에 이렇게 됐다고요! 아악! 이거 어떡해!"

"뭔 소린지……. 그리고 인생을 종이 한 장에 가볍게 걸지 마."

"이씨! 아무것도 모르면서!"

먼저 일어난 지원은 잠이 덜 깬 상태에서 휘적휘적 걷다가 발밑에 휴지조각 같은 무언가를 밟고 말았다. 대수롭지 않게 발로 밀어서 대충 떼어 내고 씻고 와 보니, 글쎄, 제 부적이 반 토막이 나서 바닥에 말려 있지 않은가.

"밥 먹자. 어머니가 반찬 주신 거 없어?"

"없어요!"

"흠……. 아침을 어쩐다?"

"지금 아침이 문제냐고요! 내 부적, 이거 어쩔 거냐고요!"

"그러니까 그게 왜 내 탓이냐고?"

"어제 날 괜히 이리로 데려와서는! 왔으면 곱게나 좀! 옷을 이렇게 놔두니까 부적이 떨어지는 거 아니에요!"

현우는 그녀의 코트를 집어 들어 주머니를 뒤적거리더니 터키 기념품을 꺼냈다.

"얘는 잘 있네?"

"나자르인지, 악마의 눈탱인지 그런 걸 넣어 두니까 얘가 삐져나온 거 아니냐고!"

"아니면 그 부적이 악귀거나. 내 나자르본주가 신통하군."

"무슨 소리예요! 터키산 부적이 한국에서 통할 리가 없잖아요! 신토불이 귀신들이 터키 말을 알아들을 것 같아요!"

"힘이 펄펄 나네. 산수유즙 더 사 줄까? 약빨이 잘 받는 체질인가?"

"아악! 짜증나!"

한 마디 한 마디가 얄미워 죽겠는데 거기에 말려드는 저를 보니 짜증이 났다.

"밥 혼자 먹어요! 난 우리 엄마 집 가서 먹을 거니까!"

"좋은 생각이다. 나도 같이 가면 되겠네."

"자꾸 우리 엄마, 아빠한테 귀염 떨지 마요. 언젠가 그 가면을 벗겨 버릴 테니까!"

"다 좋은데 가운 입고 나갈 거야?"

"코트 이리 내요."

"싫어."

"내놔요."

"선녀는 애 셋이라도 낳아 주고 옷을 가져갔는데, 우리 지원 씨는 뭘 했나?"

산뜻하게 시작한 일요일 아침이었다. 티격태격하던 두 사람은 결국 나가서 함께 밥을 먹기로 결정을 내렸고 현우가 지원의 옷을 가져다주겠다며 위로 올라갔다.

그가 올라간 직후였다.

띵동.

"응? 누구지?"

지원은 초인종을 듣고 고개를 갸웃했다. 일요일 아침에 택배가 올 것 같지는 않고 남의 집이라 제가 맘대로 문을 열어 줄 수도 없었다. 일단은 누군지 확인은 해야 할 것 같아 소리는 내지 않고 인터폰 화면을 확인했다. 그런데!

"여자잖아?"

띵동. 띵동.

포교활동 같은 건가라고 생각하기에는 초인종을 누르는 속도가 빠르고 집요했다.

'일요일 아침부터 집에 저렇게 예쁘게 생긴 여자가 찾아와? 저렇게 다급한 얼굴로? 허! 얼씨구. 선수 아니라더니!'

이놈이나 저놈이나 바람둥이는 딱 질색이었다. 한 번도 아니고 두 번이나 당했다고 생각하니 울컥 치밀어 올랐다. 아니, 이번에는 뭐라 큰소리칠 수 있는 입장도 아닌 게 현우와 저는 애매한 사이였다. 그러니까 저 밖에 저 여자가 그의 진짜 연인일 확률이 높은 것이다.

'젠장! 내가 왜 그런 역을 맡아야 해! 아우!'

지원은 어쩔 줄 몰라서 발을 굴렸다. 아무 사이도 아니라고 해명하기엔 가운 하나 걸치고 있는 옷차림을 설명할 길이 없다.

'아니지! 내가 왜 숨어! 내가 왜? 애인 있는 남자인 줄 알고 그랬냐고! 나도 속았는데 왜 내가 가해자처럼 이래야 해? 하!'

물론 아닐 수도 있다. 그냥 이웃이 반상회나 하자고 찾아온 것일 수도 있고, 진짜 포교활동일 수도 있으니까.

그래서 일단은 쓸데없는 망상으로 기분을 잡치지 말고 확인해 보자, 인터폰을 받았다.

"누구……세요?"

『어, 어? 어머. 어? 맞는데?』

밖의 여자는 엄청 당황하고 있었다. 그 모습을 보니 지원의 가슴이 쿵 떨어졌다. 역시나 불행한 상상이 실현되는 걸까?

"혹시, 지현우 씨 찾아오셨어요?"

『어! 어머! 여기 현우 오빠 집 맞아요?』

'오⋯⋯빠? 하!'

오빠라는 소리가 자연스럽다 했더니, 오빠라고 불러 주는 여자가 있었던 거다.

"예. 맞아요."

『어, 근데 오빠는 어디 가고⋯⋯. 그쪽은 누구세요?』

"저는⋯⋯."

누구라고 해야 할까 고민하는데 그녀의 뒤에서 목소리가 들렸다.

『뭐야, 너? 여기 왜 왔어?』

『오빠!』

지현우, 1213호의 집주인이 돌아온 것이다.

『왜 왔냐고?』

가만 들어 보니 현우는 저 여자에게 무척 퉁명스러웠다. 지원은 적어도 양다리는 아닌 걸까, 싶어 그들의 대화에 귀를 기울였다.

『오빠, 그게 문제가 아니라, 집에 누구야? 모르는 여자가 있어.』

『난 아는 여자야.』

『누구?』

『윤지원! 오빠 왔다. 문 열어.』

현우의 당당한 목소리에 지원은 찡해졌다. 저 여자가 뭐라든 지금 현우의 애인은 자신이라고 인정받은 기분이었다. 성민의 그 다연이라는 여자도 이런 기분이었을까? 입장이 바뀌니 사람이 참 간사해졌다. 그런데 지원은 이어지는 여자의 말에 불현듯 깨달아지는 것이 있었다.

『헉! 오빠? 오빠 숨겨 둔 여동생이 있었어?』

아……. 오빠. 오빠의 첫 번째 사전적 의미는, 같은 부모에게서 태어난 사이이거나 일가친척 가운데 항렬이 같은 손위 남자 형제를 여동생이 이르거나 부르는 말이었다. 즉, 그에게 여동생이 하나 있다는 말이 지금에서야 떠오른 것이다.

애인의 가족을 만나는 건 매우 부담스러운 일이다. 결혼을 전제로 해도 부담스러운데, 계약 애인일 경우에는 사기를 치는 죄책감까지 떠안아야 했다. 그녀의 부모님이 현우에게 홀려 버린 것처럼.

첫 만남부터가 나쁜 타이밍이었다. 게다가 지연우라는 그의 여동생은 그녀에게 묘한 경쟁심과 질투를 불태우고 있었다.

"언제부터 여기 드나들었어요?"

"발렌타인데이부터요."

왠지 지고 싶지 않았던 지원은 그녀의 말을 꼬박꼬박 받아

쳤다.

"발렌타인요? 허! 우리 오빠가 그런 기념일을 챙긴단 말이에요?"

"발렌타인은 여자가 챙기는 건데요?"

"아! 그렇구나. 전 받아만 봐서."

남매가 똑같이 재수가 없었다.

"전 옷 좀 갈아입고 나올게요."

지원이 갈아입을 옷을 꺼내는데 연우가 그것을 빤히 쳐다봤다.

"어? 그 옷, 내가 다니는 샵에 있는 건데?"

샵 위치도, 브랜드가 뭔지도 모르고, 오직 옷값만 기억하는 지원은 무심코 중얼거렸다.

"그래요? 이런 데서 옷을 사 입으세요? 여기 되게 비싸던데……."

"본인이 산 옷이 아닌 것처럼 말씀하시네요?"

연우의 경계심이 이제 좀 불편해진 지원은 현우를 힐끗 보다가 눈썹을 찌푸리며 둘러댔다.

"말하자면 좀 길어요."

"설마, 이 옷 오빠가 사 준 거야?"

연우는 눈을 치켜뜨고 현우를 다그쳤다.

"정당한 노동의 대가지."

"뭐?"

"알 것 없고, 넌 여기 왜 왔어?"

"아! 맞다! 오빠 있잖아. 나 부탁 하나만 들어줘."

"꼭 그래야 해?"

"들어나 보고 좀!"

현우는 정말로 듣고 싶지 않은 표정으로 그러라고 했다.

"나 큰오빠 때문에 회사 못 다니겠어! 오빠가 엄마한테 말 좀 해 주면 안 돼? 응?"

"어머니, 연우가 회사 때려치우겠다는데 시집이나 보내시죠? 그래?"

"아니, 놀겠다는 게 아니라, 오빠 회사에 취직하면 되잖아! 나 엘리트야. 알잖아? 나 데려가서 손해 안 본다니까."

"그래. 네가 너무 엘리트라서 안 돼. 너 입사시키면 두 명을 잘라야 하는데, 비인간적이지 않겠어?"

"어우! 진짜 죽겠단 말야. 큰오빠가 나 낙하산이라고 자꾸 괴롭혀."

"이야. 그건 좀 웃기네. 진짜 커다란 낙하산이 그런 말을 해?"

"장난 아니라고. 나 죽겠단 말야. 요즘 케이블에서 만든 여행프로그램이 있는데 그 프로그램 앞뒤로 새로 개장하는 리조트 광고를 붙이고 싶으시대."

"하면 되겠네?"

"그게 꼭지프로그램이라서 이미 광고가 꽉 차 버렸단 말야.

근데 큰오빠 성격 알지? 꼭 해야겠대. 꼭! 나더러 피디를 만나서라도 해결하고 오라잖아! 못 하겠다니까 낙하산 인증 하냐고 직원들 앞에서 날 완전히 깔아뭉갰다고!"

"흠. 욕은 벌써 먹었으니까 안 하면 되겠네."

"말이 쉽지! 큰오빠 집요한 사람인 거 몰라? 오빠, 나 그냥 오빠 회사 취직시켜 주면 안 될까? 열심히 할게. 응?"

흥미롭게 두 사람의 대화를 듣던 지원은 저 집안은 집요한 게 특색인가 보다 생각했다.

"지연우, 잘 들어."

연우는 갑자기 정색하는 현우의 표정에 침을 꿀꺽 삼키고 집중했다.

"응!"

"비록 이 오빠가 경영권 싸움에서 물러났지만 야심마저 버린 건 아니야. 난 기회를 엿보는 것뿐이고 네가 그 기회를 만들어야 해."

"오빠……."

"어떻게 해서든, 무슨 수를 써서라도 넌 형님의 신뢰를 받아야 해. 알아들어?"

"난 못하겠어. 큰오빠가 날 얼마나 경계하는데!"

"그러니까 더 열심히 하라고. 어머니와 나를 위해서라도. 우리 지분을 되찾을 수 있는 건 이제 너밖에 없다. 내 자존심을 찾는 것도 너한테 달렸어."

"오빠…… 난……. 하아! 알았어. 하는 데까지 해 볼게."

지원은 입을 벌리고 눈썹을 찡그리며 두 사람의 대화를 들었다.

'아침 드라마냐!'

뭐랄까. 그녀는 지금 연우라는 현우의 동생에게 동질감을 느끼고 있었다. 아무리 생각해도 동생이 낚이고 있다는 생각을 지울 수가 없었다. 경영권을 놓고 형제간에 치열한 다툼을 벌일 만큼 현우의 성품이 격정적으로 보이지 않으니 말이다. 귀찮은 동생을 형에게 맡기고 싶어서 애쓰는 게 눈에 보였다.

'우……. 나 왜 저 사람 하는 짓이 보이는 거냐고!'

안타까워서 더는 들어 줄 수 없었던 지원이 슬며시 끼어들었다.

"저기, 그 큰오빠라는 분이 혹시……. 혹시 그때 상습적으로 일기를 훔쳐보셨다는 형님?"

현우는 겁나게 진지한 표정으로 고개를 끄덕였다.

"아주 악질이지."

"어머! 그 얘기까지 알고 있어요? 오빠! 이 언니랑 무슨 관계기에 과거까지 알고 있는 거야? 둘이 그렇게 마음까지 나누는 깊은 관계야?"

일기 훔쳐본 이야기가 뭐 대단한 이야기라고 과거씩이나!

"하. 하. 하. 뭐, 알고 있는 과거가 그거밖에 없어서 우리가 무슨 관계인지는 저도 잘 모르겠네요. 그럼 두 분 계속 말씀

나누세요. 저는 이만."

비정상적인 대화를 듣고 있자니, 저까지 머리가 돌아 버리는 게 아닌가 걱정이 됐다.

"빨리 갈아입어. 벌써 열 시야. 아침이 아니라 점심 먹게 됐네."

"동생 왔는데 둘이 먹어요."

"뭐? 동생하고 나를 이상한 관계로 엮지 마. 일요일 아침에 얘랑 마주 보고 앉아서 밥을 먹으라고?"

"도대체 어떤 환경에서 자라면 생각이 그렇게 드러울 수 있어요? 동생이랑 밥 먹는 게 왜 이상해요!"

"저기, 언니. 그건 이상해요. 나도 싫어요."

"……."

어젯밤의 피로가 어깨를 짓눌렀다. 곧 있음 두통까지 올 것 같았다.

"뭐 먹으러 갈까?"

지원의 귓가에 난데없이 '일요일엔 내가 요리사' 라는 CM송이 맴돌았다. 그냥 짜장 라면이나 끓여 먹으면서 맘 편히 늘어져 있던 나날들이 그리워졌다.

'아니야! 나 좀 봐! 이러면 안 돼! 성민이 그 새끼가 한 말 잊었어?'

이제부터라도 나태해지지 말고 가꿀 줄 아는 멋진 여성이 되리라, 지원은 다시 한 번 다짐하며 비장하게 외쳤다.

"스파게티 먹으러 가요!"

그래도 면을 포기할 수는 없었다.

"이거 먹고 나면 뭐할까?"

스파게티가 반이나 남았는데 현우는 다음 코스를 고민했다.

"안 바빠요?"

"일요일이잖아."

"광고 회사는 바쁘다던데요?"

"오늘까지는 쉬고 내일부터 바빠질 거야."

"그렇구나. 난 오늘 바빠요."

"뭐? 왜?"

지원은 포크에 두껍게 감은 스파게티를 삼키느라 대답이 늦어졌다.

"수업 계획도 짜야 하고 이것저것 만들어야 할 것도 많고, 암튼 이것만 먹고 들어가 봐야 해요. 아니면 또 늦게 자야 하는데, 그럼 나 내일 너무 힘들어서 못 버텨요."

"흠! 좋아. 그럼 내가 특별히 집에서 놀아 주지."

"필요 없거든요? 방해만 돼요."

"부담 갖지 마. 난 오늘 시간 되니까."

"귀가 잘 안 들려요?"

밥 먹다 말고 아옹다옹하던 두 사람은 지원의 벨 소리 때문에 대화가 뚝 끊어지고 말았다.

—아아. 이것이 세상이란 말인가! 어릴 때 보았던 그 모습이 아니야!

분위기 좋은 스파게티 집에 울려 퍼진 노랫소리는 모두의 이목을 끌었다. 지원은 부끄러워서 허둥지둥 핸드폰을 꺼내다가 현우의 표정이 일그러지는 걸 보고 매우 흡족해서 일부러 전화를 조금 늦게 받았다.

'벨 소리 안 바꿔야지.'

액정에 뜬 모르는 번호를 보고 받을까 말까 망설이다가 혹시나 학부모일까 싶어 전화를 받았다.

"여보세요."

「저기, 어제 집 보러 오신다고 하셨던 분 맞으신가요?」

"아, 예!"

원룸 한 곳을 보려고 했더니 집주인이 연락이 안 된다던 그곳이었다.

「죄송한데, 혹시 오늘 보러 오실 수 있나요?」

"오늘요? 흠. 다음 주 토요일은 안 될까요?"

「글쎄요. 그건 장담을 못 하겠네요. 집이 그 안에 나가 버릴 수도 있으니까.」

"아, 맞다. 그럼 오늘 갈게요. 언제까지 가면 돼요?"

「아무 때나 괜찮습니다.」

그렇게 약속을 잡아 버린 지원은 팔짱을 끼고 그녀를 뚫어져라 보는 현우 앞에서 잘난 척을 했다.

"역시 오늘은 안 되겠네요. 제가 약속이 있어서."

"바쁘다며?"

"아무리 바빠도 이건 해야 하는 일이라서요."

"뭔데?"

"제가 집을 알아보는 중이거든요. 괜찮은 집이 나와서 마음이 급하네요."

"나 같으면 지금 전화해서 취소할 거야."

"싫은데요?"

현우가 사악한 미소를 지었다. 그래도 지원은 굴하지 않았다. 어차피 언젠가는 나와야 할 집이니까.

7.
특급배송

"풀 옵션은 기본이고, 이 집 좋은 점은 베란다가 있다는 거예요. 보세요? 세탁기랑 빨래널이도 다 있어요."

집주인 아주머니는 자신 있게 베란다 문을 열었다.

"와! 좋다!"

다세대 슬레이트집을 보고 온 지원에게 원룸은 그냥 화장실만 깨끗해도 궁전처럼 느껴졌다. 그러니 지은 지 2년밖에 안 된 데다 벽지까지 예쁜 아담한 원룸은 지원이 상상했던 꿈의 하우스 그 이상이었다.

"여기 보러 오겠다는 사람들이 많은데, 전 혼자 사는 사람이 좋거든요. 얼마 전에 여럿이서 쓴 집이 나갈 때 보니까 엉망이 되더라고요."

"그렇겠네요."

"웬만하면 지금 계약하고 가시는 게 나을 거예요. 이따 또 누가 보러 오기로 했거든요."

"아, 그래요? 흠…… 집은 정말 마음에 드는데……."

정말로 마음에 쏙 드는 집이었다. 수압, 곰팡이 등등 꼼꼼하게 확인했다. 아주머니가 깐깐해 보이는 거 말고는 완전 괜찮은 집이라 당장 계약해도 문제 될 게 없을 것 같았다. 다만,

'난 경고했어. 후회하지 마.'

현우의 말이 신경 쓰였다. 말하는 것만 또라이가 아니라 언행일치 또라이니만큼 무슨 짓을 벌일지 살짝 겁이 났다. 창발적인 괴롭힘을 생각해 낼 것 같은데 그게 뭔지 감이 오지 않았다.

"왜요? 뭐 마음에 안 드는 게 있어요? 벽지도 새로 한 건데……."

"아, 아니에요. 그럼 계약금은 얼마나……."

―아아. 이것이 세상이란 말인가!

지원은 재빨리 전화를 받았다. 벨 소리를 듣고 웃으시는 아주머니의 얼굴을 보니, 현우가 없을 때는 진동으로 해 둬야겠다 생각했다.

"모르는 번호가 또……. 여보세요?"

「윤지원 씨?」

"예. 전데요? 누구세요?"

지원은 비음이 느껴지는 여자 목소리에 보험상품 판매인가 보다 하고 퉁명하게 받았다.

「안녕. 나 집주인인데.」

"……네? 누구시라고요?"

「블루스퀘어 집주인. 지현우 엄마라고.」

"!"

가슴이 철렁했다. 설마 오늘 아침 같이 있는 모습을 여동생에게 들켜서 바로 그의 어머니의 귀에 들어간 것일까! 그러고 보니 그 여동생의 시기 어린 눈빛이 심상치는 않았다. 얼마나 욕을 하려고 이러실까. 무슨 말을 듣게 될까 긴장한 지원은 침을 꼴깍 삼키고 어렵게 대답했다.

「지원 씨?」

"아, 안녕……하세요. 처음 뵙겠습니다."

「우리 아직 안 봤는데? 그나저나 방을 빼겠다고?」

"예, 예……."

올 것이 왔다. 우리 아들 만나지 말고 하루빨리 나가라는 전화를 하신 게 분명했다.

하지만 이어지는 어머니의 대답에 지원은 맥이 탁 풀려 버렸다.

「그 집이 뭐 마음에 안 들었어?」

"예?"

「좋은 집인데, 얼마 살지도 않고 나간다니까 집주인으로서 신경이 쓰이지.」

"어, 그게⋯⋯. 다 마음에 들었는데요, 근데 저는 어차피 공짜로 살고 있었는데요⋯⋯. 왜 저한테 이런 전화를⋯⋯?"

「그 집이 맘에 안 들면 다른 집을 소개해 줄까 하고.」

"집⋯⋯ 때문에 전화하신 거예요?"

「어. 우리 좀 볼까?」

뭘까, 이 기분은.

지원은 그녀가 드라마를 너무 많이 봤거나, 어머니가 아직 여동생으로부터 아무것도 못 들었나 보다 생각했다.

"말씀은 감사합니다. 그런데 전 돈이 별로 없어서 제 주제에 맞는 곳으로 가려고요. 죄송합니다."

「아니야. 윤지원 씨한테 딱 좋은 집이 있어서 그래. 일단 나 좀 볼까?」

"제가 지금 계약하려고 하는 집이 있어서⋯⋯."

「음. 이게 다 윤지원 씨 생각해서 하는 말이야. 내 말 듣는 게 좋을걸?」

"그래도 지금 이 집이 너무 마음에 드는데⋯⋯."

「지원 씨가 그 집 계약하면 현우가 그 집 통째로 살 것 같은데? 현우를 집주인으로 두고 싶은 건 아니지?」

"그, 그런 미친⋯⋯. 아, 죄, 죄송합니다. 그러니까 아드님이 참⋯⋯. 뭐랄까, 저한테 왜 그러는지 모르겠네요."

실수로 본심이 튀어나와 버렸기 때문에 지원은 얼굴이 빨개졌다. 그리고 역시나 어머니의 전화는 집주인으로서 한 전화가 아니었던 것이다!

'지현우, 이 미친놈!'

「왜 몰라? 윤지원 씨한테 미쳤으니까 그렇지. 그럼 우리 좀 볼까? 난 오늘 시간이 아주 많은데?」

'아……. 어머니마저!'

그랬다! 집요한 건 이 집안의 내력이 맞았다. 지원은 그 뒤로도 계속 결론이 '오늘 좀 볼까'로 끝나자, 기다리고 계신 원룸 아주머니한테도 미안하고 해서 결국 만남을 승낙하고 말았다.

"안녕하세요. 진짜 처음 뵙겠습니다."

오피스텔 근처 커피숍에 들어서자마자 지원은 그의 어머니를 한눈에 알아볼 수 있었다.

'와! 완전 여자 지현우네!'

성별이 다른데도 그렇게 닮을 수가 없었다.

"어서 와. 바쁜데 오라 가라 해서 미안하네."

현우를 닮아서 그런 건지는 모르겠지만 보자마자 반말을 하는데도 친근감이 느껴져 그렇게 얄미운 인상이 아니었다.

"괜찮습니다."

"그럼 그냥 바로 본론 들어갈게. 자, 이거 좀 봐 봐. 내가 아까 말한 집이야."

"예……."

지원은 어머니가 건네는 팸플릿을 무심코 받아 보곤 눈이 휘둥그레졌다.

"어, 어머니, 여긴……. 제가 살 수 있는 집이 아닌데요?"

"왜? 전원주택 싫어해? 관리 힘들까 봐?"

"아뇨. 그게 아니라, 제가 이런 데서 어떻게 살아요? 저 돈 없어요. 보증금 천만 원으로 집 구하는 중이란 말이에요."

"지원 씨도 참. 당연히 신혼집이지."

"예?"

지원은 그녀 안의 생각지도 못한 욕심이 분출되어 잘못 들었다고 생각했다.

"잘 봐 봐. 집이 아주 잘 나왔어. 입지도 좋고 자재도 훌륭해. 내부 인테리어는 내가 좀 더 손볼 생각이야. 아직 공사 중인데 오월에 완공이래. 오월의 신부 좋지?"

"지금 그러니까……. 어머니 말씀은……?"

"현우랑 결혼해."

"……."

황당한 말씀에 지원은 완전히 멍청한 얼굴을 하고 대답하지 못했다.

"왜? 우리 현우 부잣집 아들이고 능력도 있잖아. 뭐가 맘에 안 드는 거야?"

"그러니까요. 그렇게 조건 좋은 아드님을 왜 저한테…….

혹시 아드님 뭐 하자 있어요?"

"어머! 하자 없는 건 지원 씨가 더 잘 알잖아. 후훗. 우리 아들 어땠어? 괜찮았지?"

"……."

그러니까 여동생한테 다 들은 게 맞았다. 어째서 이런 반응을 보일 수 있는지가 미스터리였지만.

"이런 말 기분 나쁠지 모르겠지만, 아가씨 정도 사는 집에서는 우리 아들 로또나 다름없잖아? 돈 싫어해?"

"어머니, 돈 싫어하는 사람 어디 있나요. 저도 돈 되게 좋아하는데요. 로또 잘못 맞으면 패가망신한대요……. 최근에 저도 오백만 원짜리 복권 당첨되고 가정에 큰 불화를 겪을 뻔해서 잘 알아요."

"오, 오백?"

"하아. 돈이란 게 참 무섭더라고요. 눈앞에 오백이 있으니까 눈에 뵈는 게 없더라니까요. 부모 자식도 갈라놓는 게 돈이구나 했답니다."

"하, 하하하! 소박한 아가씨네."

"그렇죠? 이런 제가 부잣집 아들이랑 어울리기나 하겠어요? 결혼도 양쪽 수준이 어느 정도 맞아야 하는 건데. 어느 날 갑자기 돈벼락 맞으면 불행해지는 사람들이 대부분이거든요."

"그럼 현우랑 왜 사귀니?"

"돈 보고 사귀는 건 아니에요. 어쩌다 보니까 그렇게 된 거죠. 하지만 결혼은 다른 문제니까 신중해야 한다고 생각합니다. 사귀다가 현실적인 문제(한결같은 또라이 기질)를 극복할수 있을 만큼 좋아지면 그때 결혼해도 늦지 않다고 생각해요. 지금은 너무 빠르지 않을까요? 사귄 지 삼 개월(친구들에게 했던 거짓말에 따른 숫자) 정도밖에 안 됐는데……."

"결혼해 보고 안 맞으면 이혼하면 되잖아."

"예?"

지원은 겨우 제가 원하는 방향으로 이야기를 끌고 와서 뿌듯해하고 있었는데, 여기서 또 충격적인 이론이 튀어나와 말려들고 말았다.

"결혼이 별거니? 동거할 때 계약서 쓰는 거지. 난 현우 아버지 재혼 상대야. 그래서 현우는 형이랑 이복형제고."

"아……."

처음 듣는 이야기인데 별로 놀랍지 않은 건, 일기 사건 이야기를 들어서인 것 같았다. 물론 이복형제라고 해도 일기로 사이가 틀어지는 건 쉽지 않은 경우였지만. 오늘 아침에 들은 경영권 다툼 이야기도 혹시 그런 건가, 나름 상상도 했었고.

"처음 부인이 워낙에 재력가라서 지금도 현우 아버지 회사 지분을 꽤 많이 가지고 있어. 그러니까 애초에 현우는 후계자가 되거나 재산을 물려받거나 하는 건 기대도 안 하고 컸고. 뭐, 내가 우리 집 양반 내조해 준 값으로 어느 정도는 떼어 주겠지만."

"아…… 네."

지원은 그의 가족사가 놀랍지는 않았지만 당황스러웠다. 그가 말해 주지 않았는데 이렇게 알아 버려도 되나 걱정도 됐다. 자존심 강한 그는 그녀가 알길 원하지 않을 것 같았다.

"어차피 회사 물려받을 건 아니라서 재벌집 딸들하고 결혼시키는 건 무리수잖아. 연애 예찬론자인 내가 정략결혼이 질색인 것도 있지만. 아무튼 난 우리 아들 어디 꿀리는 건 싫거든. 근데 얘가 결혼을 안 하고 있으니까 말들이 많아. 우리 아들 원하는 재벌가가 없어서 불쌍하게 이러고 있는 거라고. 근데 그런 거 아니잖아? 당당하게 연애결혼하는 모습 보여 주고 싶네. 그래서 내가 여태 선 자리 같은 거 한 번도 주선을 안 했다고."

현우 씨 말투가 누굴 닮았나 했더니 어머니 판박이였다. 어디 말투뿐인가! 특이한 정신세계도 닮았다를 넘어, 어머니한테 배운 기질이 틀림없다 싶을 정도였다.

"바, 바람직한 생각이시네요."

"그렇지? 어때? 결혼할래?"

"아니 그래도 그건……."

"왜? 막상 재벌 2세가 아니라서 실망이야? 드라마에 나오는 재벌 2세처럼 왕처럼 군림하고 왕비처럼 살고 싶어?"

"어휴. 어머니, 뭘 모르시네요."

지원은 한숨을 푹 쉬며 고개를 저었다.

"현우 씨는요. 지금도 그냥 왕이에요. 황제라니까요. 자기 멋대로 하고 사는데 그런 게 무슨 소용이에요?"

"그렇지? 내가 아들을 잘 키웠어."

"……."

칭찬이 아니었는데 그렇게 알아들어 주시니 다행스럽다고 해야 하나.

"그러니까 결혼해."

"저…… 어머니. 제가 마음에 드세요?"

"글쎄. 한 번 봐선 모르겠는데?"

어디서 들어 본 듯한 대사였다. 누가 모자지간 아니랄까 봐…….

"그럼……. 이 얘기는 다음에 다시 만났을 때 하는 게 어떨까요? 하하……."

"괜찮아. 내가 데리고 살 것도 아닌데, 뭐. 현우가 좋아하면 난 그걸로 됐어."

"현우 씨가 절 좋아해요?"

"좋아하지도 않는 여자를 황금 같은 휴일에 자기 집에 들이는 애는 아니야. 걔가 그런 결벽증이 좀 있지."

"……."

전에 친구들도 비슷한 말을 했었다. 지원은 짧은 순간 여러 가지 생각을 했다. 그가 자신을 정말 좋아하는 걸까? 아니면 비싼 침대를 사용할 여자가 필요한 걸까?

현우의 어머니는 우아하게 찻잔을 입으로 가져가며 말했다.

"내가 보니까. 아가씨도 좋아하지도 않는 남자 집에서 토요일 밤을 보내는 여자 같지는 않고."

"저는……."

"그러니까 결혼해."

현우는 억지 부리는 것까지 어머니께 물려받은 게 분명했다.

어머니의 결혼 권유를 세뇌되다시피 듣고 있을 때였다. 그에게서 문자가 왔다.

[내가 후회할 거라고 했지?]

이마에 힘줄이 돋는 문자를 보고 지원은 어머니께 조심스럽게 물었다.

"어머니 혹시, 현우 씨한테도 이렇게 저랑 결혼하라고 하셨어요?"

"당연하지. 내가 식장도 몇 개 골라 줬는데. 지원 씨 전화번호를 계속 안 가르쳐 주잖아. 그런데 오늘 알려 주네. 지원 씨 이사 간다니까 불안했나 보지?"

"!"

나쁜 놈이었다! 여동생은 형님한테 넘기고 어머니는 저한테 넘긴 것이다! 가뜩이나 울컥한데, 현우의 문자가 하나 더 왔다.

[우리 어머니, 사람 귀찮게 하는 고문으로는 1인자라고 생각해도 좋아.]

결국 이거였다. 자꾸 어머니가 결혼하라고 귀찮게 하니까 네가 당해 봐라 이런 심보였다.

'그래? 그렇다면 내가 벗어날 방법은 하나밖에 없겠네? 지현우, 너! 이 새끼, 너 내가 후회하게 해 준다!'

저를 손바닥에 놓고 가지고 놀려는 현우를 이번만큼은 이겨 먹고 싶었다. 그래서 지원은 어머니에게 이렇게 대답하고 말았다.

"어머니. 그 결혼! 제가 하겠습니다!"

이렇게 하면 이제 그의 어머니가 그를 들들 볶을 것이다. 지금까지보다 더.

그것이 지원의 짧은 계산이었다.

"하이라이트 부분인데 영상이 좀 죽는 것 같지 않나요? 이 부분에서 음악을 좀 죽여 볼까요?"

터키 촬영본으로 주말 내내 작업을 했던 편집팀은 감독의 한 마디 한 마디에 초긴장 상태였다.

[인스턴트]의 최종보스 지현우 감독은 차갑기로 정평이 나 있었다. 크게 소리를 지르거나 욕설을 남발하며 아랫사람들을

대하는 법은 없지만, 반대로 칭찬에도 매우 인색한 데다가 자기 사람을 챙기는 법도 없었다.

사실 이런 스타일이 인정보다 원칙대로 대하기 때문에, 왠지 눈 밖에 나면 그걸로 아웃될 것 같고, 능력이 없으면 쫓겨날 것 같아, 직원들을 더 긴장하게 만들 수밖에 없었다. 실제로 그는 마음에 안 들면 돌려 말하거나 욕을 지껄여 놓고 술 한 잔으로 푸는 일이 절대 없었다. 바로 그 자리에서 이런 식으로 말할 뿐이었다.

"영상 죽는다고 음악 죽이면 다 같이 죽는 거죠. 전체적으로 이펙트가 과합니다. 여행 광고잖아요. 최대한 자연스럽고 아름답게, 내일 아침까지 다시 하세요."

이런 식이었다. 다 다시 해. 이 소리만큼 직원들을 떨게 하는 말이 없었다.

처음엔 여러 번 타협을 시도해 봤지만, 현우는 편집 감독 앞에서 편집본을 삭제하는 만행을 보여 주며 지랄맞은 성질을 조용히 인증했다. 재촬영, 재편집 등등. 맘에 안 드는 게 있으면 배우 스케줄도 무시해 버리는 성격이라 더 이상 토를 다는 직원이 없었다.

"예⋯⋯."

편집 감독의 풀죽은 대답 뒤로 조연출의 목소리가 끼어들었다.

"감독님, 자꾸 문자가 들어오는데요⋯⋯."

"줘 봐."

조연출에게서 핸드폰을 받아 든 현우는 열 개가 넘는 문자를 보고 얼굴을 찌푸렸다.

[야. 지현우! 이 새끼. 너 드디어 가는구나! 축하한다!]

[오월이면 얼마 안 남았잖아. 와. 얼마나 좋으면 그렇게 빨리 날을 잡냐?]

[술 한 번 먹자. 지원 씨랑 다 같이. 어우. 이 여우 같은 새끼.]

등등.

친구들에게 온 문자가 점점 쌓이고 있었다.

어떻게 이렇게 전개된 건지는 잘 파악하고 있었다.

사실 이번만큼은 현우도 지원에게 한 대 얻어맞은 격이었다. 설마 그녀가 이렇게 강수를 둘 줄은 몰랐기 때문이다.

어머니한테 지원의 핸드폰 번호를 알려 준 건 이렇게 결혼까지 가기 위해서가 아니었다. 왜 결혼 안 하려고 하냐는 질문에 지원 씨가 자길 별로 좋아하지 않는다고 말했던 걸, 어머니는 정확하게 기억하고 있었다.

아마 지원이 이런 대화를 알고 있었다면 그를 골탕 먹이겠다고 결혼하겠다고 하지 않았을 것이다. 그저 자신이 결혼을 승낙하면 어머니의 화살이 다시 그에게 돌아올 거라 생각한 모양이었다. 그래서 지금 그녀는 매우 후회하고 있었다. 제가 위로를 해 줘야 할 정도로.

지원은 어제 사색이 되어 1213호의 문을 두드렸다. 현우는 이사 간다는 소리가 쏙 들어간 그녀의 표정을 보며 매우 흡족해했다. 이쯤에서 이사를 포기하겠다고 하면 어머니는 제 선에서 해결해 주려고 했다.

"오, 굉장히 후회하는 얼굴인데? 어때? 우리 어머니 만난 소감이? 차라리 얼굴에 물 끼얹고 돈 봉투 내미는 식상한 사모님이 상대하기 편하겠지?"

그런데 발끈할 줄 알았던 지원이 넋 나간 눈빛으로 중얼거렸다.

"어, 어머니가……. 당신 어머니가…… 주말에 사, 사, 상견례를 하자는데, 저, 저 어떡해요?"

"뭐? 상견례? 그게 무슨 소리야?"

"그, 그리고……. 드레스…… 보러 가자고……. 또, 또…….
이건…… 이건 신혼여행 팸플릿이래요."

주절주절대다가 팸플릿 한 묶음을 제게 안겨 준 지원은 급기야 울먹거리기 시작했다.

"나, 나, 나 또 사고 친 거죠?"

"설마, 결혼 승낙한 거야?"

놀라서 얼굴을 찌푸리며 물었더니 지원은 입술을 파르르 떨더니 갑자기 울음을 터트렸다.

"미, 미안해요. 미안해요……. 흑."

"왜, 왜 울어?"

"미안해요. 나는 그냥…… 어머니가 이렇게까지 막 진행시킬 줄은 몰랐어요. 미안해요."

현우는 그녀의 울음에서 중요한 사실을 깨달을 수 있었다.

'아, 이 여자, 자신감이 없구나?'

어차피 허락하고 넘어올 거 왜 그렇게 튕기고 철벽을 치나 했더니, 상처받을까 봐 그랬던 모양이었다.

'바보 같은 놈 때문에 순정과 자존감을 잃었군. 쯧쯧.'

즉, 그녀가 결혼하겠다고 나서는 바람에 잘나가는 남자 발목을 붙잡았다고 생각하는 것 같았다.

그래서 현우는 그녀를 이렇게 위로했다.

"미안하면 책임져."

"어, 어떻게요……."

그는 팸플릿을 부채처럼 펴 들고 물었다.

"골라. 어디가 좋아?"

"예?"

"누드비치가 있는 유럽? 풀 빌라가 있는 동남아?"

지원은 평소처럼 발끈해서 팸플릿을 손으로 탁 쳐 내고 위층으로 올라가 버렸다.

그리고 그날 저녁, 그녀를 만나고 온 어머니의 기쁜 통보를 받았다.

[지원 씨 결혼하겠단다. 엄마 내일 좋은 날 잡으러 가.]

그 후 어머니는 혹시라도 그가 맘이 변했다고 할까 봐 재빠르게 한 사람에게 이 소식을 알렸을 것이다.

"최승현 개자식."

처음 듣는 감독의 욕설에 좁은 편집실에 모인 사람들이 흠칫 놀랐다.

그러나 더 무서운 건 욕을 하면서도 아주 즐거운 듯이 활짝 웃고 있었기 때문이다. 웃는 모습도 욕하는 모습만큼 상상하기 힘들었는데 욕하면서 웃다니 진정 미친놈 같았다.

"가, 감독님? 괘, 괜찮으신지……. 무슨 일 있으세요?"

"무슨 일? 있지."

"무슨 일이……. 누구랑 싸, 싸우셨어요?"

"전쟁 중이긴 한데, 휴전을 해야 할까 합공을 해야 할까?"

"예? 누구랑 싸우시는데요? 삼파전인가 보죠?"

"난 지는 싸움은 안 하니까, 역시 센 쪽에 붙는 게 낫겠지?"

"무슨 일인데 그러세요? 원래 싸움 같은 거 잘 안 하시잖아요."

조연출은 싸움보다는 뒷공작이 현우의 특기라는 이야기는 굳이 하지 않았다.

"그렇긴 한데, 내가 알고 보니 사랑싸움에 재주가 있더라고."

"!"

사랑? 사랑싸움? 누가? 언제? 왜? 어떻게?

그게 지금 누구 입에서 나온 말인가, 다들 귀를 의심하며 침묵할 때 그나마 멘탈이 강한 편집 감독이 논리적인 질문을 던졌다.

"저기 그런 거라면, 그 삼파전이라는 게 혹시 삼각관계라는 겁니까?"

"그런 건 아니고. 아, 혹시 결혼하셨나요?"

입사한 지 6년째인 편집 감독은 직원의 결혼유무를 묻는 감독에게 또 한 번 질렸지만 조용히 고개를 끄덕여 주었다.

"그래요. 연애한 지 얼마 만에 결혼하셨어요?"

"저는 한 사 년 사귀었습니다. 대학 CC였거든요."

"그럼 사 개월 만에 결혼하는 건 어떻게 생각해요?"

"그거야 뭐……. 서로 잘 맞기만 하면 한 달이든, 십 년이든 큰 상관없겠죠. 실제로 제 친구 중에는 일본 여행 갔다가 눈 맞아서 한 달 만에 결혼한 녀석도 있고요. 저희는 경제적인 문제로 계속 결혼을 미뤘거든요. 학생 신분이기도 했고."

"그렇군요. 조언 감사합니다."

"예?"

편집 감독은 어안이 벙벙했다. 의견을 말했는데 조언으로 받아들인 감독에게서 처음으로 고맙다는 말까지 들었으니. 그리고 이어지는 감독의 말에 편집실은 또 한 번 혼돈의 도가니에 빠졌다.

"그럼 내가 5월에 결혼하는 게 그렇게 미친 짓은 아니란 거 군."

누가? 왜? 어쩌다가?

모두의 머릿속에 같은 생각이 휘몰아치고 있었다.

유치원 입학식이 얼마 남지 않았다. 선생님들은 큰 행사를 앞두고 늦게까지 잔업에 시달리고 있었다. 특히 지원은 퀭한 눈으로 부직포를 자르고 있어서 다칠까 봐 아슬아슬해 보였다.

"윤 선생, 어제 못 잤어? 얼굴이 왜 그래?"

"아. 좀……."

"젊은 사람이……. 으이그."

지원은 한숨을 푹 쉬었다. 어제 그렇게 올라간 뒤에 밤새 뒤척이며 거의 잘 수가 없었다.

결혼.

성민과 사귈 때 그 단어는 아주 가까이 있는 단어였다. 그와 당연히 결혼을 하게 될 줄 알았으니까. 하지만 그와 헤어진 뒤 결혼은 아주 먼 곳에 있는 단어가 되어 버렸다.

오 년이란 시간 동안 한 열매를 따겠다고 바둥거리던 원숭이가, 그 열매를 다른 원숭이에게 빼앗겨 버리고 나서는 열매를 얻는 건 쉬운 일이 아니라는 허망한 깨달음을 얻은 기분이었다. 그런데 현우와 그의 어머니가 쉽게 결혼 이야기를 꺼내자 더럭 겁이 났다.

'그 어려운 결혼을 내가? 내가 할 수 있는 거야?'

그것도 고작 한 달도 채 사귀지 못한 남자와 결혼 이야기가 오고 가다니, 당황스러운 건 당연했다. 하지만 객관적으로 생각해 보면 현우와 결혼을 못 할 것도 없었다.

그의 어머니 말대로 현우는 결혼정보 회사에서 아주 좋아할 만한 조건 좋은 남자였다. 또 부끄럽게도 지원은 그와의 섹스가 너무 좋았다. 그는 섹스를 할 때 유난히 저를 미친 듯이 사랑한다는 기분을 느끼게 해 주었고, 그것만으로도 지원은 기절할 만큼 찌릿했다.

그러나 그런 이유들로 결혼을 하기에는 자신이 너무 속물 같았고, 만약에 서로 맞지 않아서 불행한 결혼생활을 한다면 이런 가벼운 결정을 후회할 거 같아 두려웠다.

'나 같은 애랑 살다가 현우 씨가 질려 버리면 어쩌지? 성민이 그 자식처럼 바람을 피울까? 날 버릴까?'

이상한 건 현우에게 버림받을지도 모른다고 생각하니, 성민이한테 당했던 것보다 더 끔찍한 기분이 들었다. 그에게서 독설을 듣고 그의 차가운 눈빛을 받는다고 생각하면 상상만으로도 핏기가 사라지는 듯했다.

"내가 못 살아. 진짜! 미쳤지. 왜 결혼을 해서 내 발등을 찍었나 몰라!"

결혼 5년차 이 선생이 집에 전화를 하다가 버럭 화를 내며 들어오자, '결혼'이란 단어만 들어도 심장이 쿵 떨어지는 지원이 귀를 쫑긋 세웠다.

"왜 그래? 또 남편이랑 싸웠어?"

결혼 10년차 박 선생의 물음에 이 선생은 기다렸다는 듯이 속사포처럼 신세한탄을 늘어놓았다.

"어제 좀 싸웠는데, 아직도 꽁해 있잖아. 아우, 짜증나. 어제 집에 들어갔더니 글쎄. 치킨을 시켜 먹고 그냥 그대로 놔둔 거야. 나 먹으라고 남겨 놨음 말도 안 해. 다 먹은 걸 왜 상에 그대로 올려놓고 있냐고. 잔소리 좀 했더니 지가 더 큰소리치는 거 있지? 내가 늦게 와서 설거지하면 힘들까 봐 시켜 먹었는데 그거 좀 어질렀다고 잔소리한다면서! 하! 내가참 기가 막혀서! 자긴 설거지하면 손가락이 부러져? 쓰레기치우면 큰일 나? 결혼 전에는 진짜 저런 사람인 줄 몰랐다고."

"어휴. 남자들 다 똑같애. 싸우려고 하면 한도 끝도 없어. 지들이 왕인 줄 알아요. 해 달라는 대로 다 해 줘야 하고 말은 지독하게 안 듣지. 어떨 때 보면 애들보다 더 하다니까. 애들은 혼내면 그때라도 말을 듣거든."

박 선생의 위로 섞인 농담에 모두들 웃음을 터트렸다. 그러나 지원은 같이 웃을 수 없었다.

"저기, 정말 남자들이 결혼 전이랑 그렇게 달라요?"

"다를 수밖에 없지. 결혼 전에는 어떻게든 우리한테 잘 보여야 할 거 아냐. 근데 결혼하잖아? 그럼 그동안 참았던 것까지

다 터트리는 거야."

"그, 그럼 결혼 전에도 나쁜 남자면요?"

"말이라고 해? 더 나빠지겠지."

"!"

그렇게 한동안 지원에게 극단적인 현실의 예를 들려주던 이 선생이 의미심장하게 웃었다.

"지원 씨는 뭐가 걱정이야? 애인이 공주처럼 모셔 주던데. 결혼하면 여왕처럼 될지 누가 알아?"

"말도 안 돼요. 안 그래요. 그 사람, 얼마나 못됐는데."

"어머. 결혼하기로 했나 보네? 부정은 안 하는 거 보니까."

"네? 아, 아니. 그건!"

"그래서 밖에 애인 세워 뒀어? 빨리 보내 달라고 시위하는 거지?"

"네?"

이 선생의 눈짓을 따라 모두가 창밖을 내다보았다. 그러자 거기에 언제 왔는지 현우가 창문 앞에 다가오고 있었다.

"헉!"

지원의 얼굴을 확인한 현우는 씨익 웃더니 문으로 다가갔다.

"저 사람이!"

지원이 벌떡 일어났지만 현우는 벌써 문을 열고 들어오고 있었다.

"안녕하세요. 윤지원 씨 좀 보러 왔는데요."

"알아요, 알아. 이렇게 잘생긴 사람을 우리가 잊어버렸을까 봐?"

선생님들이 깔깔거리며 웃는데 현우는 넉살 좋게 들고 있던 치킨 박스 두 개를 내려놓았다.

"이거 드시고 하세요."

"어머나! 진짜 센스도 끝내준다!"

"이거 그냥 주는 거 아닌 거 같은데? 윤 선생 보내 달라는 거죠?"

"치킨으로 보내 주실 수 있으면 감사한 일이죠."

현우는 정중한 대답으로 선생님들의 환심을 샀다. 지원은 남 겠다고 했지만 결국 등을 떠밀려 강제 퇴근 조치를 당했다.

어제 일도 있고 해서 지원은 차 안에서도 현우를 똑바로 볼 수 없었다.

"우리 어디 가는 거예요?"

"우리 집."

"가만 보면 음침한 구석이 있어요. 어디 나가는 거 되게 싫 어하는 것 같애. 만날 집에 틀어박혀 있었음 좋겠죠? 그러니까 집에다가 DVD방을 만들어 놓지."

"홈시어터."

"아무튼요."

"오늘은 그 집이 아니야."

"집이 또 있어요?"

"본가."

"……."

지원은 너무 충격받아서 화도 나지 않았다.

"장난 아니야."

"내려 줘요."

"안 돼."

"왜 안 돼요! 내가 싫다는데! 내가 지금 거길 어떻게 가요!"

"아버지가 급히 보자셔."

"그러니까요. 더군다나 아버지를! 내가 지금 거길 어떻게 가냐고요! 마음의 준비도 안 됐고, 옷도 이 모양이고!"

"아직 우리 계약 유효한 거 잊었어? 내가 하라는 대로 무조건 해야 한다. 범법적인 것만 빼고."

"그래도 그렇지! 지금 왜 부르시는지 뻔하잖아요."

"뻔하지. 그래서 우리 아버지한테 잘 보이고 싶어?"

"예?"

"잘 보이고 싶구나."

"아, 아니 난……. 그런 게 아니라……. 그래도 이건……."

"너 하고 싶은 대로 해. 네가 잘 보이고 싶으면 잘 보이고, 나하고 결혼하고 싶지 않으면 밉보이면 그만이야."

"……내가 정말 내 맘대로 해도 괜찮은 거예요?"

어쩐지 서운했다. 그는 정말 저한테 다 맡길 생각일까? 제가 싫다고 하면 결혼 안 해도 상관없는 걸까? 진짜 그의 마음은 뭔지 갈피를 잡을 수가 없었다.

"마음대로 해. 한 가지 알려 주자면, 아버지 맘에 들고 싶지 않으면 내 돈 보고 결혼하는 거라고 해. 그럼 노발대발하실 거야."

그런 말을 듣고 화내지 않을 부모가 어디 있을까. 지원은 저를 그렇게 나쁜 여자로 만드는 현우가 미웠다. 그렇게까지 해서 이 결혼을 그만두고 싶어 하다니.

"그래요. 내가 싼 똥, 내가 치워야죠. 미안하게 됐어요. 이런 일로 집에 불려 가게 해서."

"알면 됐어. 잘해."

"네."

볼멘소리로 대답했는데도 현우는 그녀를 돌아보지 않았다.

예상했던 것보다 현우 집은 훨씬, 훨씬 크고 좋은 저택이었다. 지원은 대문 안으로 차가 들어가고, 집으로 향한 길 양옆으로 넓은 정원이 펼쳐진 것을 신기한 눈으로 구경했다.

"집 앞 편의점에 왔다 갔다 하기는 불편하겠어요. 정원이 너무 넓어서."

"그건 그렇군."

현우가 그녀 말에 동의하자 주눅 든 지원의 어깨가 조금 펴졌다.

그러나 안으로 들어가 넓고 넓은 응접실에서 위엄 있게 생기신 그의 아버지를 마주한 순간 다시 주눅이 들어 버렸다.

"그래. 아가씨는 현우 저놈을 뭘 보고 결혼하겠다고 했나?"

"……."

지원은 현우의 눈치를 살폈다. 진짜 그렇게 말해도 될까? 너무 화내실 것 같은데 어쩌면 좋을까. 그러다가 이것이 그가 노린 수일지도 모른다는 생각이 들었다.

'내가 말 못 할까 봐 그러는구나!'

"왜 아무 말 못 하나?"

"그게……. 솔직히 말씀드리자면……. 혀, 현우 씨가 돈이 많아서요!"

용기를 낸 지원은 눈 딱 감고 그가 하라는 대로 했다. 이렇게 말하지 않으면 자신이 그와 진짜 결혼하고 싶은 것밖에 안 되니까 어쩔 수 없었다.

"그게 사실인가!"

예상대로 아버지는 노발대발해서 엉덩이를 들고 일어나 소리를 질렀고, 지원은 놀라서 그의 뒤로 몸을 숨기며 기어들어가는 목소리로 대답했다.

"예……."

"현우, 너 이놈! 너 이 아가씨한테 뭐라고 속인 거야! 네가 가진 게 뭐가 있다고 이 아가씨가 재산을 탐내! 넌 집 나간 이후로 내 재산 욕심낼 생각 말라고 했지!"

"그러니까요. 이 여자가 좀 많이 소박해서 제 작은 회사만으로도 제가 아주 부자라고 생각하거든요. 고맙게도 말이죠."

"뭐?"

"아버지 재산이 얼마나 있는지 그런 건 계산도 못 해요."

엉덩이를 들고 일어났던 아버지는 다시 털썩 앉아 지원을 빤히 쳐다봤다.

"정말로 몰랐나?"

"아, 아뇨! 알아요. 저기, 리조트…… 하시잖아요. 어머니께서는 오피스텔도 가지고 계시고…….'"

눈썹을 찌푸린 아버지는 손가락으로 팔걸이를 두드리다가 중얼거렸다.

"흠! 요즘 세상에 보기 드문 아가씨군."

"!"

아니, 그게 왜 보기 드물지? 어떤 의미로 하신 말씀이시지?

지원은 반박하고 싶어 입이 근질거렸다. 이건 뭔가 잘못 돌아가고 있었다.

"그러니까요. 내가 말했잖아요. 소박한 아가씨라고. 우리 현우랑 잘 어울려요."

마침 과일을 내오던 어머니까지 이렇게 거들자, 지원은 이게 아니지 않냐는 표정으로 현우를 쳐다보았다.

현우는 그녀를 마주 보고 싱긋 웃으며 어머니가 깎아 주신 정체불명의 열대과일 한 조각을 그녀의 입에 넣어주었다.

"먹어. 몸에 좋은 거야."

"……."

지원이 눈을 부릅뜨고 그걸 억지로 삼키는데, 아버지가 그전보다 누그러진 목소리로 그녀를 불렀다.

"윤지원이라고 했나?"

"켁! 네! 넵! 콜록!"

갑작스럽게 이름이 불린 지원은 과일이 목에 걸려 켁켁거렸는데, 이어지는 아버지의 말에 온몸이 굳어 버리고 말았다.

"귀여운 아가씨로군."

"!"

왜 이렇게 호의적이란 말인가!

아버지는 벌써부터 한 식구라도 된 듯 따뜻한 눈빛으로 그녀를 바라보고 있었다. 이제 지원은 확실하게 알아차렸다. 현우가 반대로 답을 알려 줬다는 걸! 결국 또 그에게 놀아났다고 생각하니 속이 부글부글 끓어올랐다.

"저 정신 나간 놈 데리고 살려면 고생 좀 할 텐데, 괜찮겠나?"

기회는 지금뿐이었다. 이 이상한 집구석에서 벗어날 기회는 지금뿐!

"별로 괜찮지가 않습니다!"

지원은 큰 소리로 외쳤다.

그런데 아버지는 고개를 끄덕이며 감탄했다.

"그래. 괜찮지 않은데도 결혼을 해 주겠다니, 마음이 따뜻한 아가씨로군."

'아니요! 그런 뜻이 아닙니다. 아버님!'

나중에 안 사실이었지만 그의 아버지는 극단적 페미니스트였다.

지원이 거의 멘탈이 붕괴되기 직전, 여태 잠자코 있던 현우가 나섰다.

"저희 결혼, 당장은 생각이 없습니다."

"!"

현우의 뜻밖의 말에 지원은 깜짝 놀라 정신이 들었다.

"뭐? 이 미친놈이! 저 아가씨가 해 준다고 할 때 고맙습니다, 하고 하면 될 걸 어디서 튕기고 있어! 네놈이 이것저것 따질 처지야! 엉!"

이 와중에도 그녀는 왠지 한 달 묵은 체증이 싹 내려가는 것처럼 통쾌했다. 갑자기 아버지란 분이 참 맘에 들었다.

"조금만 시간을 주십시오. 아버지 말씀대로 이 여자한테 더 신중하게 생각할 시간을 주고 싶습니다. 나중에 후회하게 만들고 싶지 않습니다."

"……."

다들 침묵했다. 지금 그가 한 말은 그의 캐릭터와 어울리지 않는다는 걸 그녀 말고도 전부 느낀 모양이었다. 지원은 그의 부모님 앞인 것도 잊고 저도 모르게 물었다.

"진심이에요? 날…… 위해서라는 거예요?"

"진심이야. 넌 나에 대해서 모르는 게 너무 많잖아. 그러니까 노예계약이 끝날 때까지 날 잘 봐 둬. 내가 어떤 놈인지. 같이 살 자신이 있는지."

"……."

"자, 잠깐. 너 지금 뭐라고 했냐? 노예계약?"

아버지의 호통에 퍼뜩 정신이 든 지원이 안절부절못하는 반면 현우는 뻔뻔하게도 당당하게 대답했다.

"노예 비슷한 계약입니다."

"뭐가 어째? 너, 이 미친놈이! 이 순진한 아가씨한테 무슨 짓을 한 거야!"

지원은 자신이 그렇게 순진하지 않다고 말씀드리고 싶었지만 그럴 타이밍이 아니라는 건 잘 알고 있었다. 하지만 현우는 모르는 것 같았다.

"제가 같이 지내 보니 그렇게 순진한 여자는 아닌 것 같습니다."

"이놈이 그래도! 어디 아가씨 앞에서 그런 소리를 해! 철이 좀 드나 했더니 하나도 안 바뀌었잖아! 머리가 어떻게 된 놈이 아니고서야! 엉! 노예계약 그게 뭐야! 어디 사람을, 그것도 여자를 노예로 만들어! 그거 당장 없던 걸로 해!"

"그럼 아버지께서 오백팔십삼만 원 대신 갚아 주시든가요."

잠시 후 지원은 현우의 아버지가 골프채를 가지러 간 사이에 현우에게 이끌려 집을 빠져나왔다. 물론 그녀는 아버지가 골프채를 가지고 나오는 걸 기다리고 싶었지만.

"흠. 난 도망 안 가도 됐었는데. 과일도 맛있었고."

"내가 쳐 맞는 게 그렇게 보고 싶어?"

"이해가 안 되네. 저렇게 좋은 부모님 밑에서 어떻게 이런 남자가 태어났지?"

"이해가 안 되네. 솔직하고 합리적인 게 그렇게 나쁜 건가?"

"솔직한 게 아니라 싸가지가 없다, 또는 눈치가 없다, 라고 하죠. 합리적인 건 경우 없다, 또는 이기적이다라고도 하고요. 세상 혼자 사는 거 아니잖아요?"

"그래서 이제 둘이 살아 보려고. 누가 허락만 해 주면."

지원은 입을 삐죽거리다가 조심스럽게 물었다.

"그럼…… 내가 만약 노예계약이 끝나고 나서도 결혼을 거절하면요?"

"글쎄. 그땐 어쩔까?"

그는 끝까지 대답을 해 주지 않았고 지원도 더 묻지 않았다.

'그때 일은 그때 가서 생각하는 거야.'

그의 가족에게 기가 빨려서인지, 일이 피곤해서인지, 지원은 혼자 결혼에 대해 곱씹다가 금세 잠이 들고 말았다.

현우는 어느 순간 조용해진 지원을 돌아보았다. 그녀는 세상 모르고 입까지 살짝 벌린 채 자고 있었다.

"거절하면 어떻게 할까."

어느 날 멋대로 자신의 영역에 들어와 놓고 제 맘대로 떠나 겠다는 여자를 어떻게 해야 할까. 귀찮을 정도로 신경 쓰이게 해 놓고서는 이제 신경 끄라고?

사람한테 호기심을 느껴 본 건 처음이었다. 이러다 말겠지 했는데 호기심은 그녀를 알면 알수록 더 짙어졌다. 볼 만큼 봤 고 알 만큼 안다고 깐죽거렸지만 사실 그렇지 않았다. 터키에 서 일주일이 넘도록 연락되지 않을 때 처음으로 누군가의 오해 를 살까 초조했다. 이 지현우가.

신호등 앞에서 차를 멈춘 현우는 잠든 지원에게 속삭였다.

"이렇게 하자. 파란불이 켜져도 네가 눈을 뜨지 않으면 노예 계약을 연장하자. 결혼계약으로."

그렇게 말하며 현우는 그녀에게로 다가갔다. 그녀의 입술에 살포시 자신의 입술을 포개고 부드럽게 입맞춤을 했다.

"……."

파란불이 켜질 때까지 지원은 미동도 하지 않았고 현우는 장난스러운 미소를 짓다가 다시 출발시켰다.

그리고 지원은 실수로라도 눈을 뜨게 될까 봐 눈에 힘을 꾹 주며 튀어나올 것 같은 심장을 억누르고 있었다.

'뭐, 뭐지? 방금 뭐였어? 방금 입 맞춘 것 같은데……. 그 런 것 같은데?'

두근. 두근. 두근.

쉴 새 없이 방망이질하는 심장 때문에 혈액이 빠르게 돌고 돌아 그녀는 다시 잠이 들 수가 없었다. 얼굴이 빨개져서 그에게 들키지나 않으면 다행이었다.

몰래 키스를 한 그에게 화가 나긴커녕 설레고 부끄러워 눈을 뜰 수가 없다니, 알다가도 모를 일이었다.

집으로 돌아온 두 사람은 다음 날부터는 아무렇지 않은 듯이, 아무 일도 없었다는 듯이 생활했다.

지원은 유치원 입학식 때문에 눈코 뜰 새 업이 바빴고, 현우도 바쁘긴 마찬가지라 두 사람은 자주 만나도 오래 만나진 못했다. 반동거나 다름없는 생활을 지속하는 동안 평소와 다름없이 많이 다투고 또 뜨겁게 화해하기도 했다.

이제 지원은 그와 티격태격하는 것이 즐거웠다. 싸우다가 정든다는 말도 있지만 그보다는 현우와 아무것도 아닌 걸로 다툴 때마다 진짜 연애하는 기분이 들었기 때문이다.

다만 결혼 이야기만 하지 않았다. 지원은 그 단어를 입 밖에 내는 순간 이 가볍고 즐거운 관계가 끝이 날까 봐, 어쩌다가 결혼이란 단어가 들리기만 해도 재빨리 화제를 돌리거나 했다.

"자, 뭐 먹을래요? 떡국? 아니면, 튀김우동? 육개장? 곰탕?"

"……."

현우가 오지 않은 토요일 밤을 보내고 다음 날 아침. 아니 정확히는 점심에, 지원은 초인종 소리를 듣고 잠이 깼다. 밤새 야근을 하고 초췌한 얼굴로 돌아온 현우가 집 밥이 먹고 싶다고 조르자 지원은 자신 있게 메뉴를 추천했다.

"무슨 고민을 그렇게 오래해요. 하긴 저도 그래요. 다 맛있어서 맨날 고민하거든요."

"이런 걸 맨날 먹는다고?"

"네, 왜요?"

현우는 수납장 안을 가득 채운 대한민국 대표 사발면들의 종류를 보고 잠시 어지러움을 느껴야 했다. 세상에 고민거리가 이렇게 없을 수도 있구나! 그러나 곧 정신을 차리고 대답했다.

"치워."

"아, 왜요? 밥 없을까 봐 그래요? 햇반 있어요!"

"버려."

"아니, 이 맛있는 걸 왜 버리래요!"

세상에는 맛있고 진귀한 음식이 지천에 깔려 있었다. 그건 지원도 잘 알고 있는 사실이었다. 그리고 그것들은 돈과 시간이 있으면 누구나 먹을 수 있었다. 돈과 시간. 그것들을 다 갖추는 것은 생각보다 쉽지 않았다. 특히, 이제 막 독립한 지원은 돈도 시간도 요령도 없었다.

"어머니가 해 주시는 밥 먹으러 가자."

"그래요, 그럼. 각자 부모님 집으로 가서 먹읍시다."

"싫어. 우리 집은 어머니가 밥 안 해."

"아! 그건 그렇겠다."

지원은 엄마 밥을 못 먹고 자란 현우를 향해 불쌍하다는 눈빛을 보냈다.

현우는 쓸데없이 부담스러운 동정에 팔짱을 끼고 말했다.

"생일에 미역국은 끓여 주셔. 맛이 없어서 문제지."

"어머니한테 맛없다고 말한 건 아니죠?"

"했지. 그래서 해마다 더 맛이 없어져. 일부러 그러시는 것 같아."

"맛이 없어도 있다고 해야 어머니가 신이 나서 맛있는 걸 많이 해 주실 거 아니에요."

"맛있는 건 많이 해 주셔. 밥을 안 해 주실 뿐이야."

"그게 무슨 소리에요?"

"어머니가 프랑스, 이태리 요리 자격증이 있어. 작은 요리 대회에서 상도 받으셨지."

"……."

"한식은 자격증이 없으셔서. 궁중요리를 배우시다가 재능이 없는 걸 깨닫고 포기하셨거든."

스케일이 다른 가정식에 대해 지원은 더 이상 할 말이 없었다. 어릴 때 너무 가난해서 밥 대신 고기만 먹고 자랐다는 투정과 다를 게 뭐람?

"가만? 그러고 보니 노예계약 날짜가 이제 십 일 정도밖에 안 남았지?"

여태 서로 모른 척하던 일을 현우가 들추자, 지원은 뜨끔했지만 대수롭지 않게 반응했다.

"그런가요?"

"그럼 내 노예를 알뜰하게 부려 먹어야겠군."

"……"

"나가서 장을 봐온다. 나를 위해 점심 만찬을 준비한다."

"배고프다면서요? 언제 해서 언제 먹어요?"

"그래. 그러니까 빨리 갔다 와."

지원은 현우에게 등 떠밀려 장을 보러 나가야 했다.

간단하게 김치찌개만 하려고 했는데 어찌 된 일인지 양손 가득 재료를 사 가지고 오고 있었다. 김치찌개, 고등어조림, 계란말이에 필요한 재료와 밑반찬까지 사 들고 낑낑대며 돌아온 지원은 한숨을 푹 쉬고 자신을 책망했다.

'이 노예근성 좀 보라지. 너 또 밥하는 아줌마 소리 들을 거야?'

자기 입에 들어가는 건 대충 하면서 누구한테 해 줄 때는 온갖 정성을 쏟는 이 나쁜 습관을 어째야 하나!

장 본 걸 바 테이블에 올려놓고 보니 집이 조용했다. 두리번거리던 지원의 눈에 침대 위에서 자고 있는 현우가 보였다.

'악! 내 이불, 내 베개!'

지원은 그가 자신의 베개를 베는 것이 마치 제 허벅지를 베고 누운 것처럼 조마조마하고 부끄러웠다.

'내가 베갯잇을 언제 빨았더라……. 아우.'

베개가 더러울까 봐 확인하러 슬그머니 침대로 다가간 지원은 평온하게 잠든 그의 얼굴을 보며 새삼 감탄했다.

"잘생겼다. 이렇게 입 다물고 자고 있으니까 멀쩡해 보이네."

가만히 그의 얼굴을 들여다보고 있으니 마음이 따뜻해지고 입가에 옅은 미소가 떠나지 않았다. 그래서 지원은 자신의 그런 모습에 놀라며 반대로 그녀가 자고 있을 때 그는 어떤 기분으로 저를 보고 있었을까 상상했다.

'난 잘 때 입 벌리고 잔다던데…….'

침을 안 흘린 게 다행이었다. 그는 도대체 무슨 생각으로 저한테 키스한 걸까. 이러니 때로 그가 고맙고 사랑스럽게 느껴질 수밖에 없었다. 바로 지금처럼.

"좋아해……."

무심코 입 밖에 흘려 버린 그 말대로 그녀의 마음은 그에게 길들여져 버린 지 오래였다. 입술 밖으로 쌔근쌔근 흘러나오는 숨결이 따뜻해 보여 지원은 그의 입술을 향해 허리를 숙였다.

"동작 그만."

"!"

그의 입술로 다가가던 지원은 종이 한 장 사이에서 돌처럼 굳어 버렸다. 아직 눈을 감고 있던 현우가 서서히 눈을 뜨고 그녀를 서늘하게 쳐다보자, 화들짝 놀라 뒤로 물러났다. 아니, 물러나려고 했다.

그녀는 현우에게 팔목이 붙잡혀 다시 그와 바짝 붙어 마주 보게 되었다.

"다 들었어. 윤지원."

"뭐, 뭘요?"

"나 좋아한다고?"

"내, 내가 언제 그렇게 말했어요!"

"오. 그럼. 노예가 좋다는 뜻이었어? 그런 취향이 있는 줄은 몰랐는데?"

"내가 언제! 나는 그냥! 나, 나는 그냥!"

지원은 버럭 화를 내며 그가 베고 있던 베개를 빼 버렸다.

"이 베개! 내가 좋아하는 베개란 말이에요!"

"베개 치우려고 남의 입술에 입을 갖다 대?"

"그러는 그쪽은! 나 안전벨트 확인해 주려고 내 입술에 입 맞췄어…… 헙!"

해선 안 될 말을 실수로 입 밖에 꺼낸 지원이 제 입을 틀어막았지만, 이미 늦었다. 현우는 이미 눈을 가늘게 뜨고 '흐음' 하는 콧소리를 내고 있었다.

"안전벨트? 내가 차에서 키스한 걸 말하는 건가?"

"그, 그게……. 뭐……. 그렇죠."

"그럼 내가 한 말도 들었겠네? 일부러 눈 감고 있었어?"

"무슨 소리예요? 난 키스하는 것만 느낀 건데……. 무슨 말 했는데요?"

"그래? 그럼 어쨌든 알면서 왜 모르는 척했던 거네? 즐긴 거야?"

"무슨! 갑자기 입술에 뭐가 닿으니까 놀래서 깼단 말예요! 근데, 근데……."

지원은 갑자기 눈에 쌍심지를 켜고 베개를 휘둘러 그의 얼굴을 가격했다.

퍽.

"거기서 눈을 뜨면 어색하잖아!"

퍽.

"이 바보야!"

퍽.

"왜 눈을 떠서 곤란하게 만들어!"

퍽.

"모르는 척, 자는 척 좀 해 주면 안 돼!"

퍽.

"!"

현우는 흥분한 지원의 손목을 붙잡았다.

"힘이 왜 이렇게 좋아? 보양음식을 그만 먹여야겠네."

몇 대나 얼굴을 얻어맞은 현우는 코가 빨개져 있었다.

"안 놔요?"

"못 놔."

"놔요. 좋은 말 할 때."

"좋은 말보다 더 좋은 게 있잖아."

그가 손목을 강하게 당기자 지원은 현우의 몸에 포개져 버렸다. 현우는 눈을 동그랗게 뜨고 있는 지원의 머리를 끌어당겨 입을 맞추게 했다.

"!"

지금 막 밖에서 들어온 지원의 입술은 매우 차가웠다. 현우는 그녀의 입술을 얼음과자처럼 달콤하고 청량하게 빨아들였다.

잔뜩 힘이 들어가 있던 지원의 몸이 야들야들하게 늘어지자 현우는 그녀를 잡고 있던 손목을 놓아주었다. 어느새 두 사람은 다리 사이에 서로의 다리를 교차하고 몸을 부벼 대며 키스를 나누었다.

"하아……."

입술에서 떨어진 지원이 가슴을 크게 움직이며 숨을 뱉어 내자 현우는 능청스럽게 말했다.

"이러려고 눈 떴지. 눈 감고 있었으면 넌 이렇게 안 해 줄 테니까."

뺨이 동그랗게 붉어진 지원은 화를 낼 타이밍을 놓쳤다는 걸 알고 분했지만 이렇게 대꾸했다.

"왜 내가 못 할 거라고 생각하죠?"

"!"

그녀는 저돌적으로 현우의 입술을 깨물고 힘껏 빨았다. 오늘은 자신이 그의 위에 있었다. 윗옷을 들추고 차가운 손길로 그의 따뜻한 배와 가슴을 쓸자 그가 움찔 떠는 것이 느껴졌다.

그의 혀가 꿈틀대며 그녀의 손길에 반응하자, 지원은 더욱 과감하게 그의 바지에 손을 넣어 허벅지를 쓰다듬었다. 파르르 경련을 일으키는 허벅지의 떨림이 지원의 손끝을 찌릿하게 감전시켰다. 그의 다리 사이에서 불끈 솟구치는 것이 지원의 아래에 닿았다. 차가웠던 그녀의 피부는 벌써 뜨거운 혈액에 데워졌다.

현우는 그녀의 손이 아슬아슬하게 저의 중심에 닿았다 떨어질 때마다 숨을 크게 들이마셨다. 그때마다 지원의 숨결을 함께 마시며 끈적끈적하게 유혹하는 그녀의 혀에 희롱당했다.

강렬하게 들러붙었던 입술이 '쪽' 소리가 날 만큼 힘겹게 떨어졌다.

"하아!"

키스를 끝낸 두 사람은 서로를 마주 보며 거친 숨을 몰아쉬었다. 하지만 심장은 좀처럼 진정되지 않았다.

지원은 눈을 도도하게 치켜뜨며 허벅지를 더듬던 손을 그의 중심으로 옮겼다.

"매달려 봐요."

웃음이 매달린 비음 섞인 나지막한 명령이 현우의 귀를 크게 때렸다.

"힘쓸 때가 없었던 게 맞았군."

"어서요. 안 그러면 나 그냥 밥 하러 갈 거니까."

현우는 지원의 목을 안고 그녀를 끌어당겼다. 그리고 코끝이 닿을 만큼 가까이에서 장난스럽게 웃었다.

"밥은 급한 게 아니니까."

"돌려서 말하는 건 안 돼요."

지원의 단호한 대답에 그는 그녀의 귓불을 깨물고는 이렇게 속삭였다.

"나는 윤지원이란 여자를 원해. 아주 간절히."

이거였다. 지원은 저를 여자로 만들어 주는 현우의 대답에 짜릿함을 느꼈다. 여자가 된 지원은 자신 있게 옷을 벗고 기꺼이 사랑을 나눌 수 있었다.

결혼. 이별. 지금은 그런 것을 모두 집어 던지고 솔직하고 순수하게 사랑하는 현재의 시간을 즐길 뿐이었다.

그의 위에 올라탄 그녀의 하얀 엉덩이가 연신 희열에 들뜬 몸짓으로 들썩거렸다.

현우는 그녀의 엉덩이를 양손으로 세게 붙잡았다.

"하읍! 좋아……."

"그래. 알아."

탐스러운 하얀 피부에 붉은 손자국이 선명하게 물들었다.

8.

주소 변경

끔찍한 발렌타인데이로부터 한 달이 지난 오늘. 지원은 무척 들떠 있었다. 어제 꼬맹이들에게 받은 사탕 세례는 오늘 점심에 있을 메인 이벤트의 서막에 불과했다.

오늘이 바로 노예계약의 마지막 날이었다. 이 계약이 끝나면 애매한 관계도 끝이었는데 현우는 어제까지 아무 말이 없었다.

'내가 물어볼까.'

도 생각해 봤지만 확답을 듣기가 두려웠다. 현우의 대답은 두 가지밖에 없을 것 같았다. 헤어지든가, 결혼하든가. 저는 이미 현우와 깊은 관계를 맺었고, 그와 이 관계를 조금 더 지속하고 싶어졌다. 그렇다고 해서 당장 결혼으로 이어지는 건 너무 이른 결정이었기 때문에, 그에게 결혼 말고 연애만 하자고 조르는 건 제가 생각해도 뻔뻔했다.

'현우 씨도 같은 생각이면 좋을 텐데……'

제가 사탕을 받게 될까, 이별 통보를 받게 될까, 밤새 이불 속에서 몸부림을 쳤는데 이른 아침 현우로부터 전화를 받았다.

「오늘 점심은 나가서 먹자. 예약해 놨어.」

"네, 네!"

설레기도 하고 겁도 나서 이불을 박차고 일어났다. 어떤 옷을 입고 갈까 이 옷 저 옷 갈아입는 중 거울에 비친 속옷을 보고 또다시 갈등했다.

'속옷도 신경 써야 하나?'

데이트 약속인지, 이별 만찬인지 알 길이 없어서 기대 반 걱정 반으로 가슴이 쿵쾅쿵쾅 뛰었다.

두 시. 점심을 먹기에는 조금 늦은 시간이었지만 현우가 예약한 시간에는 늦지 않았다.

"와, 여기 되게 좋아 보여요. 너무 무리한 거 아니에요?"

"무리했지."

정통 프랑스 레스토랑 [카페 앙글레]는 돈만 가지고 들어올 수 있는 레스토랑이 아니었다. 특히나 오늘 현우가 지원에게 먹여 줄 '세 황제를 위한 만찬' 같은 경우에는 8시간에 걸쳐 식사를 해야 했다.

물론 이런 정신 나간 메뉴를 시키는 사람들은 없다고 봐야 하기에 사실상 없어진 메뉴나 다름없었다. 그러나 돈 많고 시간도 많지만 안타깝게도 정신이 나가 버린 사람이 있기 마련이다.

레스토랑에 들어가자 셰프가 나와 인사를 건넸다. 그런데 그 인사가 손님에게 하는 격식 있는 인사가 아니었다.

"오랜만."

"나는 자주 봤어."

"손님으로, 친척으로?"

"시청자로."

"그럼 나가."

"밥은 먹고."

두 사람이 썩 반갑지 않은 인사를 나누는 동안 지원은 셰프의 얼굴을 뚫어져라 보고 있었다. 그러다가 '시청자'라는 단어를 듣고 확신했다. 그가 가고 나자 지원은 탄성을 질렀다.

"우와. 나 저 사람 알아요. 저 요리사, 임 셰프! 티비에 나오잖아요."

한 케이블 티비의 인기 여행 프로그램에 출연 중인 요리사였던 것이다.

"응."

"어떻게 아는 사이예요?"

"어머니들끼리 사촌지간."

"오오! 되게 부럽다!"

"뭘 부러워하는 거야? 내가 임 셰프를 사촌으로 둔 걸 부러워하는 거야? 아니면 임 셰프를 사촌으로 둘 수 있는 나란 존재의 대단함을 부러워하는 거야?"

"무슨 차인데요?"

"큰 차이가 있지. 내가 지금 저 암 덩어리보다 못하다는 걸로 들리니까."

"암 덩어리요?"

"일 분만 대화를 해 봐. 암을 유발시키는 놈이거든."

"흠. 별로 안 친하단 얘기구나."

"나한테 피해 주는 건 없어서 그렇게 싫어하는 놈은 아니지만. 저놈은 날 안 좋아하니까."

잠시 후, 김수연이라는 이름 아래 chef de rang(셰프 드 랭)이라고 적힌 이름표를 단 여자가 와서 술을 따르며 '아뻬레티프입니다.' 라고 고급스러운 발음을 구사했다.

지원은 크게 감명받았다.

"어우! 저 술 끊었는데, 어쩌죠? 안 마시면 아깝겠죠?"

현우는 그녀의 행복의 고민을 함께해 주지 않았다.

"식전주야. 무한 리필로 마실 생각만 하지 마."

그러는 사이, 셰프 드 랭은 수플레 빵이 담긴 접시를 두 사람 앞에 놓았다. 그녀가 단정하게 포즈를 취하며 설명하려 할 때였다.

"미안하지만, 마스터한테 직접 듣고 싶습니다."

이때까지만 해도 지원은 기분 좋은 긴장 상태였다. 훌륭해도 너무 훌륭한 유명 레스토랑에서 인기 셰프가 준비하는 만찬이라니! 꼭 노예에게 주는 마지막 보상 같기도 했고, 최고의 화이트데이 선물 같기도 했다.

그러나 잠시 후, 그녀의 이런 설렘은 무너지고 말았다.

"첫 번째, souffle a la reine입니다. 일반적인 souffle 안에 Supreme Sauce를 얹은 닭고기를 넣었습니다."

임 셰프는 사무적이지만 웃는 얼굴로 설명을 끝냈다. 문제는 그다음 현우의 태도였다.

"그래. 그럼 이제 현아 씨 전화번호 좀 알려 줘."

"!"

저와 함께하는 화이트데이 식탁에서 다른 여자의 전화번호를 따 내려는 그의 태도에, 지원의 낯빛은 순식간에 어두워지고 말았다.

그리고 임 셰프는 여전히 웃는 얼굴로, 또 억양 없는 목소리로 대답했다.

"닥쳐."

"fillet de sol a la venitienne입니다. 뼈를 발라낸 가자미를 베네치아 스타일 소스에 구웠습니다."

모든 요리가 훌륭했다. 태어나 처음 먹어 본 프랑스 요리는 지원의 미각에 신선한 충격을 일으켰다. 그러나 소화가 잘될 것 같지는 않았다.

"그래. 그럼 이제 현아 씨 전화번호 좀 알려 줘."

"닥쳐."

그녀는 새로운 메뉴가 나올 때마다 긴장해야 했다.

셰프가 떠나고 나자 도저히 참지 못하고 현우에게 조심스럽게 물었다.

"저기, 그거 계속 물어볼 거예요?"

"응."

"이거…… . 요리가 몇 개나 나오는 거예요?"

"열여섯…… ."

열여섯 개의 요리를 먹을 수 있는 기쁨에 눈물이 날 것 같았다.

현아 씨가 누구인지, 왜 그녀의 전화번호가 필요한지를 듣고 오해는 풀었지만 이런 분위기 속에서 여덟 시간 동안 앉아서 식사를 해야 하는 건 새로운 종류의 고문이었다. 애초에 이런 비상식적인 메뉴가 세상에 존재한다는 게 지원을 화나게 했다.

"꼭 그래야 해요?"

"꼭 그래야 하는 게 아니면 뭐 하러 반갑지 않은 놈을 불러서 알아듣지도 못할 불어를 듣고 있겠어?"

"그냥 한 번 부탁할 때 성의껏 진심으로 하면 안 돼요?"

"싫어. 내가 필요한 것도 아닌데 왜?"

현우는 진심으로 귀찮았다. 현아 씨란 여자의 전화번호가 필요한 건 그의 형님이었다.

지난번 연우가 불평을 해 댔던 문제의 프로그램이 바로 임셰프가 출연한 그 프로그램이었던 것이다. 그리고 현아 씨는 바로 그 프로그램의 PD였다. 그때까지만 해도 그하고 아무 관련이 없던 일이 이제 그의 일이 되어 버렸다. 연우는 그녀의 힘으로 감당이 안 되니 엘리트답게 머리를 썼다. 광고를 [인스턴트]에 맡겨 버리고 그 청탁 역시 현우한테 떠넘긴 것이다.

물론 형님과는 절대 일하고 싶지 않은 현우가 순순히 그 일을 맡을 리가 없었다. 그래서 형님 역시 머리를 썼다.

"낙하산 [인스턴트]에 데려가고 싶어?"

여기에는 또 사정이 있었다. 연우는 실제로 엘리트였다. 머리도 좋고 인기도 많았다. 하지만 딸 바보이자 페미니스트인 아버지께서는 다른 회사에서 사랑하는 딸이 고생하는 꼴을 볼 수 없다며 두 사람에게 맡겨 버린 것이다. 그리고 두 사람은 상전을 모시는 심정으로 그녀를 돌봐야 했다. 야근도 특근도 없는 특별 사원.

하여간 임 셰프는 이런 부탁을 들어줄 놈이 아니었다. 연우하고도 외사촌지간이긴 마찬가지지만, 귀여운 그녀의 부탁도 매몰차게 거절한 놈이 아닌가. 그런데 형님은 막무가내였다. 그렇다고 말을 잘 들어 먹을 현우도 아니었다.

그에게는 굳이 이 레스토랑에서 이 메뉴를 시켜야 했던 이유가 있었다. 형님의 명령을 들어주지 않으면 또 한동안 시달릴 테니 '8시간 동안 열여섯 번이나 부탁했어.' 라고 말할 생각이었던 것이다. 저는 정성을 보였다는 것만 증명하면 되니까.

"불편하단 말예요!"

지원은 포크를 내려놓으며 심통을 부렸다.

화이트데이에 다른 여자 전화번호나 따자고 여덟 시간이나 식당에 죽치고 앉아 있어야 하다니, 불편한 것보다 불만스러웠다. 결국 저를 위해서 온 게 아니라 그의 일 때문에 온 것 같아 마음이 상한 것이다. 그냥 화이트데이도 아니고, 노예계약의 마지막 날에 말이다.

"아무나 먹을 수 없는 요리 앞에서 불편하다니?"

"아무나 못 먹겠죠. 여덟 시간이나 먹어야 하는데. 그리고 오늘 같은 날 식당에서 여덟 시간이나 죽치고 앉아 있을 사람이 어디 있겠어요!"

"이 메뉴는 세 황제를 위한 만찬이야. 넌 지금 왕도 아니고 황제 대접을 받고 있는 건데 뭐가 불편해? 마음껏 누려. 그럼 여덟 시간이 지나가는 게 아까울걸?"

"헐! 이게 그런 거였어요?"

"예, 폐하."

현우의 넉살에 기분이 좋아진 지원은 '픔' 하고 웃다가 황제처럼 자세를 고쳐 잡았다.

"흠! 어허. 시종장. 뭘 하고 있는 게냐. 내 입에 먹을 것이 떨어지지 않았느냐."

"황공하옵니다, 폐하. 곧 다른 음식이 나올 것이니 잠시만 기다려 주시옵소서."

지원은 그제야 활짝 웃으며 즐겁게 식사를 할 수 있었다. 그리고 그녀는 요리를 들고 다시 찾아온 임 셰프에게 이렇게 물었다.

"이거 포장 돼요?"

임 셰프는 예의 그 바르고 친절한 태도로 설명을 시작했다.

"plat du jour는 따뜻할 때 먹는 음식입니다. 식으면 풍미가 절반으로 줄어들죠. 식기 전의 맛을 상상할 수 있는 분이라면 포장해 드리겠지만 그럴 분으로 보이지는 않군요. 전 제 요리를 쓰레기통에 처박고 싶지는 않습니다."

긴 설명을 듣고 난 지원이 눈을 깜빡이며 다시 물었다.

"그러니까, 포장 안 돼요?"

그는 한숨을 푹 내쉬고 더욱 정중하게 말했다.

"한국말이 서투르신 분 같군요. 안 된다는 말입니다. 이해되셨습니까?"

"왜 안 되지……."

지원이 여전히 고개를 갸웃하자 현우가 이렇게 말해 주었다.

"냉동하면 맛이 없어진대."

"아!"

그녀가 알아들은 듯하자, 현우는 깜빡했다는 듯 다급하게 임 세프를 불렀다.

"아! 셰프! 현아 씨 전화번호 좀 줘."

"닥쳐."

임 셰프가 가고 난 후, 현우는 더는 못 먹겠다는 그녀에게 충격적인 이야기를 들려주었다.

"이거 아주 비싼 요린데. 남기고 가면 나중에 아까워서 후회할걸?"

"얼만데요? 밥이 비싸봐야 밥이지. 몸에 걸치는 이 옷 한 벌 값에 비하면 뭐……."

"비슷한데?"

"컥! 뭐, 뭐라고요? 이게, 그렇게 비싸다고요? 입으로 들어가면 다 똑같다는 이게?"

"오백만 원."

"말도 안 돼! 이게 무슨……. 헉! 차라리 그럴 돈 있음 불우이웃 돕기를 해요!"

"하고 있어."

"어? 그, 그래요?"

할 말 없게 만드는 대답이었다. 생각해 보니까 저는 학교에서 하는 강제 불우이웃 돕기 외에는 한 적이 없는 것 같았다.

"암튼 걱정 마. 내 돈으로 이런 사치를 하지는 않으니까."

"그럼 공짜예요?"

"암 덩어리가 그런 서비스를 해 줄 리가 없지, 이 나한테."

"그럼?"

"아버지 돈."

"에엑? 아, 아버지 돈을 왜, 왜 손대요! 전에 갔을 때도 한 푼도 건드리지 말라고 막 화내시던데! 훔쳤어요?"

"노예계약 파기하라고 주신 돈이야."

"!"

지원은 입을 떡 벌렸다. 어디서부터 뭐라고 말해야 하나? 그럼 이건 내 돈 이나 다름없다는 건가? 아버님은 왜 이걸 주신 걸까? 현우는 왜 이 돈으로 크게 한턱 쏘고 있는 걸까? 왜? 왜?

"그럼 그 돈을 받았다는 건 계약을 파기했다는 소리예요?"

"응. 지금 파기했어."

"그런 게 어디 있어요! 어차피 내일 계약이 끝나는데!"

"오, 그럼 하루 더 굳이 계약을 이행하시겠다? 나야 좋지!"

"어우! 이 억지! 나쁜 놈……."

흥분한 지원 앞에 그는 다시 장난스러운 말투로 무언가를 내밀었다.

"폐하, 이건 어떠신지요?"

"응?"

지원은 현우가 내미는 손바닥만 한 선물 상자를 받아 들고 눈이 휘둥그레졌다.

"열어 보시옵소서."

"어……. 이건 그러니까……."

상자를 열어 보기 전에도 뭔지 알 수 있는 크기였다. 그녀는 정말로 선택의 기로에 놓인 것이다. 프러포즈. 이걸 거절하면 이 관계는 어떻게 되는 걸까?

"그러니까……. 내가 선택하라는 거예요?"

그러자 현우는 피식 웃으며 제 손을 들어 보였다. 그의 손에 언제 꼈는지 반지가 반짝이고 있었다.

"커플링 정도는 괜찮잖아?"

"!"

"왜 실망했어?"

지원은 프러포즈 반지인 줄 알고 혼자 오해했던 것이 부끄러워 더 크게 소리를 질렀다. 하지만 마음은 편했다. 다행히 그도 그녀와 같은 마음이었던 것이다.

"애, 애들도 아니고!"

"난 애가 아닌데, 애를 데리고 다니려니까 수준을 맞춰 줘야 할 것 같아서."

"치잇. 내가 보긴 그쪽이 더 유치해요. 하는 짓마다 식상하잖아."

"왜? 또 막상 프러포즈 반지가 아니라서 실망이야? 그냥 결혼반지 맞추러 갈까?"

"헐! 이 사람 좀 봐! 무슨! 내가 뭘! 하. 김칫국 마시지 말아요! 솔직히 뭐, 내가 급한가? 그쪽이 급하지!"

"아, 그래? 윤지원 씨가 뭘 잘 모르시네. 난 실체만 들키지 않으면 인기가 많은 남자야."

"그러니까 그 실체가 문제라고요! 그 실체가! 으이그! 나 같은 보살님이 아니면 누가 그쪽 애인 노릇을 해 주겠냐고?"

"그럼 이왕 애인 노릇해 준 거 와이프 노릇도 해 보지?"

"은근슬쩍! 일없어요!"

또 한바탕 기분 좋게 투덕거리다가 무안해진 지원이 상자를 열었다.

"어? 이게 뭐야?"

"식상하다고 한 소리 들을 것 같아서 새로운 걸 준비했지?"

"그니까 이게 뭐냐고요?"

아무리 봐도 반짝이는 건 아무것도 없고, 네모난 마그네틱 카드 한 장만 들어 있었다.

카드. 보기엔 그냥 카드였다. 신용카드나 현금카드를 준 것도 아니고 정체불명의 카드의 용도를 물은 것이었다.

"호텔 키."

"예?"

이 남자의 정신세계에, 여덟 시간 만찬에서 끝일 거라고 생각했던 게 오산이었다.

"화이트데이를 집에서 보낼 거야?"

"어, 그, 그건……."

"여덟 시간 배를 채우면, 여덟 시간 운동하는 게 진리지."

"여, 여덟 시간요?"

"그렇게 좋아?"

"미쳤어, 진짜! 장난치지 말고 얼른 커플링이나 내놔요!"

"그게, 호텔에 있는데?"

"뭐, 뭐라고요?"

"먹어. 어서. 그래야 오빠랑 호텔 가지."

지원은 이를 악물고 대답했다.

"가요. 가는데, 난 진짜 내 반지 찾으러 가는 거예요. 알겠어요?"

"아닐걸?"

"맞거든요?"

"가면 눕고 싶을걸?"

"아닐 거거든요!"

"누우면 키스 하…… 헙!"

지원은 얄미운 현우의 입 속에 고기 한 점을 찔러 넣어 주었다.

현우는 입을 오물거리면서 그녀를 향해 의미심장한 눈빛을 보냈다.

'그래. 고기 먹고 힘낼게.'

◆

시간은 더디게 흘러갔다. 어서 빨리 호텔로 들어가고 싶었던 두 사람에게 밤 열 시까지 이 레스토랑에 있어야 하는 건 인내를 요하는 일이었다. 그러나 서로 속내를 감추려고 끝까지 꾸역꾸역 우아한 포즈로 식사를 마친 그들은 매우 다급하게 호텔 로비로 들어섰다.

촤악. 촤악. 촤악.

두 사람은 로비에 울려 퍼진 살벌한 소리에 우뚝 멈춰 섰다. 늘씬하고 예쁜 여자가 장미 꽃다발로 남자의 얼굴을 세 번이나 후려치는 소리였다. 꽃잎이 사방으로 흩어지는 모습이 참으로 아름다웠다. 얼음처럼 차갑고 무표정한 여자의 얼굴처럼.

또각. 또각.

하이힐을 신고 문 쪽으로 걸어오는 여자의 걸음걸이는 기품이 철철 넘쳤다.

"오랜만이네요, 도련님."

"!"

지원은 현우의 앞에 선 여자가 그를 쳐다보지도 않고 하는 말을 듣고 화들짝 놀랐다.

"형수님은 여전하시네요."

"걱정 마세요. 가시는 없는 장미거든요."

"전 가시 돋은 게 더 좋던데요."

"이 아가씨는 별로 가시가 없어 보이는데요?"

"겉보기에만."

두 사람은 저를 앞에 두고 희한한 소리를 나누다가 헤어졌다.

"지금 내 욕했죠?"

"칭찬했어."

"그나저나 저 사람이 형수님이면……."

"형님."

장미꽃에 얼굴을 맞아도 한 점 흐트러짐 없는 머리가 돋보이는 남자였다. 키도 현우보다 컸고 어깨가 넓은 데다가 무뚝뚝한 표정은 어디 비집고 들어갈 데가 없어 보였다. 그런 남자가 갑자기 눈을 치켜뜨고 이리로 뚜벅뚜벅 걸어왔다.

현우는 그가 입을 열기도 전에 재빨리 지원을 앞으로 내세웠다.

"8시간 동안 열여섯 번이나 부탁했어, 여기 증인."

"……."

무슨 이야기인지 상황 파악이 된 지원은 형님이 저를 노려보자 세차게 고개를 끄덕이며 지원사격에 나섰다.

"네, 네! 같이 있었는데요! 그 암 셰프가 들은 척도 안 했어요. 진짜예요! 화, 확인해 보셔도 돼요!"

카리스마가 철철 넘치는 형님을 마주 보고 있으니 적극적으로 해명하지 않으면 안 될 것 같았다.

"이 아가씨냐?"

"어."

"아, 안녕하세요."

"예."

인사는 매우 짧았다.

"형수님은 왜 또 저러셔?"

"화이트데이 선물을 김 비서가 사다 준 게 마음에 안 든 모양이야."

"작년에도 그러지 않았던가?"

"그래서 올해는 안 그럴 거라고 생각할 줄 알았더니."

"그래? 그럼 난 이만."

본론도 매우 짧았다.

현우는 지원이 인사할 틈도 주지 않고 걸어갔다.

"지현우."

등 뒤에서 묵직한 음성이 현우를 불렀지만 그는 손만 내저었다.

"일 얘기하지 말자. 난 할 만큼 했어."

뒤도 돌아보지 않고 걸어가던 그를 붙잡은 건 이어지는 형님의 말이었다.

"사고 치지 말고 적당히 놀아."

걸음을 뚝 멈춘 현우가 형님을 돌아보며 약 올리듯이 웃었다.

"하지 말라면 더 하고 싶은데?"

"!"

현우는 깜짝 놀라는 지원의 손을 잡아끌고 엘리베이터에 올라탔다.

"형한테 왜 그렇게 말해요? 오해하실 거 아녀요!"

"무슨 오해?"

"사고 친다는 거요!"

"그럼 너는 내가 거기서 '알아. 이 여자 그냥 데리고 노는 거야. 조심할게.' 그렇게 말해야 속이 시원해?"

"!"

"형님이 그런 의도가 아니었을 거라고? 천만에! 그런 의도야."

"……어, 난……. 근데, 왜 화를 내요……."

지원은 화가 잔뜩 난 현우의 모습을 처음 봤기 때문에 기어들어 가는 소리로 말했다.

"너한테 화내는 거 아니야."

"그래두……."

"기분 나빠하지 마."

"화를 내는데 어떻게 기분이 안 나빠요?"

"아니, 형님이 말한 거 말야."

"네?"

"형님이 너 우습게 대하는 거 기분 나빠하지 말라고."

지원은 씩씩대는 그를 멍한 눈으로 보다가 피식 웃음을 터트리고 말았다.

"왜 웃어?"

"고마워요. 나 대신 화내 줘서."

"……그럼 보답을 해."

"어떻게 해 줄까요?"

어울리지 않게 지원의 눈을 피하던 현우가 12층에서 멈추는 '띵동' 소리를 들으며 중얼거렸다.

"……사고…… 칠까?"

충격적인 제안을 던져 놓고 현우는 아무렇지 않게 그녀를 데리고 1213호실로 들어왔다.

"여기 호실을 보니까, 설마 여기도 현우 씨 집 거예요?"

"여긴 아까 본 형수님 호텔."

"힐! 진짜 온 집안사람들이 부동산을 갖고 있네요."

안으로 들어온 지원은 넓은 호텔 객실에 깜짝 놀랐다.

"와, 여기 진짜 좋다!"

베란다에는 야경을 보며 스파를 즐길 수 있는 시설까지 갖춰져 있었다. 스파에는 그가 준비해 둔 와인과 잔까지 놓여 있

었기 때문에 지원은 자신이 저길 들어가게 될 거라는 걸 알아
차렸다.

"수, 수영복을 안 가져왔는데……."

"우리 사이에 수영복을 입어야 할 이유가 있어?"

"우, 우리 사이가 뭔데요!"

"내숭이 무의미한 사이?"

"꺅!"

현우는 그녀를 붙잡고 코트부터 벗겨 버렸다.

"뭘 꺅이야? 코트 벗은 거 가지고 오바는?"

"다 벗길 거잖아요!"

"그럼 입고 있을 거야?"

"사, 사고 친다는 게……. 그거잖아요! 안 돼요! 절대로 안
돼요!"

"왜? 왜 안 되는데?"

"당연히 안 되죠! 배불러서 웨딩드레스 입고 싶진 않단 말예
요!"

"……!"

현우가 이렇게 멍한 눈을 하고 있는 걸 언제 본 적이 있을
까! 지원은 자신도 잘 모르고 있던 속마음이 튀어나와 버리자
가슴이 철렁했다.

"그러니까……. 사고 치면 안 되는 이유가……."

"아, 몰라요!"

지원은 소리치며 욕실로 도망쳤다. 얼굴이 화끈거릴 정도로 부끄러운 데다가, 현우가 평소처럼 장난스럽게 대해 주지 않자 너무 서러웠다.

'내가 결혼하겠다고 한 게 그렇게 큰 충격이야? 왜 그런 표정으로 보는 거야! 나랑 결혼하는 게 그렇게 싫어! 자기도 만날 장난처럼 결혼하자고 해 놓고, 왜! 막상 내가 하자니까 왜 그러는 건데!'

이 추운 날 찬물을 틀어 놓고 화끈거리는 뺨을 식혔다.

똑똑.

세찬 물소리에 처음엔 잘 들리지 않았지만 확실히 노크 소리가 들렸다.

"왜요?"

「언제까지 그러고 있을 건데?」

"그냥 저 집에 갈래요."

「가지 마.」

"제가 실수한 것 같아요. 그냥 말이 잘못 나온 거예요. 그러니까 잊어버려요."

「……」

한참을 기다려도 현우는 아무런 대답을 해 주지 않았다. 시무룩해진 지원은 젖은 물기를 닦고 욕실 문을 열었다.

"!"

나와 보니 현우가 보이지 않았다. 절 여기 두고 혼자 가 버린 건가 싶어 서럽고 어이없어서 눈물이 핑 돌았다.

'발렌타인도 화이트데이도, 진짜 최악이다!'

말실수만 안 했으면 가볍게 현재를 즐길 수도 있었을 텐데, 저는 왜 이렇게 바보 같을까.

코트를 입고 나가려고 터덜터덜 걸을 때였다. 들어올 땐 안 보이던 커다란 상자가 놓여 있었다. 그런데 상자는 거꾸로 덮은 것처럼 뚜껑이 없었고 빨간 글씨로 이렇게 쓰여 있었다.

[개봉 후 반품 불가]

"뭐야…… 이게……."

지난달 발렌타인데이의 악몽이 데자뷔처럼 오버랩되고 가슴이 두근거렸다.

'설마……. 현우 씨가…….'

지원은 반품 불가라는 글자를 손가락으로 쓰다듬다가 입술을 꼭 깨물었다.

"이거 열면…… 반품 절대 안 되는 거예요?"

현우 들으라는 듯이 말했다. 그녀는 이 상자 안에 현우가 있다고 확신했으니까. 하지만 그의 대답이 들리진 않았다. 스스로 결정하라는 뜻이었다.

"나, 그럼 절대 반품 안 해요. 괜찮죠?"

이번에도 그에게서는 아무 대답이 없었다.

지원은 크게 심호흡을 하고 상자를 번쩍 들어 올렸다.

"……."

역시나 바닥이 뚫린 상자였다. 그 안에 현우가 들어가 있는 것도 그녀의 생각이 맞았다. 하지만 그녀는 입이 떨어지지 않았다. 한참을 그를 바라보던 지원은 입술을 씰룩거리다가 결국 웃음을 터트렸다.

"풉! 하하하! 아하하하하!"

지원이 배를 잡고 웃어젖히는데 현우는 씨익 웃으며 제 앞 머리를 쓸어 올릴 뿐이었다. 한쪽 무릎을 세우고 상체를 벗은 그는 목에 붉은 리본을 감고 있었다. 그리고 그의 손바닥에는 커플링이라고 우겼던 반지가 있었고, 그의 팔에는 새하얀 웨딩 드레스가 걸려 있었다.

지원의 웃음이 잦아들자 현우는 진지한 표정으로, 그러나 미소를 잃지 않고 부드럽게 말했다. 아마 지원이 일생 들어 본 남자의 목소리 중에 가장 아름답고 편안한 목소리였을 것이다.

"나랑 결혼해 줄래?"

"……"

"나랑 결혼하자."

"……"

"이럴 거야? 이 정도 했으면 넘어와 주지? 웃을 거 다 웃어 놓고 이제 와서 안 한다고 할 거야?"

지원은 팔짱을 끼고 그를 도도하게 내려다보며 말했다.

"어차피 반품 안 된다면서요? 언제부터 내 의사가 그렇게 중요했다고 꼬치꼬치 캐물어요? 남자가 왜 결정적인 순간에 힘이 빠지냐고요?"

"뭐? 내가 힘이 빠져? 힘 빠지게 만든 게 누군데 그래? 내가 이렇게 다 준비해 놨더니, 뭐? 배불러서 웨딩드레스 입고 싶지 않아? 프러포즈하려고 밤새 머리 쥐어뜯은 나를 이렇게 허무하게 만들어?"

"현우 씨."

"왜?"

"의외로…… 귀여운 구석이 있네요."

지원은 현우의 똥씹은 얼굴을 보며 또 한바탕 깔깔깔 웃었다. 그러다가 그녀는 그의 앞에 손을 척 내밀었다.

"그 반지도 반품 불가 맞죠?"

"이건 옵션이지. 진짜 반품 불가는 나고."

현우가 끼워 준 반지는 그녀에게 딱 맞았고 그녀의 손을 더욱 돋보이게 해 주었다.

"웨딩드레스는?"

"그건 서비스."

"어쩌죠? 나는 옵션도 서비스도 없는데?"

"괜찮아. 윤지원 씨 옵션은 곧 생길 거니까."

"응?"

현우는 알아듣지 못하는 지원의 손에 입을 맞췄다. 그러다가 갑자기 벌떡 일어나 그녀를 번쩍 들어 올렸다.

"가자, 옵션 만들러!"

"!"

두 사람이 알몸이 되어 따뜻한 스파 물속에 들어간 건 그로부터 채 일 분도 안 되어서였다.

스파 물에 몸을 담근 두 사람의 얼굴은 와인 몇 잔에 은근히 붉어져 있었다.

현우는 지원의 어깨를 감싸고 지원은 그에게 기대 야경을 바라보던 중이었다.

"여기 있으니까 꼭 밖에 나와서 이러고 있는 기분이에요."

"응. 스릴 있고, 더 자유로운 느낌이 들지 않아?"

"흠. 좀 그러네요."

지원은 잔에 남아 있던 와인을 전부 마셨다.

"!"

현우는 기다렸다는 듯이 그녀의 턱을 돌려 입을 맞추었다. 향긋하고 달콤한 와인 맛이 그녀의 혀에 남아 있었다.

"하. 취할 것 같아."

"겨우 그거 마시고요? 진짜 술이 약하구나?"

"아니. 술 말고."

현우의 손이 거침없이 지원의 가슴을 주물렀다.

지원은 그녀의 유두가 솟아오르는 걸 느끼며 숨을 들이마셨다.

"흐으음……. 물속에서 그러니까 기분이 더 이상해요."

"알아."

물에서는 그의 손길이 더욱 자유롭게 미끄러졌다. 그녀의 등 뒤로 돌아간 현우의 손은 엉덩이를 주무르다가 돌연 아래를 파고들었다.

"아……. 거긴……."

뒤쪽에서 문지르는 건 또 다른 느낌이었다. 낯선 곳이라 그런지 더욱 강렬한 느낌이었다.

그러다가 현우는 아예 그녀의 엉덩이를 손바닥에 받치듯이 놓고 그녀의 속살에 갈라진 길을 따라서 위아래로 문질렀다.

그가 문지르고 지나간 자리는 뜨거워서 따뜻한 물이 차갑게 느껴질 지경이었다. 그의 손길은 제 몸 곳곳에 불꽃을 일으켰다.

번쩍. 번쩍.

전기에 감전된 것처럼 간헐적인 떨림이 멈추지 않았다. 견딜 수 없었던 지원은 엉덩이를 꿈틀거리며 수줍게 허벅지를 오므렸다.

"그렇게 하면 더 잘 느낀다는 걸 깨달은 거야?"

"놀리지 말아요! 흐읏!"

지원이 발끈하자 그의 손가락은 더욱 깊이 세게 그녀의 도톰한 살 속으로 파고들었다. 파르르 떨며 저절로 벌름거리는 속살에서 무언가 뜨거운 것이 쏟아지는 느낌이 들었다. 지원은 물속에 있는 것이 이럴 땐 차라리 좋다고 생각했다.

그러나 현우는 그녀가 젖은 것을 다 알아차리고 손가락을 찔러 넣었다.

"아흡!"

"좋아서 지르는 비명이라고 생각할게. 이렇게 쉽게 들어갔 거든."

"하……. 하아……."

현우는 그녀의 목을 물다가 겨드랑이에서 옆구리로 내려가 며 혀로 핥았다. 간지러움에 몸서리치던 지원은 그의 머리를 감싸며 엉덩이를 들어 올렸다. 그러다 보니 지원은 자연스럽게 그의 허벅지에 올라탄 꼴이 되었다.

그의 다리 사이에서 솟아오르는 남성이 지원의 엉덩이를 찔 렀다. 그는 그녀의 엉덩이를 들어 양쪽으로 벌려 그의 페니스 를 느끼도록 앉혔다. 물 위에 가볍게 떠오른 지원의 엉덩이는 현우의 그것이 닿자 뜨거움에 화들짝 놀랐다.

"괜찮아."

현우를 만나기 전까지는 섹스의 즐거움이 이 정도일 줄 몰 랐었다. 이미 한 번 그것을 경험해 버린 그녀의 몸은 그의 괜 찮다는 말에 자유를 느끼고 자신감이 솟아났다.

현우는 그녀의 엉덩이를 잡고 앞뒤로 움직이며 자신의 페니 스가 그녀를 찌르면서 나아가도록 했다.

"하아……! 으흠……!"

빛나는 야경 속에서 제 페니스에 올라타 가슴을 뒤로 젖히 고 신음하는 지원의 모습이라니!

현우는 더 이상 참을 수가 없었다. 여기서 더 참는 건 그녀에 대한 모독이나 다름없다며 그는 지원을 그대로 앞으로 밀어 그녀가 욕조 위에 팔을 대고 엎드리도록 만들었다.

매끄러운 곡선의 흐름과 물기에 젖은 지원의 뒷모습은 상당히 유혹적이었다. 적당히 통통한 흠뻑 젖은 엉덩이가 붉은 조명에 번들거리고, 무릎을 벌린 덕에 그녀의 은밀한 곳이 반쯤 물에 잠겨 찰랑거렸다.

"너 지금 엄청 야해."

"자꾸 놀리면, 나 사고 안 칠 거예요!"

"그리고 아주 예뻐."

"그 말……. 처음 했어요."

"알아."

"그거 말고…… 할 말 없어요?"

현우는 다급한 속을 감추고 그녀의 앞으로 팔을 돌려 안으며 속삭였다.

"사랑하지 않으면 결혼하지 않아."

"알아요. 그래도 듣고 싶었어요."

"그래? 그럼 나도 듣고 싶어."

"사랑……해요."

오늘 밤은 사랑한다는 말이 애원하는 말을 대신했다.

현우는 그녀의 뒤에서 자신을 꾸욱 밀어 넣으며 그녀의 전부를 끌어안았다.

"웨딩드레스……. 배불러도 입어 줄 거지?"

"몰라요……."

"하아……. 사랑해."

마음까지 스며든 열기가 저절로 그의 입에서 사랑을 말하게 했다.

지원은 그에게 모든 것을 맡겼다. 사소한 고민들이 멀어져 갔다. 이제 아무것도 두려워할 게 없었으니까.

절정을 맞이한 그녀의 까만 눈동자에 아름다운 밤이 담겼다. 그리고 그의 아름다운 얼굴도.

빛나는 화이트데이였다.

"뭐? 결혼?"

"예, 어머님."

"5월에 날을 잡았다고?"

"예, 아버님."

현우는 황당해하는 지원의 부모님 앞에서 한 점 죄송함 없이 당당했다.

지원의 어머니는 기가 막히다는 듯이 타일렀다.

"우, 우리는 현우 씨가 맘에 들어. 들긴 하는데, 그래도 이건 너무 빠르잖아."

"어떤 걸 걱정하시는지는 잘 압니다. 오래 사귄 것도 아닌데 경솔하다 생각하시는 거 당연합니다. 그렇지만 저희는 오 년을 사귄 연인보다 더 서로에 대해 잘 알고 있습니다."

지원은 이럴 때는 현우의 뻔뻔함이 장점이 될 수도 있구나 생각했다. 이런 모범적인 답변이라니!

"아니, 아무리 그래도 그렇지, 이렇게 빨리……."

"어머님, 저는 빠른 게 낫다고 생각합니다."

"응?"

"차라리 지원 씨가 아무것도 모를 때, 제가 지원 씨한테 푹 빠진 지금, 결혼하는 게 우리 둘한테 좋을 거란 뜻입니다. 둘 다 나이가 어리지 않는데, 시행착오를 겪으며 결혼까지 가는 건 더 위험하다 생각됩니다. 결혼해서 싸우고 결혼해서 화해하고 결혼해서 사랑하겠습니다. 그래도 안 되겠습니까?"

현우는 무조건 잘하겠다는 말이나, 무조건 사랑하겠다는 약속을 하지 않았다. 그리고 그 말은 지원의 아버지에게는 큰 신뢰를 얻을 수 있었다.

"좋아! 같은 남자로서 그 말을 듣고 보니 믿을 만하네!"

"당신은 골프채 때문에 그러는 거죠?"

"어허! 이 사람이! 사람을 뭘로 보고! 딸내미를 골프채에 팔아?"

"아버님. 골프채는 사위에게 말씀하시면 언제든지 좋은 걸로 구해 드릴 수 있습니다."

"어허. 그러니까 나는 골프채 때문이 아니라……."

"아빠, 현우 씨 아버지도 골프 치신대요. 두 분이서 가끔 필드 나가시고 그럼 되겠네요."

"아니라니까!"

한참 아버지를 놀리다가 지원의 어머니가 심각한 얼굴로 말했다.

"그런데 그날은 누가 잡은 거야? 어른들 허락은 받은 거야?"

"아, 어머님. 그건 저희 어머니께서 이날이면 어떨까 하신 거지, 두 분 허락 없이 진행할 생각은 없다고 꼭 말씀 전해 드리라고 하셨습니다. 당연히 상견례가 먼저라는 말씀도요."

"어머. 어머니께서 벌써 그럼 가서 날을 보신 거구나. 얘를 만나 본 거야?"

"예. 한 번 보시고는 마음에 들어하신 데다 아버지께서 지원 씨를 아주 귀여워하십니다. 그래서 욕심이 나셔서 날을 빨리 알아보신 모양입니다."

"세상에! 얘를? 얘가 뭐 볼 게 있다고……."

"엄마!"

"아무튼 그럼, 그때 날을 잡는다고 해도 5월이면 식장을 예약하기가 힘들 텐데……."

"걱정 마십시오. 저희 집 호텔 중에 적당한 곳을 잡을까 합니다."

자기 집 호텔, 그것도 적당한 곳을 골라잡는다니, 부모님의 입이 떡 벌어졌다.

"저, 저기. 현우 씨 집이 그러니까……. 호텔업을 하시나 보지?"

"호텔하고 리조트도 하고 프렌차이즈 레스토랑도 경영하고 있습니다."

갑자기 낯빛이 어두워진 부모님은 서로를 마주 보고 곤란해했고, 어머니의 눈치를 받은 아버지가 어렵게 물었다.

"흠. 크흠. 그럼 말일세. 그, 부모님께서는 우리 집에 대해서 얼마나 알고 계신지?"

"평범한 집안으로 알고 있습니다."

"그런데도 정말 얘를 예뻐한다고? 그게 가능한가?"

"예, 물론 가능합니다."

현우는 자신 있게 덧붙였다.

"제가 집에서 내놓은 자식이라서요."

지원은 입을 떡 벌린 그의 부모님을 보며 얼굴을 감싸쥐었다.

'아, 좀! 솔직한 것도 적당히 좀!'

그 뒤로 지원은 어렵게 부모님을 설득해 결국 상견례 날까지 잡았다. 부모님의 마음을 돌리는 데 결정적인 역할을 한 건 그의 어머님이 주신 신혼집 완공 사진이었다.

이야기를 끝내고 1312호로 돌아온 두 사람은 함께 그녀의 짐을 정리했다. 더 이상 여기 살 이유가 없어서 1213호로 옮기기로 한 것이다.

그런데 현우가 버릴 물건을 잔뜩 쌓아 놓은 걸 보고 지원은 경악했다.

"아니, 옷을 왜 다 버려요!"

"설마 이걸 입고 다니려고? 아, 혹시 전부 잠옷이야?"

"어머나! 그게 왜 잠옷이에요?"

"나 같으면 잠옷으로도 못 입겠다. 옷 사러 가자."

"저 아직 결혼 안 했어요. 내 옷 취향을 무시하지 말라고요."

"취향을 떠나 이건 센스 문제야."

"어차피 내가 재벌집 며느리 노릇 할 것도 아니고, 내 버는 수준에는 저 옷이 딱 어울린다고요."

돈 버는 이야기가 나오자 현우가 손뼉을 쳤다.

"아, 내가 말 안 했나?"

"뭘요?"

"아버지가 너 유치원 하나 차려 주신다던데?"

"예에?"

"원장 자격이 되는 건지 알아보래."

누가 부자 아니랄까 봐 유치원을 과자 사 주듯이 차려 주신다니, 지원은 기쁨에 앞서 한숨이 나왔다.

"아니……. 고맙긴 한데요. 저 부담스러워서 싫어요. 원장 되면 신경 쓸 거도 많고. 전 그냥 애들 좋아서 애들하고 지내는 시간이 좋은 거지, 그런 건 하기 싫어요. 지금 다니는 유치원 원장쌤은 사람이 좋으셔서 배려도 잘해 주신단 말예요."

"그렇군. 그렇게 전할게."

"근데, 당신한테 한 푼도 안 주신다면서 왜 유치원을 차려 준다셔요?"

"나한테 주는 거랑 너한테 주는 건 다르니까?"

"며느리 사랑이…… 극진하시네요."

"참. 애들 얘기가 나와서 말인데, 이리 좀 와 봐."

"왜요?"

현우는 이삿짐을 싸던 지원을 끌고 탁자로 가서 종이 한 장을 꺼내 놨다.

"이게 뭔데요?"

"계약서."

"지금 결혼 계약서를 쓰잔 말은 아니겠죠?"

"맞는데?"

"안 써요. 안 해요. 이런 거 쓰라고 하면 나 결혼 안 해!"

"화부터 내지 말고 읽어나 봐."

지원은 못마땅한 표정으로 종이를 가져가 중얼중얼 읽었다.

"갑 윤지원은, 을 지현우를 결혼 기간 동안 노예로 부릴 수 있다. 풉! 이게 뭐야?"

"맘에 들어?"

"더 읽어 봐야 알죠. 계약은 꼼꼼히 따져 봐야 하거든요. 어디 보자. 갑은 을에게 갑과 을을 꼭 닮은 아이를 낳아 줄 의무가 있다. 오케이. 이거야, 뭐. 나도 원하는 바니까. 다음. 갑과 을은 다투고 난 뒤 24시간 안에 반드시 화해해야 한다. 이게 돼요? 무슨 일로 싸웠는지에 따라 다를 건데."

"결혼해서 싸울 일은 바람피우지 않으면 다 거기서 거기야. 아, 바람 얘기도 꼭 숙지해."

"갑과 을은 절대 바람을 피울 수 없다. 갑과 을은 서로에게 강한 집착을 보이는 것을 의무화하고 언제, 어디서나 애정행각에 구애받지 않는다."

계약서를 전부 읽은 지원은 한바탕 웃다가 립스틱을 잔뜩 바른 입술을 계약서에 쾅 찍었다.

"자. 그쪽도 찍어요."

지원이 입술을 쭉 내밀자 현우는 그 입술에 진하게 입을 맞추고 역시 도장을 찍었다.

현우의 눈앞에 계약서를 팔랑거리며 지원은 단호하게 외쳤다.

"이것도 반품 불가예요!"

—The end

지원의 다이어트 일기

나, 윤지원 29세.

올 한 해 다사다난한 이벤트(?)를 겪고 드디어 서른이 되기 전에 결혼에 골인하게 되었다.

상대는 조건으로 따지자면 분에 넘치고, 생긴 걸로 따지자면 묻지도 따지지도 말고 낚아야 할 그런 남자다. 누구나 부러워하는 오월의 신부가 되기 약 한 달하고 보름 전.

4월 14일.

줄 서서 먹는다는 맛집 중국집에서, 친구들과 한 시간을 기다린 끝에 어렵게 자장면을 먹으며 나는 결심한다.

"나 다이어트할 거야."

그릇을 싹싹 비운 뒤에 나는 비장하게 말했다.

"아직 안 하고 있었냐?"

"쟤 더 쪘어."

"근데 자장면 먹는 데 따라왔어?"

블랙데이를 즐기던 친구들은 오늘따라 더욱 냉정했다.

"니들, 현우 씨 친구들 소개 안 시켜 준다?"

"나랑 다이어트 같이 하자. 수영 다닐까?"

"수영으로 안 돼! 이제 한 달도 안 남았는데 단식원 가자. 그게 최고야."

"야, 드레스 입으면 피부도 예뻐야 하는데 굶어서 빼면 보기 싫어. 벨리댄스 어때? 나 요즘 배우고 있는데, 재밌어!"

남자에 눈이 먼 친구들은 나에게 각종 다이어트 방법을 알려 주며 잘 보이려고 애썼다. 그렇게 나는 몇 가지 솔깃한 다이어트 비법을 전수받았다.

4월 16일.

현우 씨와 먹으라며 엄마가 도시락을 싸 주셨다. 현우 씨를 위한 삼단 도시락에는 다이어트의 적인 탄수화물이 가득했다. 쌀밥을 꾹꾹 눌러 만든 유부초밥과, 김밥, 그리고 샌드위치와 감자 샐러드까지.

나는 도시락을 가져가지 않겠다고 반항했다.

"누가 너 먹으래? 현우 주라고. 넌 그만 좀 먹고! 결혼한다니까 완전 퍼질러져서 살이 더 쪘어! 넌 먹지 마!"

"싫어. 사랑한다면 고통도 함께 나눠야 하는 거 아냐?"

반항은 무의미했다.

[인스턴트] 간판 앞에서 침을 꿀꺽 삼켰다. 인스턴트 라면 생각이 간절했다. 이제 막 시작했을 뿐인데 한 달은 한 것 같은 다이어트 피로감이 몰려왔다.

"왔어?"

"엄마가 도시락 갖다 주래서요."

"그럼 들어오지. 왜?"

"싫어요."

"왜?"

"당신 회사 사람들이 나를 아주 이상한 눈으로 보거든요. 그 몸매로 어떻게 우리 감독 꼬셨어? 그렇게 본단 말이죠."

"왜 그래? 방금 뭔가 상당히 피해 의식에 쩔은 단어를 들은 것 같은데? 그리고 우리 직원들은 그런 의미로 쳐다보는 게 아니야. 어쩌다가 결혼하게 됐어요? 라는 의미야."

나는 내가 매우 삐뚤어져 있다는 걸 인정했다. 하지만 그렇다고 기분이 나아지지는 않았다.

"위로하지 마세요. 이거나 갖고 들어가요."

"날씨 좋은데 저기 나무그늘에서 같이 먹고 가."

"싫어요."

"왜?"

"나 다이어트한다고 했잖아요."

"점심인데? 밥은 먹어야 할 거 아냐?"

나는 그에게 끌려가 벤치에 강제 착석당했다.

다이어트 전에는 몸속의 독소를 빼내는 게 좋다고 한다. 그래서 나는 엄마가 새벽부터 일어나 도시락을 쌀 때 그 옆에서 해독주스를 만들었다. 야채를 삶고 가는 동안 탄수화물 덩어리들이 내 눈앞에 아른거렸고, 현우가 앞에서 도시락을 열자 진동하는 스멜에 취해 미쳐 버릴 것만 같았다.

"다이어트하는 건 좋은데 나랑 밥 먹을 때는 그냥 먹어."

"그게 다이어트가 되냐고요! 이제 결혼식도 얼마 안 남았단 말예요!"

"그러니까 포기해. 포기하면 편해져."

"싫어요. 난 할 수 있어! 할 수 있다. 윤지원! 방해나 하지 말라고요!"

"그래, 그래. 배불러서 웨딩드레스 안 입겠다고 날 거부했었지. 똥배 나온 것보단 그게 덜 창피할 것 같은데."

나는 그의 입 속에 커다란 유부초밥을 처넣었다.

"숨 막히게 맛있죠?"

나는 매우 예민해진 상태였다.

4월 23일.

살이 조금 빠졌다. 하지만 내 신경은 더욱 예민해졌다.

"가슴이 빠졌어. 흐엉."

뱃살이 빠진 것보다 가슴살이 더 빠져 나갔다.

친구들은 뭐든 빠진 게 좋다고 위로했지만 글래머인 혜림이 그렇게 말하는 건 위선적이었다.

"야. 가슴은 어차피 애기 낳으면 커지더라!"

그 말이 잠깐 위로가 됐지만 이어지는 희준의 말이 나를 좌절시켰다.

"젖 마르면 더 납작해져."

그리고 두 번 죽이기를 서슴지 않았다.

"그리고 처지지. 할매젖처럼."

결혼을 앞둔 후부터 시기와 질투를 서슴지 않는 친구들은 더 이상 나의 절친이라 부를 수 없었다. 나는 나의 영혼의 동반자이자 노예, 그리고 집착의 대상에게 위로를 받고 싶었다.

"다이어트 집어치워."

그는 내 가슴에 강한 집착을 보였다.

"나랑 결혼하는 거지, 내 가슴이랑 결혼하는 건 아니잖아!"

"네 가슴도 내 거야!"

"꽉 찬 B컵 어쩌고 할 때 알아봤어야지, 이 변태!"

"박스에 들어가 있던 게, 누구더러 변태래!"

우리는 오랜만에 누가 더 변태였나를 놓고 싸웠다. 그리고 우리는 24시간 안에 화해한다는 결혼 계약서에 따라(아직 결혼도 안 했지만) 그날 밤, 화해의 시간을 가졌다.

내 위에 올라타 내 가슴을 한 움큼 베어 물던 그가 아쉬운 듯이 말했다.

"좀 더 꼭 찼었는데……."

"아무리 그래도 나는 다이어트할 거예요!"

"그래, 그럼 할 수 없지. 내가 다이어트에 좋고 가슴을 업시키는 운동을 밤마다 해 주지."

"그게 뭔데요?"

질문이 너무 순진했다. 그는 한 손에는 내 가슴을 움켜쥐고 입으로 나머지 가슴을 빨아 댔다. 가슴은 만질수록 커진다고 했다. 게다가 곧 아랫배가 팽팽히 당기고 열이 나서 땀이 났다. 아래위로 반복적으로 움직이는 동작이 꼭 승마할 때랑 비슷했다. 진짜 운동이 되는 것 같아 그냥 내버려 두었다.

5월 18일.

나는 다이어트를 접어야 했다. 그는 혹독하고 훌륭한 다이어트 코치였다. 그와의 운동은 격렬했고, 꾸준했다. 그러나 커다란 부작용이 있었다.

5월 20일.

웨딩드레스를 입고 식장에 들어가는 나는 혼자가 아니었다. 내 뱃속에 그와 나를 닮았을 아기가 함께했으니까.

결혼의 마지막 의식. 키스 도중 그가 내 배에 손을 살짝 갖다 댔다.

'사랑해.'

나와 내 아이에게만 들리는 목소리.

다이어트에 실패했지만 웨딩사진을 찍으며 나는 행복했다. 때때로 시간이 지나 이 사진을 보면 늘 이렇게 생각하겠지.

'행복한 순간에 우리 아이도 함께했구나.'

그리고 사진 속에 내 가슴은 누구나 부러워할 꽉 찬 B컵이었다.

이 글을 쓰는 지금, 저는 아주 시원섭섭하답니다.

개인적인 사정으로 연중 위기에 놓여 있었는데, 결국 출간 날짜가 다가오니, 완결까지 달리게 되었네요.

늘 숙제를 못한 기분으로 찜찜했었다가, 이제 출간을 앞둔다 생각하니, 더 재밌는 에피소드, 더 예쁜 문장을 쓰지 못한 게 아쉽기만 합니다. 완결만 했으면 좋겠다고 해 놓고 사람 심리가 이렇게 간사할 수가 있을까요!

글에 대한 뒷이야기를 하자면, 발렌타인데이를 앞둔 어느 날 다른 작가님들과 대화하던 중 장난으로 던진 말로 탄생하게 되었습니다. 실수로 잘못 배달된 택배 상자. 그리고 그 안에서 절대 반품할 수 없는 물건이 나왔다면? 아무도 쓰지 않겠다고 해서 결국 제가 쓰게 되었는데, 저도 설마 이걸 계약까지 하고 완결까지 갈 거라곤 생각 못 했답니다.

또, 글 중에 지원이 집 계약을 하는 장면이 나왔는데, 그 바보 같은 이야기는 저의 실제 사연이랍니다.

그러니까 지원이 너무 바보라고 욕하지 말아 주세요.(저를 욕하세요.) ㅠ.ㅠ 어린 날 텃밭 200평에 대한 호기심에 이끌려 거기까지 갔다가, 큰 배움을 얻고 왔답니다.

마지막으로 여기까지 읽어 주신 분들께 감사 인사 전하면서 저는 이만 물러가겠습니다.

앞으로도 즐거운 로맨스 독서가 되시기를 바랄게요!

* [카페 앙글레]는 〈제가 한번 먹어 보겠습니다. / 정찬연作〉에서 주인공 임 셰프가 운영 중인 레스토랑을 빌렸습니다.

식재료 재활용을 절대 안 하는 거품 없는 가격, 비인도적인 경영 방침을 가진 프랑스 유학파의 정통 프랑스 요리를 맛볼 수 있는 멋진 레스토랑입니다.

협찬해 주신 정찬연 작가님께 고마움을 전합니다.

개봉:후 반품불가

1판 1쇄 찍음 2014년 7월 29일
1판 1쇄 펴냄 2014년 8월 4일

지은이 | 크로키
펴낸이 | 정 필
펴낸곳 | 도서출판 **뿔미디어**

편집장 | 이재권
기획 · 편집 | 주종숙, 이은정

출판등록 | 2002년 9월 11일 (제1081-1-132호)
주소 | 경기도 부천시 원미구 상동로 117번길 49(상동) 503호
전화 | 032)651-6513 / 팩스 032)651-6094
E-mail | scarlets2012@hanmail.net
블로그 | http://blog.naver.com/dahyangs
홈페이지 | http://bbulmedia.com

값 9,000원

ISBN 979-11-315-3018-4 03810

도서출판 뿔미디어 홈페이지 OPEN!!

안녕하세요.
지금껏 저희 뿔미디어를 응원해 주신
독자님들의 성원에 힘입어
이번에 새롭게 홈페이지를 오픈하였습니다.

저희 뿔미디어는 홈페이지에서 독자님들께서
보다 빠른 출간 소식과 미리보기 등
알찬 내용을 제공하기 위해 많은 노력을 기울였습니다.
또한 독자님들에게 도서 할인, 이벤트 등
다양한 혜택을 제공하고자 합니다.

저희 뿔미디어 홈페이지 오픈을 계기로
한층 더 독자님들과 가까워질 수 있는 기회가 되었으면 합니

보다 많은 관심과 사랑 부탁드리며,
앞으로도 더 좋은 컨텐츠 제공에 힘쓰도록 하겠습니다.

감사합니다.

-도서출판 뿔미디어 올림

 www.bbulmedia.com